対話の文芸
芭蕉連句鑑賞

村松友次

大修館書店

目次

凡例

一、本書は、俳句雑誌『芹』（昭34・6〜39・3）に連載した「芭蕉七部集連句鑑賞」をもとに加筆訂正を施し、編集し直したものである。
上段に連句本文、中段に口語訳、下段には注を付した。

連句本文の掲載にあたっては、付合の鑑賞を重んじる上から、前句とセットで掲げるようにした。

一、各歌仙の引用にあたっては以下のものを原典とした。
○『冬の日』荷兮撰　貞享元年（一六八四）京井筒屋庄兵衛板
○『あら野』荷兮撰　元禄二年（一六八九）京井筒屋庄兵衛板
○『ひさご』珍碩（洒堂）撰　元禄三年（一六九〇）京寺町二条上ル丁井筒屋庄兵衛板
○『猿蓑』去来・凡兆撰　元禄四年（一六九一）京井筒屋庄兵衛板
○『炭俵』野坡《やば》・孤屋《こおく》・利牛《りぎゅう》撰　元禄七年（一六九四）京寺町通井筒屋庄兵衛　江戸白銀丁本屋藤助（共板）
○『続猿蓑』沾圃・芭蕉撰、支考補撰　元禄十一年（一六九八）ゐつゝ屋庄兵衛（板）

一、連句本文の表記には次のような手を加えた。
㈠「常用漢字表」に掲げられている漢字は新字体に改めた。

㈡原文の漢字にはすべてよみがなを現代かなづかいで付けた。カタカナは原本についているもので、そのままにした。したがって現代かなづかいではない。ただ、あきらかに濁音で読むべきものには濁点をつけた。

○連句本文の中には、今日の人権意識からすると、問題を含む語句・表現がみうけられる場合がありますが、これらは当時の社会的背景を反映した歴史的な事実と考え、そのつど注を付すなどして、敢えて原文通りに収録しました。

（編集部）

対話の文芸　芭蕉連句鑑賞

芭蕉連句と蕪村・虚子
――序に代えて――

後世、芭蕉連句に心酔した俳人が二人いる。蕪村と虚子である。

しかし、子規は連句を非文学と評した。俳句だけが文学であると主張した。そしてその最大の見本として古俳諧の中から推したのが蕪村の俳句であった。もちろん連句は無視した。

ところが、その当の蕪村は芭蕉の連句の技倆に魅惑されており、芭蕉連句における「三句の渡り」を絶えず学んでいた。

「三日、芭蕉の連句付句の実例を唱えないでいると、実作の場に臨んで付句がすら〳〵と出て来ない。」と言っている。（『三日翁の句を唱へざれば口むばら（茨）を生ずべし』）

そして芭蕉の付句の実例（主として三句の渡り）を約三百例集めて『芭蕉翁付合集』を出版した（安永五年一七七六年）。

学問ぎらいと自称している虚子は明治以後の俳人の誰よりも早く芭蕉連句のすばらしさに気づき蕪村の編んだ『芭蕉翁付合集』を丸ごと『ホトトギス』（明三七・九）に翻刻までしている。この『芭蕉翁付合集』は虚子よりもずっと遅れて二つの叢書中に翻刻されている。（日本俳書大系『蕪村一代集』（一九二七年）・

講談社『蕪村全集』七（一九九五年）

蕪村が編んだ『芭蕉翁付合集』の、第一番目は次の通りである。

しづかに酔《よう》て蝶《ちょう》をとる歌《うた》　（挙白）
殿守《とのもり》がねぶたがりつる朝《あさ》ぼらけ　（ちり）
はげたる眉《まゆ》を隠《かく》すきぬぐ〳〵　翁

これを口語訳してみよう。


第一句。姫君を訪ねて来た殿。少し酔われて蝶をとる歌など口ずさんでいる。

第二句。夜が明けかかって来た。屋敷の留守番の老人が、眠たげにあくびをしている。

第三句。支度をし、帰って行こうとする殿。見送りに出る姫君。描いた眉がはげているのを隠している。

読み手の想像力をかき立てながら巧みに展開して行く。この展開の仕方、つまり転じかたが芭蕉の手腕であり、蕪村が学びとろうとした点である。

蕪村の発句は（実はみな題詠であるが）、子規が写生の見本として称揚したので現代俳句の一つの見本となっている。しかし右にも述べた通り、俳人としての蕪村は連句にも力を入れた。

牡丹《ぼたん》散《ちっ》て打《うち》かさなりぬ二三片《にさんぺん》　蕪村
　卯月《うづき》二十日《はつか》のあり明《あけ》の影《かげ》　几董《きとう》
すはぶきて翁《おきな》や門《もん》をひらくらむ　同

にはじまる歌仙他、現在わかっているだけで百巻を越える実作がある。

　虚子も同様で、蕪村ほどではないが、多くの連句作品がある。たとえば昭和十四年十一月号『誹諧』4号には、

我心《わがこころ》或時軽し罌粟《けし》の花　虚子
　をり〳〵暗し五月雨の空　年尾
窓先のポストに人の立寄りて　青畝

にはじまる歌仙が載り、次号には、

鳰《にお》がゐて鳰の海とは昔より　虚子
　芦の苫屋《とまや》の芦の風除《かざよけ》　たかし

子どもらの曳《ひ》きゆく車呼びとめて　　三重史

にはじまる百韻《ひゃくいん》が載っている。

ところで現代の芭蕉連句解説書を見ると、いわゆる訓詁注釈に専らで、連句作者が最も重視した二句の照応、そして打越（二句前の句）との離れ（つまり展開）の味わいについて冷淡である。

もっともこれらはくわしく解説すればいいというものではなく、読み手がそれぞれ味わい、感ずべきものである。連句はやさしいもの、面白いものである。虚子はこれを次のように説明する。

「小説は人間社会の中から一人物、一事件をとり出し、その因果の糸をずっと辿って（縦断的に）見せてくれる。

連句は、一つの人形（場面）から、細い糸筋のつながっている次の人形（場面）を見、こうして三十六の人形を見終って見世物小屋を出る。この世を横断的に見せてくれる」と。本書は虚子の論法で言うと、芭蕉一座興行の見世物小屋（芝居小屋）を十七軒見物してもらうものである。

まずは、東西《とざい》、東西《とうざい》！

一　狂句こがらしの巻

（冬の日）

狂句こがらしの巻（冬の日）

笠《かさ》は長途《ちょうと》の雨《あめ》にほころび、紙衣《かみこ》はとまり〳〵のあらしにもめたり。侘《わび》つくしたるわび人我《びとわれ》さへあはれにおぼえける。むかし狂《きょう》歌《か》の才士《さいし》、此国《このくに》にたどりし事《こと》を、不図《ふと》おもひ出《いで》て申侍《もおしはべ》る。

1 狂句《きょうく》こがらしの身《み》は竹斎《ちくさい》に似《に》たる哉《かな》　芭蕉《ばしょう》

2 たそやとばしるかさの山茶花《さざんか》　野水《やすい》

3 有明《ありあけ》の主水《もんど》に酒屋《さかや》つくらせて　荷兮《かけい》

4 かしらの露《つゆ》をふるふあかむま　重五《じゅうご》

5 朝鮮《ちょうせん》のほそりすゝきのにほひなき　杜国《とこく》

6 日《ひ》のちり〳〵に野《の》に米《こめ（いね）》を苅《かる》　正平《しょうへい》

17 二《に》の尼《あま》に近衛《このえ》の花《はな》のさかりきく　野水

18 蝶《ちょう》はむぐらにとばかり鼻《はな》かむ　芭蕉

19 のり物《もの》に簾《すだれ》透《すく》顔《かお》おぼろなる　重五

20 いまぞ恨《うらみ》の矢《や》をはなつ声《こえ》　荷兮

21 ぬす人《びと》の記念《かたみ》の松《まつ》の吹《ふき（を）》おれて　芭蕉

22 しばし宗祇《そうぎ》の名《な》を付《つけ》し水《みず》　杜国

23 笠《かさ》ぬぎて無理《むり》にもぬるゝ北時雨《きたしぐれ》　荷兮

24 冬《ふゆ》がれわけてひとり唐苣《とうちさ》　野水

25 しら〳〵と砕《くだ》けしは人《ひと》の骨《ほね》か何《なに》　杜国

26 烏賊《いか》はゑびすの国《くに》のうらかた　重五

7 わがいほは鷺《さぎ》にやどかすあたりにて　野水

8 髪《かみ》はやすまをしのぶ身《み》のほど　芭蕉

9 いつはりのつらしと乳《ちち》をしぼりすて　重五

10 きえぬそとばにすご〱となく　荷兮

11 影法《カゲボウ》のあかつきさむく火《ひ》を焼《たき》て　芭蕉

12 あるじはひんにたえし虚《カラ》家《イヱ》　杜国

13 田中《たなか》なるこまんが柳《やなぎ》落《おつ》るころ　荷兮

14 霧《きり》にふね引《ひく》人《ひと》はちんばか　野水

15 たそがれを横《よこ》にながむる月《つき》ほそし　杜国

16 となりさかしき町《まち》に下《お》り居《い》る　重五

27 あはれさの謎《なぞ》にもとけし郭公《ほととぎす》　野水

28 秋《しゅう》水《すい》一《いっ》斗《と》もりつくす夜《よ》ぞ　芭蕉

29 日《にっ》東《とう》の李《り》白《はく》が坊《ぼう》に月《つき》を見《み》て　重五

30 巾《きん》に木槿《むくげ》をはさむ琵《び》琶《わ》打《うち》　荷兮

31 うしの跡《あと》とぶらふ草《くさ》の夕《ゆう》ぐれに　芭蕉

32 箕《み》に鮗《このしろ》の魚《うお》をいたゞき　杜国

33 わがいのりあけがたの星孕《ほしはら》むべく　荷兮

34 けふはいもとのまゆかきにゆき　野水

35 綾《あや》ひとへ居《ヲリ》湯《ユ》に志《し》賀《が》の花《はな》濾《こし》（すき）て　杜国

36 廊下《ろうか》は藤《ふじ》のかげつたふ也《なり》　重五

連句も花鳥諷詠詩

劇的でダイナミックなこの「狂句こがらしの巻」の中にも、

21 ぬす人《びと》の記念《かたみ》の松《まつ》の吹《ふき》おれて　芭蕉
22 しばし宗祇《そうぎ》の名《な》を付《つけ》し水《みず》　杜国
23 笠《かさ》ぬぎて無理《むり》にもぬるゝ北時雨《きたしぐれ》　荷兮
24 冬《ふゆ》がれわけてひとり唐苣《とうちさ》　野水

のような付合《つけあい》を見ると、「ぬす人の」の句以外は季語が入り、まさに花鳥諷詠詩がちりばめられている。

私はかつて虚子先生に、連句についてのお考えをたずねたことがあった。「連句に興味は持っているのですが、俳句の方だけで忙しくて連句には今まであまり手が廻りませんでした。」と、お答えになった。又、「連句も花鳥諷詠詩です。雑《ぞう》（無季）の句がしばらくつづくとすぐに又季のある句にもどって来ます。季を持つ発句ではじまり、季の句を点綴《てんてつ》し、季を持つ揚句《あげく》で終ります。」と言われた。

一　狂句こがらしのの巻（冬の日）

［連衆《れんじゅう》］芭蕉　重五
野水　杜国
荷兮　正平

貞享元年《じょうきょう》（一六八四）

笠《かさ》は長途《ちょうと》の雨《あめ》にほころび、紙衣《かみこ》はとまり〳〵のあらしにもめたり。侘《わび》つくしたるわび人我《びとわれ》さへあはれにおぼえける。むかし狂歌《きょうか》の才士《さいし》、此国《このくに》にたどりし事《こと》を、不図《ふと》おもひ出《いで》て申侍《もおしはべ》る。

1 **狂句《きょうく》こがらしの身《み》は竹斎《ちくさい》に似《に》たる哉《かな》**　**芭蕉《ばしょう》**

狂句こがらしの身は竹斎に似たる哉　芭蕉

笠は長い旅の雨に破れ、紙衣《かみこ》（紙製の衣服）はいくたびもの嵐の泊りに、もみくしゃになりました。われながらうらぶれきった姿であります。むかし狂歌の才士竹斎が、この国尾張を旅したことを、ふと思い出してこのような狂句を詠《よ》みました。

　狂句、こがらしの身は竹斎に似たる哉　こがらしに吹かれて、やって来ました私のこのみすぼらしい姿はまるであの竹斎物語の竹斎そっくりでありますなあ。

こがらしに吹かれ吹かれて、諸国を漂泊した末、ここへやって来た竹斎の様な者でございまする。

1〈発句《ほっく》　こがらしで冬〉竹斎＝当時よく読まれた「竹斎物語」という仮名草子の主人公。国々を漂泊し、のち名古屋に住んで医を業とした。奇狂の人物。

2〈脇《わき》　山茶花で冬〉「とばしる」には諸説あり。たばしる（露伴説）、と走《はし》る、飛走《とばし》る

2
たそやとばしるかさの山茶花《さざんか》　野水《やすい》

旅の笠に触れて門の山茶花が散り飛ぶ。山茶花の花までが、この若々しい旅人を喜んで迎えるような風情だ。どなたであろう。（音に聞く芭蕉様でございましたか。）

（樋口説）、ぽとりと花全体が落ちて物に当ったさま（穎原説）。「笠の山茶花」は諸説殆ど笠にあたって散る山茶花の花とする（拙解も同じ）が、越人《えつじん》説は笠に挿した山茶花とする（太田水穂・復本一朗も）。

たそやとばしるかさの山茶花　野水

3
有明《ありあけ》の主水《もんど》に酒屋《さかや》つくらせて　荷兮《かけい》

誰であろう。笠に山茶花の花を散り飛ばして行く人は。

この方こそ、（朝鮮出兵のため九州名護屋に出陣し）有明の主水に酒店（模疑店）を開くよう命じた方である。

3〈第三《だいさん》　有明(の月)で秋。五句目の月の定座をここへ引き上げた。〉

酒屋は酒を売る店。「作らせて」は営ませての意。「有明の主水」は人名であるが有明の月（秋）の意をも連想させている。連句独特の手法。

有明の主水に酒屋つくらせて　荷兮

4
かしらの露《つゆ》をふるふあかむま　重五《じゅうご》

秋の早朝。有明の主水という棟梁《とうりょう》（大《だい》工《く》のかしら）の、酒店普請《ふしん》の現場。残月が白々とかかっている。

酒店の前。ぶるぶるっと、たてがみの露を振るう赤馬。荷を下ろしたところであろう。

4〈オモテ四《し》句目　露で秋〉

あかむま＝赤馬。白馬でも黒馬でもないふつうの茶色の馬。

かしらの露をふるふあかむま　重五

広い牧場。一頭の赤馬がぶるるっと頭の露を振るう。

5〈オ五句目　すゝきで秋〉

5 **朝鮮《ちょうせん》のほそりすゝきのにほひなき　杜国《とこく》**

朝鮮のほそりすゝきのにほひなき　杜国

（その足許に、）朝鮮芒《すすき》が、つやのない細い穂をならべている。

朝鮮すすきの、ほそい穂が、さびしげに風になびいている。

朝鮮芒＝諸説とも不明。仮に名づけた名前であろう。

---

6 **日《ひ》のちり〳〵に野《の》に米《こめ》（いね）を苅《かる》　正平《しょうへい》**

日のちり〳〵に野に米を苅　正平

（その野路の、）ちりぢりになったような夕日の中に、稲刈りをしている人達。

ちりちりと日の暮れる中に、稲刈りをしている人が見える。

6〈オ折端《おりはし》　米を苅で秋〉春秋の句は必ず三句は続け、五句まで続けることが出来る。ここでは第三から秋が四句続いた。ここで表六句が終り以下裏に移る。日のちり〳〵＝日の将に入らんとするときの状。

---

7 **わがいほは鷺《さぎ》にやどかすあたりにて　野水**

わがいほは鷺にやどかすあたりにて　野水

野中の一庵。これがわが庵である。夕空を鷺が飛んでいる。軒端をその鷺の宿に貸してもやろう。

7〈ウラ一句目　雑《ぞう》　すなわち無季〉鷺にやどかす＝曲斉の「婆心録」に「鷺に宿かすといふは風流人の詞遣ひなり、又鷺の寝に来るとあらば、道心坊の庵ならん。句の姿とはこの事なり」とあるのを適切な評であるとしている。（露伴説、穎原説）

---

8 **髪《かみ》はやすまをしのぶ身《み》のほど　芭蕉**

鷺の飛ぶあたりの、荒れた庵。その庵に住んでいる人。故あって、（男女間の或る事情で）髪を切ったが、

8〈ウ二句目　雑　恋の句〉しのぶ＝穎原説、「これは恋にてしのぶ句なり」と越人が言っている通り恋故に世を忍ぶ身である。

髪はやすまをしのぶ身のほど　芭蕉

髪がもと通りになるまで、
ここに忍んでいる。

一旦は尼になったが、
再び髪をのばす為に、
ここに忍んでいる。

9 いつはりのつらしと乳《ちち》をしぼりすて　重五

いつはりのつらしと乳をしぼりすて　重五

世を偽わっていることのつらさ。
張って来る乳を、
悲しくしぼり捨てるばかりである。

9〈ウ三句目　雑　恋の句〉

世はすべて仮の世、いつわりの世。
乳呑子《ちのみご》を亡くし（あるいは引き離され）て、
世の無情を恨みながら、
乳をしぼり捨てている。

10 きえぬそとばにすご〳〵となく　荷兮

きえぬそとばにすご〳〵となく　荷兮

卒塔婆《そとば》の文字は、
まだま新しく、
それにつけてもただ涙がこみ上げてくる。
（この卒塔婆は子のものとも、手討ちにされた不義の相手とも両様に解せられる。）

10〈ウ四句目　雑　無常〉

卒塔婆の文字はまだ消えず、

11
影法《カゲボウ》のあかつきさむく火《ひ》を焼《たき》て　芭蕉

影法《カゲボウ》のあかつきさむく火を焼て　芭蕉

12
あるじはひんにたえし虚家《カライヱ》　杜国

あるじはひんにたえし虚家《カライヱ》　杜国

13
田中《たなか》なるこまんが柳《やなぎ》落《おつ》るころ　荷兮

田中なるこまんが柳落るころ　荷兮

その前で泣いている人。

夜明けの寒さを凌ぐために、
墓の前で火を焚く。
影法師がゆらゆらとゆれる。

浮浪の旅人。
空家《あきや》に一夜の宿りをし、
明け方の寒さに炉に火を焚いている。
火が燃え上ると、
壁に影法師がうつる。

この空家《あきや》は、
貧のために、主も一家も、
四散してしまっている。

貧のために一家離散して、
空家《あきや》となった家。

（その家の近く。）
田中というところに、
こまんの柳と呼ばれる一本の柳がある。
その柳の葉の散るころになった。

田中のこまんの柳が、
風にひらひらと散る頃になった。

11〈ウ五句目　さむくで冬〉

12〈ウ六句目　雑〉
ひんにたえし＝露伴説、穎原説は貧に絶えし。樋口説は貧に堪へし。樋口説では従って虚家は空家《あきや》ではなく無一物のがらんとした家となる。

13〈ウ七句目　柳落るで秋〉

14〈ウ八句目　霧で秋〉
当時「ちんば」は特に差別意識は

14
霧《きり》にふね引《ひく》人《ひと》はちんばか　野水

霧の中を舟曳き人夫が上って行く。
足が不自由なように川岸を歩きながら

——

なく使われていた。
川岸は水辺よりが低いので。

霧にふね引人はちんばか　野水

15
たそがれを横《よこ》にながむる月《つき》ほそし　杜国

霧の川岸を、
足が不自由なように、
舟曳き人夫が上って行く。

舟中の旅人。ゆっくりと横になって、
移り行くたそがれの景を眺めている。
三、四日の細い月が出ている。

15〈ウ九句目　月で秋〉
ウラの八句目、後には七句目が月
の定座であるがここへ零《こぼ》した。つ
まり定座よりあとに出した。

たそがれを横にながむる月ほそし　杜国

16
となりさかしき町《まち》に下《お》り居《い》る　重五

たそがれの空を窓から一人眺めている。
三日頃の月が出ている。

宮仕えを退いて、
隣近所の口さがない町中《なか》に、
さびしく住まっている上品な女。

16〈ウ十句目　雑〉
「下《お》り」は宮仕えをやめて市中に
(自宅に) 暮すこと。「さかし」は
「小ざかしい」。

となりさかしき町に下り居る　重五

17
二《に》の尼《あま》に近衛《このえ》の花《はな》のさかりきく　野水

卑しい町なかに、
かつて宮仕えしたことのある女が住んで
いる。

久しぶりに訪ねてくれた二の尼に、
近衛府《ふ》の花のさかりの様子や、
宮中で今をさかりの人達の様子を、
たずねている。

17〈ウ十一句目　花で春　花の定
座〉
二の尼＝官女の尼になった者の、
官女であった時の順位が第二番目
である者のこと。

二の尼に近衛の花のさかりきく　野水

昔は宮中に仕えて時めいた女性。
今は二の尼と呼ばれて侘しく暮してい
る。
その二の尼を訪れた人が、
近衛の花の様子などをたずねた。

18
蝶《ちょう》はむぐらにとばかり鼻《はな》かむ　芭蕉

蝶はむぐらにとばかり鼻かむ　芭蕉

ごらんなさい。
あの蝶も、もはや盛りをすぎて、
ただ草むらのあたりに――
と、言いさして、
涙にむせぶ。

18〈ウラの折端《おりはし》　蝶で春　ここで
初折《しょおり》が終る。〉

はなやかだった蝶も、
今は衰えて、
ただ草むらにばかり――
と涙ぐむ女。

19
のり物《もの》に簾《すだれ》透《すく》顔《かお》おぼろなる　重五

のり物に簾透顔おぼろなる　重五

かごの簾を透いて、
顔がぼんやりと見える。
あたりはおぼろにかすんでいる。

19〈ナオ―名残《なごり》の表、つまり懐紙《かいし》
二枚目の表―一句目　おぼろで
春〉

かごの簾ごしに見える顔は、
ぼんやりとではあるが、
たしかに彼の顔。

20

いまぞ恨《うらみ》の矢《や》をはなつ声《こえ》　荷兮

いまぞ恨の矢をはなつ声　荷兮

今こそ思い知れ、と、
恨の矢を「えい」と放つ。

ついに仇《かたき》にめぐり合って、
「えいっ」とばかりに、
恨の矢を放った。

20〈ナオ二句目　雑〉

21

ぬす人《びと》の記念《かたみ》の松《まつ》の吹《ふき》お《（を）》れて　芭蕉

ぬす人の記念の松の吹お《（を）》れて　芭蕉

大盗賊の名のついている松。
その松の大きな枝が、
大風に吹き折れている。
もの凄まじいあたりの風景。

一代の盗賊として名を馳せたが、
すでに地下の骨となり、
その名のついた松も、
幾年月の嵐に吹き折られた。

21〈ナオ三句目　雑〉
ぬす人の……は、たとえば能坂長範物見の松などを想像させる。

22

しばし宗祇《そうぎ》の名《な》を付《つけ》し水《みず》　杜国

風流の連歌師宗祇も、
早や遠い世の人となり、
ただ「宗祇の清水」と、
呼ばれる泉だけが、
わずかにその名をとどめている。
彼も一時、是も一時。

しばし宗祇の名を付し水　杜国

わざわざ訪ね寄った、
宗祇の清水。

22〈ナオ四句目　雑　名を付し水（清水）で夏とも。〉

23
笠《かさ》ぬぎて無理《むり》にもぬるゝ北《きた》時雨《しぐれ》　荷兮

しばらくそこにたたずんで、
古人の風流心をなつかしむ。

はらはらと北時雨！
世にふるもさらに時雨のやどり哉
宗祇のこの句が先ず心に浮かぶ。
笠を脱いで、わざと、
その時雨に濡れて見る。

23〈ナオ五句目　北時雨で冬〉
北時雨＝北風と共に降る時雨。

笠ぬぎて無理にもぬるゝ北時雨　荷兮

24
冬《ふゆ》がれわけてひとり唐《とう》苣《ちさ》　野水

笠をぬいで、
無理にも時雨に濡れている、
風狂人。

(その足もとに、)
まわりの冬がれの色にも似ず、
ひとり唐ちさのみが、
青々と葉をのばしている。

24〈ナオ六句目　冬がれで冬〉
唐苣＝からちさ―不断草《ふだんそう》とも言う。

冬がれわけてひとり唐苣　野水

25
しら〲と砕《くだ》けしは人《ひと》の骨《ほね》か何《なに》　杜国

冬枯れの畑。
わずかに唐苣の一畝のみが、
青い。

白々と砕け散っているものがある。
人の骨でもあろうか。
何だろう？

25〈ナオ七句目　雑〉

しらぐ〳〵と砕けしは人の骨か何　杜国

26 烏賊《いか》はゑびすの国《くに》のうらかた　重五

白々と骨の様なものが散らばっている。人の骨であろうか？

占《うらない》の法として、中華では亀の甲を焼き、わが国では鹿の肩骨を用いる。えびすの国では、さだめし烏賊の甲を用いることだろう。

26〈ナオ八句目　雑〉

烏賊はゑびすの国のうらかた　重五

27 あはれさの謎《なぞ》にもとけし郭公《ほととぎす》　野水

夷の国では、烏賊の甲を、占に用いる。

ほととぎすが鳴き過ぎた。その時、心にかかっていたあわれな運命の謎がふと解けた。

27〈ナオ九句目　郭公―ほととぎす―で夏〉「とけし」を「とけじ」と読む解もある。

あはれさの謎にもとけし郭公　野水

28 秋《しゅう》水《すい》一《いっ》斗《と》もりつくす夜《よ》ぞ　芭蕉

長い間心を迷わしていた一つの謎が、ようやくにして解けた。その時ほととぎすが鳴き過ぎた。

秋水（という謎。つまり酒）を一斗漏り（盛《も》り）尽す（呑み尽す）夜である。

28〈ナオ十句目　秋水で秋〉樋口説、秋水は酒の意で秋の夜の酒もりをさしているという。酒であるから次の句に酒仙李白が出て来るという。

秋水一斗もりつくす夜ぞ　芭蕉

ぽとぽとと
漏り尽くすように、
一斗の酒を盛り尽す秋の夜長。

29
日《にっ》東《とう》の李《り》白《はく》が坊《ぼう》に月《つき》を見《み》て　重五

李白一斗詩百篇
と、うたわれた酒好きの李白は中国。
これは日本の李白と言われる詩人。
その詩人の坊での、
月を賞しながらの詩作。

29〈ナオ十一句目　月で秋　月の定座〉日東の李白＝日本の李杜（李白―杜甫）と称された石川丈山の俤《おもかげ》をかりた。

日東の李白が坊に月を見て　重五

日本の李白と称される詩人
の坊での、
観月雅会。

30
巾《きん》に木槿《むくげ》をはさむ琵《び》琶《わ》打《うち》　荷兮

一座の中に
頭巾に木槿の花を挿して、
(中国の故事にならって)
琵琶を弾じている人。

30〈ナオ折端《おりはし》、つまり十二句目。名残の表がここで終る。木槿で秋〉巾に木槿＝汝陽王璡《しん》の故事を俳諧化した。璡は容姿端麗で玄宗に愛され、帝みずからこれに羯鼓の技を伝受した。璡はやがて非常な妙手となった。かつて絹帽を戴いて曲を弾じた時、玄宗がその帽の上に紅槿花一朶を置いたが曲が終るまで花が落ちなかったという。前句の漢詩的境地を奪ってしかも俳諧化した手腕は凡でないと。(穎原説)

巾に木槿をはさむ琵琶打　荷兮

頭巾に木槿を挿した琵琶弾き。

31 **うしの跡《あと》とぶらふ草《くさ》の夕《ゆう》ぐれに　芭蕉**

死んだ牛の墓に、
草を手向ける。
しずかな夕ぐれ。

31〈ナウ―名残の裏一句目　雑〉
中国の風流人はよく牛に乗った。

うしの跡とぶらふ草の夕ぐれに　芭蕉

32 **箕《み》に鮗《このしろ》の魚《うお》をいたゞき　杜国**

夕ぐれ。
家への道すがら、
牛の墓を拝んでいる。

漁村の女。
頭にのせた箕には、
鮗《このしろ》が入っている。

32〈ナウ二句目　雑〉

箕に鮗の魚をいたゞき　杜国

33 **わがいのりあけがたの星孕《ほしはら》むべく　荷兮**

頭上の箕に、
鮗《このしろ》を入れて、
浜から女がやって来た。

そのこ（子）のしろの名にあやかり
必ずあけがたの星を孕んで、
立派な子が授かるようにと祈る。

33〈ナウ三句目　雑　孕むで恋の句〉

わがいのりあけがたの星孕むべく　荷兮

34 **けふはいもとのまゆかきにゆき　野水**

明けの明星を孕んで、
立派な子が授かるようにと、
祈る女。

今日は、
子をほしがっている妹の、

34〈ナウ四句目　雑　恋〉

眉を描きに行ってやる日。

けふはいもとのまゆかきにゆき　野水

35 **綾《あや》ひとへ居《ヲリ》湯《ユ》に志《し》賀《が》の花《はなこし》漉《(すき)》て　杜国**

今日は妹の眉を描きに行ってやる日。

志賀の都の高貴な女性。
綾で落花をこした湯に、入っている。

35〈ナウ五句目　花で春　名残の花の定座〉
居湯《おりゆ》＝他の場所で沸かした湯を運んできて入れる湯。高貴な人の湯。

綾ひとへ居《ヲリ》湯《ユ》に志賀の花漉て　杜国

36 **廊《ろう》下《か》は藤《ふじ》のかげつたふ也《なり》　重五**

綾で落花を漉した湯に浸っている美人。
志賀の都の宮殿。

長い廊下には、藤の花房のかげがつらなって、ゆれている。

36〈揚《あげ》句《く》　藤で春〉

二　はつ雪の　の巻

（冬の日）

はつ雪のの巻（冬の日）

おもへども壮年《そうねん》
いまだころもを振《ふる》はず

1 はつ雪《ゆき》のことしも袴《はかま》きてかへる　野水《やすい》

2 霜《しも》にまだ見《み》る蕣《あさがお》の食《めし》　杜国《とこく》

3 野菊《のぎく》までたづぬる蝶《ちょう》の羽《はね》(を)おれて　芭蕉《ばしょう》

4 うづらふけれとくるまひきけり　荷兮《かけい》

5 麻呂《まろ》が月袖《つきそで》に鞨鼓《かっこ》をならすらん　重五《じゅうご》

6 桃花《とうか》をたをる貞徳《ていとく》の富《とみ》　正平《しょうへい》

17 初《はつ》はなの世《よ》とや嫁《よめり》のいかめしく　杜国

18 かぶろいくらの春《はる》ぞかはゆき　野水

19 櫛《くし》ばこに餅《もち》すゆるねやほのかなる　かけい

20 うぐひす起《おき》よ紙燭《しそく》とぼして　芭蕉

21 篠《ささ》ふかく梢《こずえ》は柿《かき》の蔕《へた》さびし　野水

22 三線《さみせん》からん不破《ふわ》のせき人《びと》　重五

23 道《みち》すがら美濃《みの》で打《うち》ける碁《ご》を忘《わす》る　芭蕉

24 ねざめ〳〵のさても七十　杜国

25 奉加《ほうが》めす御堂《みどう》に金《こがね》うちになひ　重五

26 ひとつの傘《カサ》の下《した》挙《コゾ》りさす　荷兮

7 雨《あめ》こゆる浅《あさ》香《か》の田《た》螺《にし》ほりうへ(ゑ)て　杜国

8 奥《おく》のきさらぎを只《ただ》なきになく　野水

9 床《とこ》ふけて語《かた》ればいとこなる男《おとこ》　荷兮

10 縁《えん》さまたげの恨《うら》みのこりし　はせを

11 口《くち》おしと瘤《フスベ》をちぎるちからなき　野水

12 明《あ》日《す》はかたきにくび送《おく》りせん　重五

13 小《こ》三《そう》太《だ》に盃《さかずき》とらせひとつうたひ　芭蕉

14 月《つき》は遅《おそ》かれ牡《ぼ》丹《たん》ぬす人《びと》　杜国

15 縄《なわ》あみのかゞりはやぶれ壁《かべ》落《おち》て　重五

16 こつ〳〵とのみ地《じ》蔵《ぞう》切《きる》町《まち》　荷兮

27 蓮《はす》池《いけ》に鷺《さぎ》の子《こ》遊《あそ》ぶ夕《ゆう》ま暮《ぐれ》　杜国

28 まどに手《て》づから薄《ウス》様《ヤウ》をすき　野水

29 月《つき》にたてる唐《から》輪《わ》の髪《かみ》の赤《あか》枯《がれ》て　荷兮

30 恋《こい》せぬきぬた臨《りん》済《ざい》をまつ　はせを

31 秋《しゅう》蟬《せん》の虚《カラ》に声《こえ》きくしづかさは　野水

32 藤《ふじ》の実《み》つたふ雫《しずく》ぽつちり　重五

33 袂《たもと》より硯《すずり》をひらき山《やま》かげに　芭蕉

34 ひとりは典《ス》侍《ケ》の局《つぼね》か内《ない》侍《し》か　杜国

35 三《み》ケ《か》の花《はな》鸚《おう》鵡《む》尾《お》ながの鳥《とり》いくさ　重五

36 しらかみいさむ越《こし》の独《う》活《ど》苅《かり》　荷兮

さても七十

22 三線《さみせん》からん不破《ふわ》のせき人《びと》　重五
23 道《みち》すがら美濃《みの》で打《うち》ける碁《ご》を忘《わす》る　芭蕉

一人は三味線を持たせればたちまち人を魅了する名人。一人は田舎の碁打《ごうち》を負かしてはそれで旅籠《はたご》代をかせぎながら旅をしている碁打。共に世をすねて生きている境涯。

そんな二人も面白いがそれにつけた句、

24 ねざめ〳〵のさても七十　杜国

ついに世に出ることもなく、とうとう七十になってしまった、と言う。
こんな一句がじーんと胸を打つ。

二　はつ雪のの巻（冬の日）

貞享《じょうきょう》元年（一六八四）

［連衆］野水　荷兮
杜国　重五
芭蕉　正平

おもへども壮年《そうねん》
いまだころもを振《ふる》はず

1 **はつ雪《ゆき》のことしも袴《はかま》きてかへる**　**野水《やすい》**

はつ雪のことしも袴きてかへる　野水

衣を振って、
世上の俗事からのがれたい。
そうは思っているが、
壮年の今、
未だにそれもかなえられぬ。

今も今とて、
降り出して来た初雪の中を、
不自由な袴をつけて、
役所から帰るところである。

初雪の降る頃となった。
今年も又、
相も変らず、
袴をつけて、

1〈発句　はつ雪で冬〉ころもを振はず＝杜甫《とほ》の「曲江《きょくこうにて》対《さけに》レ酒《たいす》」吏情更覚《りじょうさらにおぼゆ》滄洲遠《そうしゅうのとおきを》　老大徒傷《ろうだいいたずらにいたむ》未《いまだ》レ払《ころも》レ衣《をはらはざるを》。或いは左太沖の詩の振《ころもをふるう》レ衣千仞岡《せんじんのおか》　濯《あしを》レ足万里流《すすぐばんりのながれ》に拠る。

2
霜《しも》にまだ見《み》る蕣《あさがお》の食《めし》　杜国《とこく》

役所づとめの毎日。
恪勤精励《かっきんせいれい》。
まだ咲いている
開いたばかりの、
朝顔の花を見ながら、
毎朝の食卓。
その朝顔に、
もはや朝な朝な霜の置く季節となった。

2〈脇　霜で冬〉
また、をまだの濁点を省いたものと考える。

霜にまだ見る蕣の食　杜国

3
野《の》菊《ぎく》までたづぬる蝶《ちょう》の羽《はね》お《（を）》れて　芭蕉《ばしょう》

霜の毎日。
きちんきちんと、
朝は早くお起きになる。
あなた（芭蕉）には、
「朝顔にわれは飯《めし》くふ男かな」
という御句がございましたね。
野菊をたずねて舞って行く、
秋の蝶の、
あの弱々しい様子をごらんなさい。
おっしゃる通り、
風雅の一筋を追いもとめて、
今も朝顔に飯食う（精励の意）私ですが、いわば、あの羽の折れた蝶の様な姿でありましょう。

3〈第三　野菊で秋〉
草の戸にわれは蓼《たで》くふ螢かな　其角
に対してその放埒《ほうらつ》と奇矯《ききょう》をいましめて酬《むく》いたのが、
朝顔にわれは飯くふ男かな　芭蕉
の句である。これはこの付合《つけあい》の行われる二年前天和二年（一六八二年）の作である。前句「蕣の食」というのはこの句を意識して次の芭蕉に問いかけているのであろう。先人の註解のうち、太田・高藤・島居・阿部等はこの見方であるが、露伴は全くこれに言及していない。

野菊までたづぬる蝶の羽お(を)れて　芭蕉

野菊に、力弱った蝶が飛んでいる。秋の野末。

4 **うづらふけれとくるまひきけり　荷兮《かけい》**

（その野路を）鶉を聞きに、牛車《ぎっしゃ》をやる、堂上人。

うづらふけれとくるまひきけり　荷兮

鶉を聞きに、野路に牛車《ぎっしゃ》をやる。

4〈オモテ四句目　うづらで秋〉うづらふけれ＝鳥、特にうずらの鳴くを「ふける」という。その命令形。鶉を飼うことが当時流行した。

5 **麻呂《まろ》が月袖《つきそで》に鞨鼓《かっこ》をならすらん　重五《じゅうご》**

月が上った。その月明の中で、風流な貴人が、袖に鞨鼓を打ち鳴らす。

5〈オ五句目　月で秋　月の定座《じょう ざ》〉鞨鼓＝能の小道具。胸につける小鼓の一種。

麻呂が月袖に鞨鼓をならすらん　重五

月明に打つ、鞨鼓の音！

6 **桃花《とうか》をたをる貞徳《ていとく》の富《とみ》　正平《しょうへい》**

松永貞徳は洛外に五園を持っていた。梅園、桃園、芍薬園、柿園、それに芦の丸屋。その桃園に桃の花を手折る、貞徳の富と風雅！

6〈オ折端《おりはし》　一の折《おり》の最後　桃花で春〉貞徳＝貞門俳諧の指導者。歌人・歌学者。巨万の富に恵まれた。一五七一―一六五三。

桃花をたをる貞徳の富　正平

桃園《とうえん》に桃花《とうか》を手折《たお》る貞徳
その風雅に富んだ芦の丸屋。

---

7 **雨《あめ》こゆる浅香《あさか》の田螺《たにし》ほりうへ《（ゑ）》て　杜国**

雨こゆる浅香の田螺ほりうへ《（ゑ）》て　杜国

みちのくの浅香の沼は雨が
浅ればすぐに溢れるという。
その浅香の沼の田螺をとり
寄せて庭の池に放している。

みちのくの、
浅香の沼の田螺を、
わが池に放して。

7〈ウラ一句目　田螺で春〉
田螺＝『古今集』巻十四「みちのくの浅香の沼の花がつみかつ見る人にこひやわたらん」を踏まえて、花がつみを田螺として、平民詩としての俳諧の味を出した。

---

8 **奥《おく》のきさらぎを只《ただ》なきになく　野水**

奥のきさらぎを只なきになく　野水

(罪を背負って
流された夫が、
ついにみちのくで病歿した。)
その
みちのくのきさらぎを思って、
ただ泣きに泣く人。

二月ごろの
雪深いみちのくを思って、
ただ泣き入る。

8〈ウ二句目　きさらぎで春〉
只なきになく＝ただ泣きくずれている。実際には田螺が泣くことはめったにない。

---

9 **床《とこ》ふけて語《かた》ればいとこなる男《おとこ》　荷兮**

遊女。
同じ国なまりの一夜の客と、

9〈ウ三句目　雑《ぞう》、つまり無季。恋の句〉

一つ床での身の上話。意外にも、その客は、幼いときに別れたままのいとこであった。

床ふけて語ればいとこなる男　荷兮

10 **縁《えん》さまたげの恨《うら》みのこりし　はせを**

一つの床に、遊女と客とが、たがいに身の上話。語って見れば、意外にも、いとこ同志であった。

幼いときのいいなずけ。（山賊などにさらわれてか、あるいは親の困窮《こんきゅう》のためか、）ついに夫婦になれなかったその恨み。

10〈ウ四句目　雑　恋の句〉そのいとこが横恋慕して女の良縁をさまたげ、ついに女は苦界に沈むことになったとする太田水穂の一解もある。

縁さまたげの恨みのこりし　はせを

11 **口《くち》おしと瘤《フスベ》をちぎるちからなき　野水**

縁談のさまたげとなった恨み！

口惜しいこの「こぶ」（ふすべ）！さりとてちぎりとるわけにもいかぬ。

11〈ウ五句目　雑〉

口おしと瘤《フスベ》をちぎるちからなき　野水

12 **明《あ》日《す》はかたきにくび送《おく》りせん　重五**

このこぶが目じるしになる。残念だが、今はもうちぎりとる力も尽きた。

明日はいよいよ、

12〈ウ六句目　雑〉

この首を、
敵に送って、
和を乞い、城を開こう。

明日はかたきにくび送りせん　重五

13 **小《こ》三《そう》太《だ》に盃《さかずき》とらせひとつうたひ　芭蕉**

明日は、この首を、
敵に渡してやろう。

従者の小三太にも、
盃をとらせ（酒を飲ませ）、
謡を一曲うたう。

13〈ウ七句目　雑〉

小三太に盃とらせひとつうたひ　芭蕉

14 **月《つき》は遅《おそ》かれ牡《ぼ》丹《たん》ぬす人《びと》　杜国**

小三太に、
盃をとらせ、
謡をうたっている。

牡丹を盗みに行こう。
主は盃を傾けて
御機嫌のようだ。
月も遅く出てくれよ。

14〈ウ八句目　月で秋　月の定座〉

月は遅かれ牡丹ぬす人　杜国

15 **縄《なわ》あみのかゞりはやぶれ壁《かべ》落《おち》て　重五**

「月はしばらく出ないでくれ」
と牡丹を盗もうとする風流人。

牡丹は美しく咲いているが、
その邸は、
塀の壁が落ち、

15〈ウ九句目　雑〉

縄あみのかゞりはやぶれ壁落て　重五

編みかがった縄もやぶれて、
穴があいている。
壁が落ち、
縄や竹が、
あらわに見えているような家々。

16
こつ〳〵とのみ地《じ》蔵《ぞう》切《きる》町《まち》　荷兮

こつ〳〵とのみ地蔵切町　荷兮

一と町が、みな、
こつこつと、一日中、
お地蔵さまをきざんでいる。
こつこつと地蔵をきざんでいる町。

16〈ウ十句目　雑〉

17
初《はつ》はなの世《よ》とや嫁《よめり》のいかめしく　杜国

初はなの世とや嫁のいかめしく　杜国

嫁入りの行列が行く。
荷も衣裳も、
美しくいかめしい。
花で言えば初花のような、
可憐な花嫁。
桜もほつほつ咲きはじめた。
17〈ウ十一句目　初はなで春　花の定座〉

18
かぶろいくらの春《はる》ぞかはゆき　野水
初花の世。
美しい嫁入りの行列が行く。
(行列に付いて行く)
可愛らしいお下げ髪の少女。
年はいくつになったのか。

18〈ウラの折端《おりはし》　春　これで初折《しょおり》の表《おもて》と裏が終り、以下名残《なごり》―懐紙《かいし》二枚目―の表《おもて》に移る。〉

かぶろいくらの春ぞかはゆき　野水

ほんとにかわいらしい。

明けていくつになったのか。
遊女にお付きの
このかわいい禿《かぶろ》は。

禿《かぶろ》＝かむろとも。遊女の身のまわりの世話をする侍女《じじょ》。お下げ髪にしていた。長じて遊女となる。

19
櫛《くし》ばこに餅《もち》すゆるねやほのかなる　かけい

櫛ばこに餅すゆるねやほのかなる　かけい

新年の飾餅が据えられている
立派な櫛箱。
ほのかな灯の（遊女の）部屋。

櫛箱があり、
餅が飾ってある。
ほのかな灯のあかり。

19〈ナオ一名残の表一句目　餅すゆる、で春、新年〉

20
うぐひす起《おき》よ紙燭《しそく》とぼして　芭蕉

うぐひす起よ紙燭とぼして　芭蕉

「さあお前も起きて鳴きなさい。」
と、
紙燭《しそく》をとぼして
飼鶯の箱に近づける。

もう鶯の鳴く時刻。
紙燭をとぼして、
縁に出た。

20〈ナオ二句目　うぐひすで春〉
紙燭＝原典「帋燭」。紙を縒《よ》って蠟を浸みこませたもの。

21
篠《ささ》ふかく梢《こずえ》は柿《かき》の蔕《へた》さびし　野水

篠の藪深く、
一本の柿の木。
その梢に、

21〈ナオ三句目　柿のへたで冬か〉
篠は「しの」「すず」と読む説も

去年の蒂《へた》がいくつか、さびしげに残っている。

ある。万葉三三二七歌に「百小竹之三野王《ももしののみののおおきみ》」がある。

篠ふかく梢は柿の蔕さびし　野水

22
三線《さみせん》からん不破《ふわ》のせき人《びと》　重五

篠藪の奥には、梢にへたを残した柿の木が立っている。

不破の関守よ、怪しい者ではありません。三味線をお貸し下され。ただの芸人でございます。

22〈ナオ四句目　雑〉
三線＝しゃみせん。からん＝借りよう。不破の関＝岐阜県にある。古代、鈴鹿《すずか》・愛発《あらち》（のち逢坂《おおさか》）と共に三関の一。

三線からん不破のせき人　重五

23
道《みち》すがら美濃《みの》で打《うち》ける碁《ご》を忘《わす》る　芭蕉

不破の関守よ、三味線を貸してくだされ。一曲お聞かせ致しましょう。

一方《いっぽう》、昨日美濃で打った碁の形を、今日はどうやら忘れてしまった旅の碁打ち。

23〈ナオ五句目　雑〉
諸註多く前句と後句とを同一人と見ているが、ただ同じような人物二人を描いたという（たとえば水穂）解がいい。
「道すがら」は旅の途中の宿での意。そこで「十二の八」というように言って歩きながら碁を打ったとの解もあるが、それほど超能力の碁打はめったにいない。

道すがら美濃で打ける碁を忘る　芭蕉

泊り泊りで碁を打ちながらの旅。昨日も美濃で打ったが、別にその形を覚えて置く気もない。

24
ねざめ〳〵のさても七十　杜国

ねざめ〳〵のさても七十　杜国

寝ざめ寝ざめに、
振り返って見る人生の旅路。
いつの間にか、
自分ももう七十になった。

寝ざめ寝ざめの、
さても、はや我も七十。
（かく息災なのも、
思えばみな仏恩。）

24〈ナオ六句目　雑〉

25
奉《ほう》加《が》めす御《み》堂《どう》に金《こがね》うちになひ　重五

奉加めす御堂に金うちになひ　重五

仏殿建立《こんりゅう》のための寄進。
重い金箱を、
打ち荷《にな》って、
御《み》堂の前へ運んで来た。

寺に寄進の、
黄金《こがね》の箱を、
打ち荷《にな》って行く行列。

25〈ナオ七句目　雑〉
奉加めす御堂に＝奉加召す、寺がその信徒から奉加を徴するその寺に、の意。

26
ひとつの傘《カサ》の下《した》挙《コゾ》りさす　荷兮

ひとつの傘《カサ》の下挙《コゾ》りさす　荷兮

美々しい色の、
一つの大傘。
その傘を
大勢でさして行く。

雨の中、
一つの傘を、

26〈ナオ八句目　雑〉

二三人でさして行く。

27
蓮《はす》池《いけ》に鷺《さぎ》の子《こ》遊《あそ》ぶ夕《ゆう》ま暮《ぐれ》　杜国

蓮池に鷺の子遊ぶ夕ま暮　杜国

鷺の子の遊んでいる蓮池の、
夕ま暮。

蓮池に鷺の子が遊んでいる。
その池の夕まぐれ。

27〈ナオ九句目　蓮で夏〉

28
まどに手《て》づから薄《ウス》様《ヤウ》をすき　野水

まどに手づから薄《ウス》様《ヤウ》をすき　野水

池に面した一室の窓辺で
自分の好みに合った、
薄葉《うすよう》の紙を、
すいている。

窓明りで、
みずから、
薄葉《うすよう》の紙をすいている。

28〈ナオ十句目　薄様(紙)をすきで冬〉

29
月《つき》にたてる唐《から》輪《わ》の髪《かみ》の赤《あか》枯《がれ》て　荷兮

月にたてる唐輪の髪の赤枯て　荷兮

(仕事を終えて)
月に立っている一婦人。
赤枯れた髪を、
唐輪に結っている。

月に立っている、
一老婆。
——赤枯れた髪を唐輪に結って。

29〈ナオ十一句目　月で秋　月の定座〉

30
恋《こい》せぬきぬた臨《りん》済《ざい》をまつ　はせを

恋せぬきぬた臨済をまつ　はせを

その老婆は、いま
砧《きぬた》を打っている。
旅の夫や、恋しい人を待って、
打つ砧ではない。
尊敬する臨済禅師《ぜんじ》を待つのである。

砧《きぬた》を打って待っている。しかし、
恋の砧ではない。
臨済禅師に一問せんと待ちつつ打つ砧である。

30〈ナオ折端《おりはし》　きぬたで秋〉

31
秋蟬《しゅうせん》の虚《カラ》に声《こえ》きくしづかさは　野水

秋蟬の虚《カラ》に声きくしづかさは　野水

秋の蟬の脱け殻。
この脱け殻に声を聞くしづけさは、
そも如何《いかん》？

秋の蟬の脱け殻の、
声を聞く。
そのしずけさ。

31〈ナウ一名残の裏一句目　秋蟬で秋〉

32
藤《ふじ》の実《み》つたふ雫《しずく》ぽつちり　重五

藤の実つたふ雫ぽつちり　重五

藤の実を伝って、
雫がただ一つ、
ぽっちりと落ちる。

藤の実から、
ぽつりと、
雫が一つ落ちた。

32〈ナウ二句目　藤の実で秋〉

33
袂《たもと》より硯《すずり》をひらき山《やま》かげに　芭蕉

山かげを行く旅人。
ふと心をかすめたことを、
したためようと、
袂から硯をとりだして、
藤の実から落ちる
雫を受ける。

33〈ナウ三句目　雑〉

袂より硯をひらき山かげに　芭蕉

34
ひとりは典侍《スケ》の局《つぼね》か内侍《ないし》か　杜国

袂から硯をとり出して、
山かげに、
文字をしたためている。
見ると二人の女性である。
二人のうちの
ひとりは建礼門院。
ひとりは誰？
典侍《すけ》の局《つぼね》か。
阿波の内侍《ないし》か。

34〈ナウ四句目　雑〉
この付句は『平家物語』大原御幸の俤《おもかげ》である。

ひとりは典侍《スケ》の局か内侍か　杜国

35
三ケ《みか》の花《はな》鸚鵡《おうむ》尾《お》ながの鳥《とり》いくさ　重五

もうひとりは典侍《スケ》の局《つぼね》だろうか
阿波の内侍《ないし》か。
三月三日。
折からの花の下に、
鳥合《あわ》せ（互の飼鳥の優劣を競う）が行われ
ている。
一人の持ち出したのは鸚鵡。

35〈ナウ五句目　三ケの花――三月三日の花で春　花の定座〉

一人は尾長鳥。

三ケの花鸚鵡尾ながの鳥いくさ　重五

三月三日。
花の下での、
鳥いくさ。
片方は鸚鵡。
片方は尾長。

36 **しらかみいさむ越《こし》の独活《うど》苅《かり》　荷兮**

越《こし》の国での二神の争い。
短気で乱暴な白髪《しらかみ》明神と、
片や独活刈明神と。
（白髪はうどが好きなので、
独活刈明神はうどを献じて和を乞う。）

36〈揚句《あげく》　独活《うど》で春〉
この解は江戸時代の鶖笠がこの様な伝説があるとして解しているのに従った。曲斉も自説を立てずに、この説をくわしく引いているし、太田水穂もこの説を採用し且つ考証を加えている。前句のひびきからすればたしかにこう解したい。但しこの解だと前々句から、典侍の局対内侍、鸚鵡対尾長、しらかみ対独活刈と同一発想が三句つづく。
しかし、それもまた面白しと芭蕉は許したのであろう。
白髪、独活両神の争いは、ある土地でのそういう伝説を大胆に句にしたところが面白いので、そういう伝説の真偽など目くじら立てて詮議する必要はあるまい。

三　つゝみかねての巻

（冬の日）

つゝみかねての巻（冬の日）

つえをひく事僅《ことわずか》に
十歩《じゅっぽ》

1 つゝみかねて月《つき》とり落《おと》す霽《しぐれ》かな　杜国《とこく》
2 こほりふみ行水《ゆくみず》のいなづま　重五《じゅうご》
3 歯朶《しだ》の葉《は》を初狩人《はつかりびと》の矢《や》に負《おい》て　野水《やすい》
4 北《きた》の御門《ごもん》をおしあけのはる　芭蕉《ばしょう》
5 馬糞《ばふん》掻《カク》あふぎに風《かぜ》の打《うち》かすみ　荷兮《かけい》
6 茶《ちゃ》の湯者《ゆしゃ》お《(を)》しむ野《の》べの蒲公英《タンポゝ》　正平《しょうへい》

17 県《あがた》ふるはな見次郎《みじろう》と仰《あお》がれて　重五
18 五形《ゲンゲ》菫《すみれ》の畠《はたけ》六《ろく》反《たん》　とこく
19 うれしげに囀《さえず》る雲雀《ひばり》ちり〱と　芭蕉
20 真《マ》昼《ひる》の馬《うま》のねぶたがほ也《なり》　野水
21 おかざきや矢矧《やはぎ》の橋《はし》のながきかな　杜国
22 庄屋《しょうや》のまつをよみて送《おく》りぬ　荷兮
23 捨《すて》し子《こ》は柴《しば》苅《かる》長《タケ》にのびつらん　野水
24 晦日《ミソカ》をさむく刀売《かたなう》る年　重五
25 雪《ゆき》の狂呉《きょうご》の国《くに》の笠《かさ》めづらしき　荷兮
26 襟《えり》に高雄《たかお》が片袖《かたそで》をとく　はせを

7 らうたげに物《もの》よむ娘《むすめ》かしづきて　重五

8 燈《とう》籠《ろ》ふたつになさけくらぶる　杜国

9 つゆ萩《はぎ》のすまふ力《ちから》を撰《えら》ばれず　芭蕉

10 蕎《そ》麦《ば》さへ青《あお》し滋《シ》賀《ガ》楽《ラキ》の坊《ぼう》　野水

11 朝《あさ》月《づく》夜《よ》双《すご》六《ろく》うちの旅《たび》ねして　杜国

12 紅《べ》花《に》買《カフ》みちにほとゝぎすきく　荷兮

13 しのぶまのわざとて雛《ひな》を作《つく》り居《い》る　野水

14 命《みよう》婦《ぶ》の君《きみ》より米《こめ》なんどこす　重五

15 まがきまで津《つ》浪《なみ》の水《みず》にくづれ行《ゆき》　荷兮

16 仏《ほとけ》喰《くひ》たる魚《うお》解《ホド》きけり　芭蕉

27 あだ人《びと》と樽《たる》を棺《ひつぎ》に呑《のみ》ほさん　重五

28 芥《け》子《し》のひとへに名《な》をこぼす禅《ぜん》　杜国

29 三《み》ケ《か》月《づき》の東《ひがし》は暗《くら》く鐘《かね》の声《こえ》　芭蕉

30 秋《しゅう》湖《こ》かすかに琴《こと》かへす者《もの》　野水

31 烹《に》る事《こと》をゆるしてはぜを放《はなち》ける　杜国

32 声《こえ》よき念《ね》仏《ぶつ》藪《やぶ》をへだつる　荷兮

33 かげうすき行《あん》燈《どん》けしに起《おき》侘《わび》て　野水

34 おもひかねつも夜《よ》るの帯《おび》引《ひく》　重五

35 こがれ飛《とぶ》たましゐ花《はな》のかげに入《いる》　荷兮

36 その望《もち》の日《ひ》を我《われ》もおなじく　はせを

芭蕉の手

芭蕉同座の連句ということは対等な一作者として芭蕉がそこに加わって出来た連句ということではない。芭蕉指導の連句ということである。添削の手は勿論入っている。次はどんな趣向で行ったらよいかということを、その順番に当った作者に示唆していることも勿論であろう。どうしても芭蕉の気に入るような付句の出来兼ねている作者には芭蕉自ら代作してやってその作者の名を下に書くことだってあったであろう。しかしそれがどの程度であったかははっきりしない。若い作者の作でありながら芭蕉的発想や技巧の色濃いものもあるし、又荷兮《かけい》などのようにはっきりと個性的な作者もいる。荷兮などは芭蕉の指導の下に服することをあまりいさぎよしとしなかったのであろう。

しかし、「25雪《ゆき》の狂呉《きょうご》の国《くに》の笠《かさ》めづらしき」という荷兮の句に、芭蕉も「26襟《えり》に高雄《たかお》が片袖《かたそで》をとく」と一歩も引かず、その豪遊は「27あだ人《びと》と樽《たる》を棺《ひつぎ》に呑《のみ》ほさん　重五」とまで徹底する。そして、「28　芥子《けし》のひとへに名《な》をこぼす禅《ぜん》　杜国」と一休禅師を登場させておさめる。このあたり、芭蕉の手が入っているであろう。

三　つゝみかねての巻（冬の日）

［連衆］杜国　芭蕉
重五　荷兮
野水　正平

貞享《じょうきょう》元年（一六八四）

1
つゝみかねて月《つき》とり落《おと》す霽《しぐれ》かな　杜国《とこく》

しぐれが止んだ。
雲が月をつつみかねたかのように。
月光がさっと地上に落ちて来た。

1〈発句　霽《しぐれ》で冬〉
普通、表《おもて》五句目が月の定座《じょうざ》であるが、ここに出ているため、もう表六句のうちには月の句は出ない。

つゝみかねて月とり落す霽かな　杜国

雲の切れ目から、月の光がさっと落ちる。
しかし、すぐにも又しぐれて来そうな、不安な空模様。

つえをひく事《ことわずか》僅に
十歩《じゅっぽ》

杖を引いて、
わずか十歩行くか行かぬに、

2
こほりふみ行《ゆく》水《みず》のいなづま　重五《じゅうご》

2〈脇　こほりで冬〉

氷を踏んで行く。
氷の割れ目から、
つつっ、つつっと、

水の稲妻が走る。
天と地の二つの緊張感《サスペンス》。

こほりふみ行水のいなづま　重五

3
歯《し》朶《だ》の葉《は》を初《はつ》狩《かり》人《びと》の矢《や》に負《おい》て　野水《やすい》

薄氷を踏んで行く。
その足の下に氷が割れて、
つい、ついと、
水が稲妻のように走る。

歯朶の葉を矢を入れるえびらに打ちかけて、
庭の初氷を踏み、
正月の初狩に出で立つ人びと。

3〈第三　初狩人で春、新年〉

歯朶の葉を初狩人の矢に負て　野水

4
北《きた》の御《ご》門《もん》をおしあけのはる　芭蕉《ばしょう》

歯朶の葉をえびらにかぶせて、
初狩に出で立つ面々。

北の御門を押しあける。
一陽来復。
めでたい明けの春である。

4〈オモテ四句目　あけのはるで春、新年〉

北の御門をおしあけのはる　芭蕉

5
馬《ば》糞《ふん》掻《カク》あふぎに風《かぜ》の打《うち》かすみ　荷兮《かけい》

明けの春。
北の御門を押しあけた。

道には、扇のかたちをした馬糞掻きで、
人夫が馬糞を掻いている。
春風が、

5〈オ五句目　かすみで春〉

それらをつつんで霞んでいる。

馬糞掻《カク》あふぎに風の打かすみ　荷兮

春風にかすんでいる景の中。
扇で馬糞を払いのける。

6
茶《ちゃ》の湯者《ゆしゃ》お(を)しむ野《の》べの蒲公英《タンポヽ》　正平《しょうへい》

かれんなたんぽぽの花を、
(扇で馬糞を払いのけてやって)
いとおしむ茶人。
その茶人の野点《のだて》。

6〈オ折端《おりはし》　蒲公英で春　これで初折《しょおり》の表が終り裏へ移る。〉
(前句の扇形をした馬糞掻きを実の扇として付けた。)

茶の湯者お(を)しむ野べの蒲公英《タンポヽ》　正平

野のたんぽぽを愛するような茶人。

7
らうたげに物《もの》よむ娘《むすめ》かしづきて　重五

家には、
物語などを好んで読むやさしい娘。
その娘を大事に育てている。

7〈ウラ一句目　雑―つまり無季。「娘」で　恋の句〉

らうたげに物よむ娘かしづきて　重五

大事に育てられている
上品でかわいらしい娘。

8
燈籠《とうろ》ふたつになさけくらぶる　杜国

思いを寄せる二人の男。
二人から贈られた、
二つの燈籠を前にして、
女は、
どちらが情が深いのかと、
ただ迷う。

8〈ウ二句目　燈籠で秋「なさけ」で　恋の句〉

燈籠ふたつになさけくらぶる　杜国

贈られた二つの燈籠に、
二人の男の心の深さをくらべる。

9
つゆ萩《はぎ》のすまふ力《ちから》を撰《えら》ばれず　芭蕉

つゆ萩のすまふ力を撰ばれず　芭蕉

いずれをいずれともきめかねる。
露と萩と、どちらの情趣
が深いのだろう。

庭には萩が咲きみだれ、
それに白々と露が置いている。
露も美しい。萩も美しい。

9〈ウ三句目　つゆ、萩で秋〉

10
蕎《そ》麦《ば》さへ青《あお》し滋《シ》賀《ガ》楽《ラキ》の坊《ぼう》　野水

蕎麦さへ青し滋《シ》賀《ガ》楽《ラキ》の坊　野水

茶で名高い近江、信楽《しがらき》の寺坊。
出される茶はさすがに、
青々として香りがいい。
そればかりか、夕食の新蕎麦も、
青々としている。

青々とした新蕎麦を食べさせる、
滋《し》賀《が》楽《らき》の坊。

10〈ウ四句目　蕎麦で秋〉

11
朝《あさ》月《づく》夜《よ》双《すご》六《ろく》うちの旅《たび》ねして　杜国

朝月夜双六うちの旅ねして　杜国

朝早く目をさました、
旅の双六打《すごろくうち》（ばくち打）。
月が空に残っている。

旅寝をした双六打。
早く起き出でた。

11〈ウ五句目　朝月夜で秋。秋の
句が三句つづいて出たので八句目
の月の定座をここへ引き上げた。〉

朝月夜の空が美しい。

12
紅花《べに》買《カフ》みちにほとゝぎすきく　荷兮

紅花買《カフ》みちにほとゝぎすきく　荷兮

こちらは紅花《べにばな》作りの農家を廻って、
紅花を買い集める商人。
道々、
鳴いているほととぎすを聞きながら。

12〈ウ六句目　ほとゝぎすで夏〉

染料にする紅花《べに》を、
買いに行く道すがら、
ほととぎすの声に足をとめる。

13
しのぶまのわざとて雛《ひな》を作《つく》り居《い》る　野水

しのぶまのわざとて雛を作り居る　野水

世を忍んで、
しばらく山里にかくれ住む。
その間の手すさびにと、
雛人形を作っている。

13〈ウ七句目　雑〉

手すさびに、
雛作りをしながら、
世をしのんで住んでいる。

14
命婦《みょうぶ》の君《きみ》より米《こめ》なんどこす　重五

命婦の君より米なんどこす　重五

こっそりと、
命婦の君から、
米などが、
とどけられる。

14〈ウ八句目　雑　普通はここが月の定座。五句目に引き上げられた。〉
命婦＝中級の女官の称。

命婦の君から、

15 まがきまで津浪《つなみ》の水《みず》にくづれ行《ゆき》　荷兮

まがきまで津浪の水にくづれ行　荷兮

(早速の見舞として)
米などが送られて来る。
大津波があって、
邸のまがきまで、
くづされてしまった。

まがきまでさらわれるような、
大津波。

15〈ウ九句目　雑〉

16 仏《ほとけ》喰《くひ》たる魚《うお》解《ホド》きけり　芭蕉

仏喰たる魚解《ホド》きけり　芭蕉

(その津波のあと)
大きな魚がとれた。
その魚を割《さ》いて(ほどいて)見ると、
腹中から出て来たのは、一箇の仏像。

(かつて、この男)
一匹の大魚の腹を割いて、
中から仏像を得た。

16〈ウ十句目　雑〉
解き＝原典ホトとふりがな。

17 県《あがた》ふるはな見次郎《みじろう》と仰《あお》がれて　重五

県ふるはな見次郎と仰がれて　重五

(今では)この地方で、もうずっと前から、
花見次郎と言えば、誰知らぬ者はない。
そう呼ばれて、皆から畏敬されている。
折は春。花ざかり。

花見次郎と呼ばれて、

17〈ウ十一句目　はな見次郎の花で春。花の定座。有明の主水という人名に有明の月を含めるのと同じ筆法。〉
県ふる＝地方に年経《ふ》る。

18
五形《ゲンゲ》菫《すみれ》の畠《はたけ》六《ろく》反《たん》　とこく

五形菫の畠六反　とこく

19
うれしげに囀《さえず》る雲雀《ひばり》ちり〳〵と　芭蕉

うれしげに囀る雲雀ちり〳〵と　芭蕉

20
真《マ》昼《ひる》の馬《うま》のねぶたがほ也《なり》　野水

真《マ》昼の馬のねぶたがほ也　野水

21
おかざきや矢矧《やはぎ》の橋《はし》のながきかな　杜国

その土地の人々から、
尊敬されている。

（その家の門前）
れんげ草が、
美しく咲いている、六反ほどの畠。

れんげ草の咲きつらなった畠。

ちりり、ちりりりと
うれしげに囀るひばりの声

空から、ひばりのさえずる声が、
ちりりり、ちりりりと降ってくる。

ま昼どき。
ねぶたそうな、馬の顔。

とことこと、
眠そうな顔の馬が、
旅人を乗せて行く。

岡崎の矢矧の橋。
なるほど、
聞いていた通り、長いこと、長いこと。

18〈ウラの折端《おりはし》　五形菫《ゲンゲ》で春　これで一巻の半分が終り、以下名残の折《おり》に移る。〉

19〈ナオ一句目　雲雀で春〉

20〈ナオ二句目　雑〉

21〈ナオ三句目　雑〉
矢矧の橋＝長さ二百八間。当時日本一の長い橋と称された。

おかざきや矢矧の橋のながきかな　杜国

22
庄屋《しょうや》のまつをよみて送《おく》りぬ　荷兮

庄屋のまつをよみて送りぬ　荷兮

おかざきや矢矧の橋のながきかな――
云々と、
（一首の和歌を、）
矢矧の橋から見える、
名高い庄屋の松を詠みこんで、
歌の友だちに送った。

庄屋の松に、今も残る記憶。
その松を詠んで、
それとなく庄屋に送った。

22〈ナオ四句目　雑〉前句をそのまま和歌の上の句としてとり、そういう歌を送ったというので、こういう作意の面白みで付ける方法も貞享頃までは芭蕉もよしとしていた。読者の意表をつく面白みがある。

23
捨《すて》し子《こ》は柴《しば》苅《かる》長《タケ》にのびつらん　野水

捨し子は柴苅長《タケ》にのびつらん　野水

昔、或る事情で、（庄屋の門先に）
子を捨てた。
もうその子も、柴を刈るぐらいの背丈に、
のびていることであろう。

捨てた子も、
もう柴を刈るぐらいの背丈に、
成長したであろう。

23〈ナオ五句目　雑〉

24
晦日《ミソカ》をさむく刀《かたな》売《う》る年　重五

大みそか。寒風の中を、
ついに刀まで、売りに行かねばならない。

24〈ナオ六句目　さむくで冬〉

晦日《ミソカ》をさむく刀売る年　重五

刀を金に代えて、年の瀬を越す
清貧の浪士。

25
雪《ゆき》の狂呉《きょうご》の国《くに》の笠《かさ》めづらしき　荷兮

雪の狂呉の国の笠めづらしき　荷兮

雪に興じ、
呉の国の珍らしい笠をかぶって、
旧友を訪れる風狂の士。

雪に興ずる、
風狂人。
呉の国の笠と称する、
異様な笠をかぶって、
立ち出でようとしている。

26
襟《えり》に高雄《たかお》が片袖《かたそで》をとく　はせを

襟に高雄が片袖をとく　はせを

(遊里での雪見の客)
かたわらの、
名妓高雄の、
片袖を解き、
寒さしのぎに、
襟に巻いて――

25〈ナオ七句目　雪で冬〉

26〈ナオ八句目　雑　恋の句〉
鬼才荷兮の、雪の狂……という難句に付けて悠々とその句をしのぎ相響き合って好情景を作り上げている芭蕉の付句の手腕を諸註みな称揚している。そして発句のみからは知り得ない芭蕉の艶な一面がここにもあらわれているという。高雄は江戸吉原の三浦屋に抱えられた遊女高尾の一字を変えた。高尾太夫を名乗った遊女は数多いが、仙台藩主伊達綱宗におもわれた三代高尾（万治三年、一六六〇年、二十三歳没。）が有名。『冬の日』成立の二十四年前である。付句はもちろん想像による架空のこと。

襟に高雄が片袖をとく　はせを　高雄は、

27
あだ人《びと》と樽《たる》を棺《ひつぎ》に呑《のみ》ほさん　重五

自分の片袖を解いて、
それを男の襟に巻いてやる。

樽がからになるまで呑むのだ。
死んでも本望。
そなたと二人、
この樽に入れて、
埋めてもらおう。

27〈ナオ九句目　雑　あだ人で恋の句〉前句に、「高雄」と高尾を連想させる名が出るので、付句にはその相方《あいかた》、伊達綱宗が発想の出発点になっている。が、綱宗がモデルと言うのではない。想像の一契機である。

あだ人と樽を棺に呑ほさん　重五

28
芥子《けし》のひとへに名《な》をこぼす禅《ぜん》　杜国

女と二人、
樽を呑みほして、それを
ひつぎにしようという程の、
はげしい恋。

可憐な、
ひとひらの芥子の様な女に、
浮名を流して悔いない、
禅僧。

28〈ナオ十句目　雑　名をこぼすで恋〉打越《うちこし》（前々句）、前句と当代の好色で有名な高尾や仙台公が俤（おもかげ=隠れたモデル）となっている。そこで江戸時代に有名になった禅僧一休を（モデルにして）出した。一休（一三九四―一四八一）は後小松天皇の子。貴賤貧富にかかわらぬ禅を説き、壮年以後は公然と酒色にもひたった。が、その純粋さの故に国民的人気を得ている。

芥子のひとへに名をこぼす禅　杜国

芥子の花びらが一つ、
ほろりと散る。
人生の無常を暗示するように――

そして恋のために、
地位も名もすっぱりと、
捨て果てた禅僧。

29
三《み》ケ《か》月《づき》の東《ひがし》は暗《くら》く鐘《かね》の声《こえ》　芭蕉

三ケ月の東は暗く鐘の声　芭蕉

西の山の端に三ケ月。
東の方の暗闇。
折しも、
ぼーんと、鐘の声。

西には三ケ月が光っており、
東の空はもう暗い。
遠く鐘の声が聞える。

29〈ナオ十一句目　三ケ月で秋
月の定座〉
ここでは達観した禅僧一休からは
離れ、当時はやった悲恋事件への
連想が働いている。

30
秋湖《しゅうこ》かすかに琴《こと》かへす者《もの》　野水

秋湖かすかに琴かへす者　野水

秋の湖の中ほど。
舟の中で、くり返し、一つの曲を
弾いている、その琴の音が、
かすかに、聞えてくる。

秋の湖上からは、
琴の一つの曲が、かすかに
くり返し聞えてくる。

30〈ナオ折端《おりはし》　秋湖で秋〉

31
烹《に》る事《こと》をゆるしてはぜを放《はなち》ける　杜国

つれたはぜを、
糸からはずして、
又湖中に放してやる。

31〈ナウ—名残の裏一句目　はぜ
で秋〉

烹る事をゆるしてはぜを放ける　杜国

折角ったはぜであるが、
煮ることを許して、
又水中に放してやる。

32
声《こえ》よき念《ね》仏《ぶつ》藪《やぶ》をへだつる　荷兮

声よき念仏藪をへだつる　荷兮

藪をへだてた向うから、
いい声の、
念仏が聞えてくる。

いい声で、
念仏をとなえているのが、
藪ごしに聞えている。

32〈ナウ二句目　雑〉

33
かげうすき行《あん》燈《どん》けしに起《おき》侘《わび》て　野水

かげうすき行燈けしに起侘て　野水

うす暗い行燈を、
さっきから、
消しに起きようと思っているのだが、
なかなか起きられない。

かげの薄い行燈を、
消そうとは思うが、
起きわびている。

33〈ナウ三句目　雑〉

34
おもひかねつも夜《よ》るの帯《おび》引《ひく》　重五

(行燈はついたままだが)
どうしても思いにたえかねて、
そっと、
女の寝巻の帯を引く。

34〈ナウ四句目　雑「おもひかね」「夜るの帯」で恋の句〉

おもひかねつも夜るの帯引　重五

思いにたえかねて、
そっと、女の
夜の帯を引く。

35
こがれ飛《とぶ》たましゐ花《はな》のかげに入《いる》　荷兮

恋いこがれる魂は、
身をはなれて、
花の陰に飛び入る。

35〈ナウ五句目　花で春　花の定座「こがれ」で恋の句〉

こがれ飛たましゐ花のかげに入　荷兮

風雅を愛し、
花を愛する。
その魂は、ついに、
願ったごとく、
春
身を離れて、桜の花のかげに入った。

36
その望《もち》の日《ひ》を我《われ》もおなじく　はせを

願はくは花の下にて春死なむ、
そのきさらぎの望月の頃、
と歌った西行法師と同じく、
私も、
花のかげで、望月のころ死にたいもの
だ。

36〈揚句《あげく》　その望の日——西行の歌「願はくは花の下にて春死なん　そのきさらぎの望月のころ」を踏まえて二月十五日の意（陽暦では三月末ごろ）——で春。〉

四　炭売のの巻

（冬の日）

炭売《すみうり》のの巻（冬の日）

なには津《づ》にあし火焼家《びたくや》は
すゝけたれど

1 炭売《すみうり》のを《(お)》のがつまこそ黒《くろ》からめ　重五《じゅうご》

2 ひとの粧《よそ》ひを鏡《かがみ》磨《トギ》寒《サム》　荷兮《かけい》

3 花《はな》蕀《いばら》馬骨《ばこつ》の霜《しも》に咲《さき》かへり　杜国《とこく》

4 鶴《つる》見《み》るまどの月《つき》かすかなり　野水《やすい》

5 かぜ吹《ふか》ぬ秋《あき》の日《ひ》瓶《かめ》に酒《さけ》なき日《ひ》　芭蕉《ばしょう》

6 荻《おぎ》織《お》るかさを市《いち》に振《ふら》する　羽笠《うりつ》

17 はなに泣《なき》桜《さくら》の黴《かび》とすてにける　芭蕉

18 僧《そう》ものいはず款冬《かんどう》を呑《ノム》　羽笠

19 白《しろ》燕《つばめ》濁《にご》らぬ水《みず》に羽《ハ》を洗《あら》ひ　荷兮

20 宣旨《せんじ》かしこく釵《かんざし》を鑄《い》る　重五

21 八十年《やそとせ》を三《み》つ見《み》る童《ワラハ》母《はは》もちて　野水

22 なかだちそむる七夕《たなばた》のつま　杜国

23 西南《せいなん》に桂《かつら》のはなのつぼむとき　羽笠

24 蘭《らん》のあぶらに卜木《しめぎ》うつ音《おと》　芭蕉

25 賤《しず》の家《や》に賢《けん》なる女見《おんなみ》てかへる　重五

26 釣瓶《つるべ》に粟《あわ》をあらふ日《ひ》のくれ　荷兮

7 加《か》茂《も》川《がわ》や胡《ご》磨《ま》千《ち》代《よ》祭《まつ》り微《ヤヽ》近《ちか》み　荷兮

8 いはくらの聟《むこ》なつかしのころ　重五《じゅうご》

9 おもふこと布搗哥《ぬのつきうた》にわらはれて　野水

10 うきははたちを越《こゆ》る三《マル》平《ガホ》　杜国

11 捨《すて》られてくねるか鴛《おし》の離《はな》れ鳥《どり》　羽笠

12 火をかぬ火燵《こたつ》なき人《ひと》を見《み》む　芭蕉

12 火を《(お)》かぬ火燵《こたつ》なき人《ひと》を見《み》む　芭蕉

13 門《かど》守《もり》の翁《おきな》に紙《かみ》子《こ》かりて寝《ね》る　重五

14 血《ち》刀《がたな》かくす月《つき》の暗《くら》きに　荷兮

15 霧《きり》下《お》りて本《ほん》郷《ごう》の鐘《かね》七《なな》つきく　杜国

16 ふゆまつ納《なっ》豆《とう》たゝくなるべし　野水

27 はやり来《き》て撫《なで》子《しこ》かざる正《しょう》月《がつ》に　杜国

28 つゞみ手《た》向《むく》る弁《べん》慶《けい》の宮《みや》　野水

29 寅《とら》の日《ひ》の旦《あした》を鍛《か》冶《じ》の急《とく》起《おき》て　芭蕉

30 雲《くも》かうばしき南《なん》京《きょう》の地《ツチ》　羽笠

31 いがきして誰《たれ》ともしらぬ人《ひと》の像《ぞう》　荷兮

32 泥《どろ》にこゝろのきよき芹《せり》の根《ね》　重五

33 粥《かゆ》すゝるあかつき花《はな》にかしこまり　やすい

34 狩《かり》衣《ぎぬ》の下《した》に鎧《よろ》ふ春《はる》風《かぜ》　芭蕉

35 北《きた》のかたなく〳〵簾《すだれ》おしやりて　羽笠

36 ねられぬ夢《ゆめ》を責《せむ》るむら雨《さめ》　杜国

まず『冬の日』から

芭蕉七部集は、はじめの『冬の日』が最も難解である。晩年の『炭俵』、『続猿蓑』になるとずっと平明になる。芭蕉連句に導入するためには年代順を逆にした方がいいのかも知れぬ。しかし私は希望する。『冬の日』の難解をまず我慢して読んで行ってもらいたい。そうするとはじめて『猿蓑』の高みが分かり、『炭俵』以下の淡々たる境地も分かって来る。七部集の順序に従って連句を読むことは、そのまま芭蕉の芸術の進境と歩みを共にすることで、心の中で芭蕉が生きて息づいているような気さえして来る。

ところで芭蕉は時に剣豪作家であり、時に映画監督である。

13 門守《かどもり》の翁《おきな》に紙子《かみこ》かりて寝《ね》る　重五
14 　血刀《ちがたな》かくす月《つき》の暗《くら》きに　荷兮
15 霧《きり》下《お》りて本郷《ほんごう》の鐘《かね》七《なな》つきく　杜国

心にくいほどの演出家でもある。

四　炭売《すみうり》のの巻（冬の日）

貞享《じょうきょう》元年（一六八四）

［連衆］重五　野水
荷兮　芭蕉
杜国　羽笠

なには津《づ》にあし火《び》焼家《たくや》は
すゝけたれど

1 **炭売《すみうり》のを《(お)》のがつまこそ黒《くろ》からめ**　**重五《じゅうご》**

芦火を焚く家は煤けているが、
そこに住むわが妻は、
いつまでもめずらしく、美しい。
そういう歌があるが、
炭売よ。
そなたの女房も、
さぞ色は黒いが、
かわいいことであろう。

1〈発句《ほっく》　炭売で冬〉
をのが＝正しくは「おのが」。『万葉集』巻十一（二六五一番）「難波人芦火たく家の煤《す》してあれど己が妻こそ常《とこ》めづらしき」の歌によった。従って本来の意は芦火たく家のごとく煤けているがわが妻は……の意。当時一般に「家は」と誤られていたのであろう。

炭売のを《(お)》のがつまこそ黒からめ　重五

かわいい女房まで、
さぞかし炭でまっ黒であろう。
冬の町中《なか》を、
炭をかついで売り歩く、
まっ黒な顔の炭売よ！

2 ひとの粧《よそ》ひを鏡《かがみ》磨《トギ》寒《サム》　荷兮《かけい》

ひとの粧ひを鏡磨《トギ》寒《サム》　荷兮

（と、その炭売をふり仰いだのは、
これは又、）
よその女の粧いのために、
この寒空の軒下にすわりこんで、
せっせと鏡をとぐ鏡磨《とぎ》。

なりわいとは言え、
ひとの化粧《けしょう》のために、
鏡をとぐ。
その道具を肩にした、
鏡磨ぎ師。

2〈脇　寒《さむ》で冬〉
磨寒に「トキサム」と片かなで読みがなあり。濁点を村松がつけた。

3 花《はな》蕀《いばら》馬《ば》骨《こつ》の霜《しも》に咲《さき》かへり　杜《と》国《こく》

花蕀馬骨の霜に咲かへり　杜国

（わびしく歩いて行く路に）
返り咲きの野ばらの花。
すぐその横には、
霜をかぶった馬の骨。

野ばらが返り咲きし、
そのへんに散らばっている馬の骨に、
霜が置いている。

3〈第三　霜で冬〉

4 鶴《つる》見《み》るまどの月《つき》かすかなり　野《や》水《すい》

鶴見るまどの月かすかなり　野水

窓から鶴が見える。
空には薄い月。

窓に見える鶴。
かすかな月。

4〈オモテ四句目　月で秋　月の定座は次の五句目であるがここへ引き上げた。冬から秋への季移りもごく自然である。〉

5
かぜ吹《ふか》ぬ秋《あき》の日《ひ》瓶《かめ》に酒《さけ》なき日《ひ》　芭蕉《ばしょう》

かぜ吹ぬ秋の日瓶に酒なき日　芭蕉

強い風が吹くかと思っていたが、
一向に風が吹かない。
あると思っていた瓶《びん》に、
一滴も酒がない。
拍子抜けの秋の一日。

5〈オ五句目　秋〉

6
荻《おぎ》織《お》るかさを市《いち》に振《ふら》する　羽笠《うりつ》

荻織るかさを市に振する　羽笠

風のない秋の一日。
瓶に酒の尽きたさびしい一日。
酒代かせぎに
荻で織った笠を、
町へ持って行って、
振り売りさせよう。

6〈オ折端《おりはし》　荻で秋　以下裏に移る〉
振り＝振売りの意。
振する＝フリする（自動詞）と読む説もある。フラする、は使役の他動詞。

7
加《か》茂《も》川《がわ》や胡《ご》磨《ま》千《ち》代《よ》祭《まつ》り微《ヤヽ》近《ちか》み　荷兮

荻で織った笠を、
都に出て、
売り歩いている。
京都郊外。
加茂川のほとりの村。
この村の胡磨千代祭りが、
近づいて来た。

7〈ウラ一句目　胡磨千代祭りの胡麻で秋。有明の主水《もんど》という人名で有明の月の秋季を持たせたと同じ筆法〉
胡磨千代祭り＝前句の荻織る笠というかにもありそうで、無い笠、それに応じてこれ又ありそうで実はない祭りを出した。二句のやさしい名のひびき合うところがいい。
微＝底本、徽。

賀茂川や胡磨千代祭り微近み　荷兮

胡磨千代祭りの近づいた、
賀茂川のほとりの村。

8
いはくらの聟《むこ》なつかしのころ　重五《じゅうご》

いはくらの聟なつかしのころ　重五

（その祭に客に来る）
岩倉の聟。
しばらく会わないとなつかしい。

しばらく会わぬ
岩倉の聟の、
なつかしいころである。

8〈ウ二句目　雑〉なつかしで恋の呼び出し、つまり次に恋句を出しやすくしている。

9
おもふこと布搗哥《ぬのつきうた》にわらはれて　野水

おもふこと布搗哥にわらはれて　野水

思っていることを、
みんなからひやかされる。
布搗哥の中へ
歌いこんで——

恋しいと思っている男のことを、
布搗唄の文句にして、
みなから笑われる。

9〈ウ三句目　雑　「おもふこと」で恋の句〉「思ひ」は恋の詞。

10
うきははたちを越《こゆ》る三平《マルガホ》　杜国

うきははたちを越る三平《マルガホ》　杜国

はたちを越えても、
まだ貰い手がない。
お多福だから仕方がないが、
悲しい。

はたちをすぎてもひとりでいる。

10〈ウ四句目　雑　憂《う》きで恋の句〉底本「三平」にマルカホとふりがな。「三平」は、三平二満（額、鼻、あごが平らで両頬がふくらんでいる）の略でお多福のこと。

11
捨《すて》られてくねるか鴛《おし》の離《はな》れ鳥《どり》　羽笠

捨られてくねるか鴛の離れ鳥　羽笠

12
火を《(お)》かぬ火燵《こたつ》なき人《ひと》を見《み》む　芭蕉

火を《(お)》かぬ火燵なき人を見む　芭蕉

13
門守《かどもり》の翁《おきな》に紙子《かみこ》かりて寝《ね》る　重五

門守の翁に紙子かりて寝る　重五

不器量なのが悲しい。

一羽離れて泳いでいる鴛鳥《おし》。夫《つま》鳥にすてられて、すねうらんでいるのであろう。（わたしのように――）

池には夫《つま》鳥に捨てられてひねくれ、すねて泳いでいる鴛鳥がいる。

近くの家には火も入れぬ炬燵に、亡き人を思って、ただひとりいる女性。

火のないこたつに、亡き人をしのびながら――

門番のじいさんに紙子を借りて、わびしく寝る人。

門番のじいさんに、一夜泊めてもらう。じいさんの紙子を借りて。

11〈ウ五句目　鴛すなわち水鳥で冬〉「捨てられ」「鴛の離れ鳥」で恋の句。

12〈ウ六句目　無常　火燵で冬〉「をかぬ」は「おかぬ」が正しい。

13〈ウ七句目　紙子で冬〉紙子＝原本「帋子」。

14 **血《ち》刀《がたな》かくす月《つき》の暗《くら》きに　荷兮**

人を斬って来た血刀を、
暗い月影に、
そっとうしろへかくして、
何食わぬ顔。

血刀かくす月の暗きに　荷兮

暗い月影に、
血刀をそっとかくす。

14〈ウ八句目　月で秋　月の定座〉

---

15 **霧《きり》下《お》りて本《ほん》郷《ごう》の鐘《かね》七《なな》つきく　杜国**

しんと霧の下りた、
江戸の町はずれ本郷。
七つ(午前四時ごろ)の鐘が聞える。

霧下りて本郷の鐘七つきく　杜国

霧のしっとりおりた、
明け方の本郷。
七つの鐘が鳴る。

15〈ウ九句目　霧で秋〉

---

16 **ふゆまつ納豆《なっとう》たゝくなるべし　野水**

もう冬も近い。
朝の支度に、
はや納豆を叩く音がきこえる。

ふゆまつ納豆たゝくなるべし　野水

はや冬も近い。
とんとんと、
納豆を叩く音が聞える。
(僧の)朝食の用意である。

16〈ウ十句目　ふゆまつで秋〉

---

17 **はなに泣《なき》桜《さくら》の黴《かび》とすてにける　芭蕉**

とり出した着物に、

17〈ウ十一句目　はなで春　花の定座〉
古来難句としてさまざまな解釈

今年の春の、
なつかしい桜の花びらが、
ひからびて一つ、二つ。
花に月に執《しゅう》する——
思えばこれも迷いの一つ。
花とていわば桜のかびである。
かびを捨て、
俗念をきっぱりと捨てた。

や、或いは誤写説が行われて来た。冬待つ——の次が花の定座で芭蕉も相当に苦しんだ句であろうとは想像される。樋口説に「芭蕉の付句には前句に一種の心機を聯想し得る體あるもの出でし時には往往禅機めける句を以て応ぜり」というのは傾聴に値すると思う。

はなに泣桜の黴とすてにける　芭蕉

18
僧《そう》ものいはず款《かん》冬《どう》を呑《ノム》　羽笠

枯れしなびた桜の花びらに、
過ぎ去った春をなつかしく思い出す。
いやいや、それも至らぬ故の迷い！
いってみれば花も桜のかび！
そう思ってきっぱりと俗世を捨てた。

ぜんそくに利く、
款冬《かんどう》のたばこ（ふきのとうの乾したもの）を
だまってのんでいる、
僧。

18 〈ウラの折端《おりはし》　款冬《かんどう》——やまぶきで春〉
款冬、原本「欵冬」と誤る。又諸注「かんどう」と読むものが多いが諸橋『大漢和辞典』は「かんとう」。

僧ものいはず款冬を呑《ノム》　羽笠

19
白《しろ》燕《つばめ》濁《にご》らぬ水《みず》に羽《ハ》を洗《あら》ひ　荷兮

せき薬の款冬のたばこを、
しずかにのんでいる、
無言の僧。

清冽な水に、

19 〈ナオ—名残の表一句目　燕で

羽を洗い、羽を休めている、白燕。

春〉

白燕濁らぬ水に羽《ハ》を洗ひ　荷兮

20
宣旨《せんじ》かしこく釵《かんざし》を鋳《い》る　重五

白燕が、清い水に羽を洗う。霊瑞《れいずい》である！

かしこき勅命を受けて、釵《かんざし》を鋳《い》る工人。

20〈ナオ二句目　雑〉

宣旨かしこく釵を鋳る　重五

21
八《や》十《そ》年《とせ》を三《み》つ見《み》る童《ワラハ》母《はは》もちて　野水

勅命のもとに、釵《かんざし》を鋳る。

（それを鋳るのは）二百四十歳になる童《わらわ》。しかもその童には、まだ母親が健在である。

21〈ナオ三句目　雑〉八十年を三つ見るの解はさまざまで、二百四十、二百八十、七十三、八十三歳説。他に八の字は誤りで、十年を三つで三十歳説がある。甲斐などでは七十を三つ越すことを八十を三つ見るというとのことで（夏目成美説）今は七十三歳説をとる者が多い。しかしここの俳諧地（数句をつらぬいてほぼ一定しているふん囲気）はずっと超現実的な神仙界の気味があるので二百四十歳説に従った。越人《えつじん》註もこれである。

八十年を三つ見る童《ワラハ》母もちて　野水

二百四十歳で、
なお少年である。
母もある。
めでたい長寿。

22
なかだちそむる七夕《たなばた》のつま　杜国

なかだちそむる七夕のつま　杜国

牽牛・織女二星のちぎりは、
限りもなく長いが、
今日を千年《ちとせ》のはじめとして、
いよいよ睦じくあるように。

七夕の二星が、
これから千年のちぎりを、
交そうとしている。

22〈ナオ四句目　七夕で秋　恋の句〉
この句もまた古来諸註さまざまである。これは越人《えつじん》註に従った。

23
西南《せいなん》に桂《かつら》のはなのつぼむとき　羽笠

西南に桂のはなのつぼむとき　羽笠

西南の方に、
桂の花のつぼみのような
六、七日の月が
かかっている。

西南に、
桂の花のつぼみ。

23〈ナオ五句目　桂のはな――月の異名　秋　名残の表は十一句目が月の定座であるがここへ引き上げた。〉
桂のはな＝中国の古書に、月中に桂有り、高さ五百丈とある。古来わが国でも月と桂とは詠み合わされて来た。

24
蘭《らん》のあぶらに卜《しめ》木《ぎ》うつ音《おと》　芭蕉

ここに、
締《しめ》木をとんとんと打って、
蘭の油をしぼる音。

24〈ナオ六句目　蘭で秋〉
桂の花の虚に蘭の油の虚を以て応じた。

蘭のあぶらに卜木うつ音　芭蕉

しめ木をとんとんと打って、
蘭の油をしぼっている。

25 **賤《しず》の家《や》に賢《けん》なる女見《おんなみ》てかへる**　**重五**

賤の家に賢なる女見てかへる　重五

貧しい家に、
(蘭の油をしぼる)
賢《かしこ》い女を、見た。

賤しい家で、
思わぬ賢女に会って、
帰った。

25〈ナオ七句目　雑〉

26 **釣《つる》瓶《べ》に粟《あわ》をあらふ日《ひ》のくれ**　**荷兮**

釣瓶に粟をあらふ日のくれ　荷兮

(そして、夕食の支度に)
釣瓶の水で、
粟を洗う。
日のくれ。

夕暮。
釣瓶で、
餅につく粟を洗っている。

26〈ナオ八句目　雑〉

27 **はやり来《き》て撫子《なでしこ》かざる正月《しょうがつ》に**　**杜国**

はやり来て撫子かざる正月に　杜国

はやり正月の用意。
門松のかわりに、
撫子をかざって。

疫病退散を祈るための、
俄正月。

27〈ナオ九句目　撫子で夏〉
疫病などがはやると祝い直しのために六月一日を正月として正月のやり直しをした。はやり正月。俄正月。勝手正月。

28
つゞみ手向《たむく》る弁慶《べんけい》の宮《みや》　野水

つゞみ手向る弁慶の宮　野水

弁慶をまつってある宮に、
神楽鼓を打って、
祈願する。

弁慶の宮に、
祈願の、
鼓を打つ。

28〈ナオ十句目　雑〉

29
寅《とら》の日《ひ》の旦《あした》を鍛冶《かじ》の急《とく》起《おき》て　芭蕉

寅の日の旦を鍛冶の急起て　芭蕉

刀鍛冶にとって、
大切な寅の日。
名刀を打たんとする刀匠が、
未明に起き出でた。

寅の日の早暁。
早くも起き出でた刀鍛冶。

29〈ナオ十一句目　雑〉

30
雲《くも》かうばしき南《なん》京《きょう》の地《ツチ》　羽笠

雲かうばしき南京の地　羽笠

雲までも匂うような、
奈良の土地。

雲までよい匂いのする、
奈良の土地。

30〈ナオ折端《おりはし》　雑〉
南京＝奈良。奈良には刀鍛冶が多かった。
また鹿が多いため自然早起きの風がある。
中国の都市「なんきん」と読む説もある。

31
いがきして誰《たれ》ともしらぬ人《ひと》の像《ぞう》　荷兮

斎《い》垣を結って、
誰とも知れぬ像がある。

31〈ナウ―名残の裏一句目　雑〉

いがきして誰ともしらぬ人の像　荷兮

斎垣《い》の中の、
名も知れぬ木像。
何となく尊とく、神々しい。

32
泥《どろ》にこゝろのきよき芹《せり》の根《ね》　重五

泥にこゝろのきよき芹の根　重五

（そのあたりの）
泥の小川の芹。
泥にそまらぬその白い根。

32〈ナウ二句目　芹で春〉

33
粥《かゆ》すゝるあかつき花《はな》にかしこまり　やすい

粥すゝるあかつき花にかしこまり　やすい

泥にそまらぬ、
清い芹の根。

清貧に安んじ、
月花の風雅の道に心を正しく持して、
あかつき、しずかに粥をすする人。

33〈ナウ三句目　花で春　五句目の花の定座を二句引き上げた〉

早暁。
咲きみちた花の下《もと》。
一同かしこまって、
粥をすすっている。

34
狩《かり》衣《ぎぬ》の下《した》に鎧《よろ》ふ春《はる》風《かぜ》　芭蕉

狩衣の下に鎧ふ春風　芭蕉

いよいよ出陣である。
春風にあおられる。
高貴な方の狩衣の下に、
鎧がのぞく。

34〈ナウ四句目　春風で春〉

高貴な若武者。

35
北《きた》のかたなく〱簾《すだれ》おしやりて　羽笠

春風にあおられる、
狩衣の下に、
鎧をつけている。

その北の方（奥方）。
泣く泣く簾をおしやって、
見送っている。

35〈ナウ五句目　花の定座であるが二句前にすでに出てしまった。雑　「北の方」あるいは「泣く泣く」で恋の句〉

北のかたなく〱簾おしやりて　羽笠

泣きながら簾をおしやって、
庭を見る、
北の方。

36
ねられぬ夢《ゆめ》を責《せむ》るむら雨《さめ》　杜国

ひとり寝のさびしさ。
苦しい夢を、
さらに責めるように、
降り出して来た村雨。

36〈揚句《あげく》　雑　夢で恋の句〉揚句は春の季を持たせて、ゆるやかに、めでたく一巻を結ぶのが普通であるが、敢て常套を破っている。これも芭蕉のねらいである。

五　霜月やの巻

（冬の日）

霜月《しもつき》やの巻（冬の日）

田《でん》家眺望《かちょうぼう》

1 霜《しも》月《つき》や鸛《カウ》の彳《ツク》々《つく》ならびゐて　荷兮《かけい》

2 冬《ふゆ》の朝日《あさひ》のあはれなりけり　芭蕉《ばしょう》

3 樫《かし》檜《ひのき》山家《やまが》の体《てい》を木《こ》の葉《は》降《ふる》　重五《じゅうご》

4 ひきずるうしの塩《しお》こぼれつゝ　杜国《とこく》

5 音《おと》もなき具足《ぐそく》に月《つき》のうす〱と　羽笠《うりつ》

6 酌《しゃく》とる童《ワツパ》蘭《らん》切《きり》にいで　野水《やすい》

7 秋《あき》のころ旅《たび》の御連歌《ごれんが》いとかりに　芭蕉

8 漸《ようや》くはれて富士《ふじ》みゆる寺《てら》　荷兮

9 寂《じゃく》として椿《つばき》の花《はな》の落《おつ》る音《おと》　杜国

10 茶《ちゃ》に絲遊《いとゆう》をそむる風《かぜ》の香《か》　重五

23 ことにてる年《とし》の小角豆《ささげ》の花《はな》もろし　野水

24 萱屋《かやや》まばらに炭団《たどん》つく臼《うす》　羽笠

25 芥子《けし》あまの小坊交《こぼうまじ》りに打《うち》むれて　荷兮

26 お《（を）》るゝはすのみたてる蓮《はす》の実《み》　芭蕉

27 しづかさに飯台《はんだい》のぞく月《つき》の前《まえ》　重五

28 露《つゆ》を《（お）》くきつね風《かぜ》やかなしき　杜国

29 釣柿《つりがき》に屋根《やね》ふかれたる片庇《かたびさし》　羽笠

30 豆腐《とうふ》つくりて母《はは》の喪《も》に入《いる》　野水

31 元政《げんせい》の草《くさ》の袂《たもと》も破《やれ》ぬべし　芭蕉

32 伏見《ふしみ》木幡《こは(ば)た》の鐘《かね》はなをうつ　かけゐ

33 いろふかき男猫《おねこ》ひとつを捨《すて》かねて　杜国

11 雉《きじ》追《おい》に烏《え》帽《ぼ》子《し》の女《おんな》五《ご》三《さん》十《じゅう》　野水
12 庭《にわ》に木《き》曾《そ》作《つく》るこひの薄《うす》衣《ぎぬ》　羽笠
13 なつふかき山《やま》橘《たちばな》にさくら見《み》ん　荷兮
14 麻《あさ》かりといふ哥《うた》の集《しゅう》あむ　芭蕉
15 江《え》を近《ちか》く独《どく》楽《らく》庵《あん》と世《よ》を捨《すて》て　重五
16 我《わが》月《つき》出《いで》よ身《み》はおぼろなる　杜国
17 たび衣《ごろも》笛《ふえ》に落《らっ》花《か》を打《うち》払《はらい》　羽笠
18 篭《かご》輿《こし》ゆるす木《ぼ》瓜《け》の山あい（ひ）　野水
19 骨《こつ》を見《み》て坐《ソゾロ》に泪《なみだ》ぐみうちかへり　芭蕉
20 乞《こ》食《じき》の蓑《みの》をもらふしのゝめ　荷兮
21 泥《どろ》のうへに尾《お》を引《ひく》鯉《こい》を拾《ひろ》ひ得《え》て　杜国
22 御《み》幸《ゆき》に進《すす》む水《みず》のみくすり　重五

34 春《はる》のしらすの雪《ゆき》はきをよぶ　重五
35 水《すい》干《かん》を秀《しゅう》句《く》の聖《ひじり》わかやかに　野水
36 山《さ》茶《ざん》花《か》匂《にお》ふ笠《かさ》のこがらし　うりつ

いかに見よとの巻（冬の日）

追加

1 いかに見《み》よと難面《つれなく》うしをうつ霰《あられ》　羽笠
2 樽《たる》火《ひ》にあぶるかれはらの松《まつ》　荷兮
3 とくさ苅《カリ》下《した》着《ぎ》に髪《かみ》をちやせんして　重五
4 檜《ひ》笠《がさ》に宮《みや》をやつす朝《あさ》露《つゆ》　杜国
5 銀《しろがね》に蛤《はまぐり》かはん月《つき》は海《うみ》　芭蕉
6 ひだりに橋《はし》をすかす岐《ぎ》阜《ふ》山《さん》　埜水

作者の心境

この巻の発句・脇の絶妙のうまさ、特に脇の心境の高さに感動しない人は、ついに連句に縁なき衆生である。

発句が「て止まり」では規則違反だなどと言っている人はついに詩に無縁の人である。

また連句はすべて口から出まかせにでたらめを句にするもの、と思っている人が多いが、そういう人には「16　我月出《わがつきいで》よ身はおぼろなる　杜国」の心境はわからないであろう。杜国はこのころ先米《さきまい》取引の嫌疑で調べられていた。杜国は結局家屋は没収され伊良古《いらこ》岬へ流罪の身となった。この句は刑のきまる前の悲痛な叫びである。

五　霜月《しもつき》やの巻（冬の日）

［連衆］荷兮　杜国
芭蕉　羽笠
重五　野水

貞享元年（一六八四）

田《でん》家眺望《かちょうぼう》

1 霜《しも》月《つき》や鶴《カウ》の彳《ツク》々《つく》ならびゐて　　荷兮《かけい》

田舎家での眺め
広々とした刈田。
いかにも十一月（霜月）。
霜を置いたその景色の中に、
つくつくと立ちならぶ
五六羽のこうのとり。
（この日ごろ、
一座する私共五六人の
姿のようにも見えまする。）

1〈発句　霜月で冬〉
越人《えつじん》註に、この『冬の日』の出来た十月から十一月にかけて連中の寄り合ったことを下心としているのであろう、とある。すなわち、「冬の日出来之時《しゅったいのとき》、十月より十一月迄の間、連中寄合《よりあい》たる下心《したごころなる》可レ成《べし》。」
暁台・士朗の『秘註俳諧七部集』に「霜月ノ霜ノ字ニ鴻《ママ》ノ白きを掛合ノ姿ト言」とある。
発句が「て止《ど》まり」で（普通は第三がて止まり）変わっている。

霜月や鶴《カウ》の彳《ツク》々ならびゐて　　荷兮

霜月の広い田んぼに、

2〈脇　冬の朝日で冬〉

2
冬《ふゆ》の朝日《あさひ》のあはれなりけり　芭蕉《ばしょう》

つくつくと立ちならぶ
五六羽のこうのとり。

田づら一面の、
冬の朝日。
その情趣深い
透明な光。

『秘註俳諧七部集』に「翁曰《おきないわく》、此脇《このわき》ハ出来タリト思フト自慢セラレシ也……略……場所ヲハヅシテ上《うえ》カラ打《うち》ヲヽヒタル変風ノ脇也ト宣《のたま》ヱリ。去来一生脇句ノ鑑《かがみ》トナシタリ」とある。『冬の日』の題号もこれによる、との説あり。

冬の朝日のあはれなりけり　芭蕉

3
樫《かし》檜《ひのき》山家《やまが》の体《てい》を木《こ》の葉《は》降《ふる》　重五《じゅうご》

冬の朝日が、
趣深くさしている。

樫、ひのきにかこまれた、
いかにも山家のさまの家。
木の葉がはらはらと降っている。

3〈第三　木の葉降る　で冬〉「降」をフリと読む解説書が多いが、前句の「けり」に障《さわ》って、同意できない。「山家」をさんかと読む説もあるが、発句前書のでんかに障るように思う。

樫檜山家の体を木の葉降　重五

4
ひきずるうしの塩《しお》こぼれつゝ　杜国《とこく》

路傍の山家。
その家をつつむ様に、
樫、ひのきの落葉が、
はらはらと降っている。

塩を積んだ牛。
のたのたと鼻づらを引っぱられながら、
山道を登って行く。
その荷から、
塩がこぼれつづいている。

4〈オモテ四句目　雑、即ち無季の句〉

ひきずるうしの塩こぼれつゝ　杜国

ひきずるように、
疲れた牛の鼻づらを引いて行く。
牛の背に積んだ俵からは、
塩がこぼれついでいる。

5
音《おと》もなき具《ぐ》足《そく》に月《つき》のうす〳〵と　羽笠《うりつ》

（その牛の行く手）
ひそりと声を殺した、
一隊の武士。
具足に、
月がうすうすとさしている。

5〈オ五句目　月で秋　月の定《じょう》座《ざ》〉

音もなき具足に月のうす〳〵と　羽笠

出陣前の武士達の、
しずかな酒宴。
居並んだ鎧に、
月の光がうすくさしている。

6
酌《しゃく》とる童《ワッパ》蘭《らん》切《きり》にいで　野水《やすい》

酌をする少年が、
庭前の蘭を切りに出た。

6〈オ折端《おりはし》　蘭で秋　これで表六句を終り、初裏《しょうら》に入る。〉原本「童」にワツハとふりがな。

酌とる童《ワッパ》蘭切にいで　野水

酌とりの童子が、
蘭を切りに出た。

7
秋《あき》のころ旅《たび》の御《ご》連《れん》歌《が》いとかりに　芭蕉

旅宿の公家《くげ》の一行。
旅中のことで、
いと略式に、

7〈ウラ一句目　秋〉
御連歌＝たとえば次の句のモデル（おもかげ）と考えられる足利将軍義教などは「北野社に一日万句

連歌の会を催す。
頃は秋。

連歌を張行」（一四三八年三月）
などと歴史書に見える。

秋のころ旅の御連歌いとかりに　芭蕉

8
漸《ようや》くはれて富《ふ》士《じ》みゆる寺《てら》　荷兮

秋。
旅中での、
いとかりそめの
連歌の会。

その寺から、
ようやく晴れて来た空に、
富士が見える。

8〈ウ二句目　雑〉
富士みゆる寺＝越人の『俳諧冬日集槿花翁解』には「将軍（足利）義教《よしのり》などの富士遊覧（一四三二）の下心《したごころ》も可有《あるべし》」とある。「漸く」を「漸〱」と見て「やうやう」と読む説もあるが従えない。

漸くはれて富士みゆる寺　荷兮

9
寂《じゃく》として椿《つばき》の花《はな》の落《おつ》る音《おと》　杜国

漸く晴れて来て、
富士の見える寺。

その静かな寺の庭。
ぽとりと、
椿の花の落ちる音がする。

9〈ウ三句目　椿で春〉

寂として椿の花の落る音　杜国

10
茶《ちゃ》に絲《いと》遊《ゆう》をそむる風《かぜ》の香《か》　重五

森閑とした庭。
ぽとりと椿の花が落ちる。

かげろう（いとゆう）が立っている。
茶の湯の釜の湯気も上っている。
それらを風が吹いて、
茶の香りを送って来る。

10〈ウ四句目　絲遊—かげろう—で春〉
絲《し》遊《ゆう》は古くから「かげろう」の意に用いられているが、游絲《ゆうし》（かげろう）からの誤りか（露伴）。

茶に絲遊をそむる風の香　重五

野中での茶の湯。
吹いて来る風に、
かげろうまで、
茶の香に染まる。

11
雉《きじ》追《おい》に烏《え》帽《ぼ》子《し》の女《おんな》五《ご》三《さん》十《じゅう》　野水

雉追に烏帽子の女五三十　野水

豪勢な野遊び。
烏帽子をつけた、
数十人の女房達が、
一せいに雉を追い立てる。

女房達に烏帽子を着せて、
雉追いをする。

11〈ウ五句目　雉で春〉

12
庭《にわ》に木《き》曾《そ》作《つく》るこひの薄《うす》衣《ぎぬ》　羽笠

庭に木曾作るこひの薄衣　羽笠

庭には、
木曾を模した築山。薄衣を着た
多くの妻妾。
色めくものの、みな薄い情の恋。

木曾を模した築山のある邸。
薄衣を着たお遊びの恋の女たち。

12〈ウ六句目　薄衣で夏　恋の句〉
こひの薄衣＝恋の薄い、と、薄衣
とが懸けてある。

13
なつふかき山《やま》橘《たちばな》にさくら見《み》ん　荷兮

木曾は夏深くなって
橘の花咲く頃に
遅桜の花も咲く。
山橘の花と

13〈ウ七句目　夏深きで夏　恋〉

遅桜の花と
いずれ劣らぬ浮気の二人の女。

なつふかき山橘にさくら見ん　荷兮

14
麻《あさ》かりといふ哥《うた》の集《しゅう》あむ　芭蕉

夏深き山中。
橘の花も咲き、
遅桜の花も咲いている。

(山中に庵を結び、)
「麻かり」と題する、
歌の集を編んでいる。

14〈ウ八句目　麻かりで夏〉

麻かりといふ哥の集あむ　芭蕉

15
江《え》を近《ちか》く独《どく》楽《らく》庵《あん》と世《よ》を捨《すて》て　重五

「麻かり」という、
歌の集を編んでおりまする。

河に近く、
独楽庵と称する庵に、
世をお捨てになって。

15〈ウ九句目　雑〉
重五は前句を芭蕉の独白と聞き、深川芭蕉庵にお住いになってというところを「江を近く」としたのであろう。

江を近く独楽庵と世を捨て　重五

16
我《わが》月《つき》出《いで》よ身《み》はおぼろなる　杜国

河のほとりに、
一庵を結び、
独楽庵と称して、
世を捨てて住んではいるが。

わが無実の罪を、晴らすべき、
月よ、
早く出てくれ。

16〈ウ十句目　おぼろで春　裏七句目または八句目が月の定座であるが、ここへこぼし―遅く出し―た。〉
杜国は本名坪井庄兵衛。名古屋御園町の町代も務めた。富裕な米商。延米《のべまい》（年貢米の目減りを防ぐため、その分を見積もって米一俵

疑につつまれて、
朧に暗い今のわが身である。

三斗五升の俵に三斗七升入れた。）売買の不正が発覚してこの翌年領内追放となった。（注2参照）連句はすべてフィクション（虚構）のみと見るのも窮屈である。フィクションと見せて、ちらりと本音を漏らすのも作者の慰みである。

我月出よ身はおぼろなる　杜国

心にかかるこの朧を、
打払う月よ、
出てくれ。

17 **たび衣《ごろも》笛《ふえ》に落《らっ》花《か》を打《うち》払《はらい》　羽笠**

旅衣に降りかかる落花を、
手にする笛で、
打払う。

17〈ウ十一句目　落花で春　花の定座〉

たび衣笛に落花を打払　羽笠

旅衣に散る落花を、
手に持った笛で払いながら——

18 **篭《かご》輿《こし》ゆるす木《ぼ》瓜《け》の山あい《（ひ）》　野水**

かごかきたちの労苦をねぎらって、
かごや輿《こし》を下りて、
歩いて行く。
草ぼけ（しどめ）の咲く山あいの道を。

18〈ウラ折端《おりはし》　木瓜で春　これで一の折《おり》即ち初折《しょおり》の表が終った。〉篭輿＝古来のりものまたはろうごし（牢輿）と読んで来た。そして一句の解は「流罪の人が山間で役人に牢ごしから出ることを許された。」というのである。これは、ろうごしと読む解は勿論、のりもの説の多くもそうである。しかしそれでは打越（一句飛ん

竈《かご》輿《こし》ゆるす木瓜の山あい　野水

かごかきの辛労を察して、
かごや輿《こし》から下り立った。
あたりは山深く、
草ぼけの赤い花が咲いている。

で前）の「我月出《わがつきいで》よ…」の境遇と同じで、つまり前へ戻る発想でよくない。
越人註には「駕籠にのらずして行句なり。」とある。

19 骨《こつ》を見《み》て坐《ソゾロ》に泪《なみだ》ぐみうちかへり　芭蕉

ふと見ると、
人骨がちらばっている。
涙がこみ上げて来る。
人の運命も、
わが身の運命も思われて——

19〈ナオ—名残の表一句目　雑〉この貞享元年（芭蕉四十一歳）は甲子吟行と名づける旅に出た年であって、その旅の途次こうして名古屋に在って荷兮らと句作しているのである。この紀行の冒頭に芭蕉は、
　野ざらしをこゝろに風のしむ身かな
の一句を成している。路傍に病んで白骨となることを覚悟しているのである。このことを心に置いてこの付句を読むとやはり暗々のうちに芭蕉の心境の吐露されていることが感じられる。それを感知しつつ荷兮は芭蕉に配するに乞食を以てした。それが次の付句である。（注1参照）

骨を見て坐《ソゾロ》に泪ぐみうちかへり　芭蕉

山野に屍となっている人を見て、
そぞろに涙ぐむ。

20
乞食《こじき》の蓑《みの》をもらふしのゝめ　荷兮

乞食の蓑をもらふしのゝめ　荷兮

野宿をした朝。
来かかる乞食から、
蓑をもらう。

夜明け。
乞食から、
蓑をもらう。

20〈ナオ二句目　雑〉

21
泥《どろ》のうへに尾《お》を引《ひく》鯉《こい》を拾《ひろ》ひ得《え》て　杜国

泥のうへに尾を引鯉を拾ひ得て　杜国

泥の上に、
尾を引いている鯉を、
拾って（蓑に）つつむ。

泥に尾を引く鯉を、
拾った（老人）。

21〈ナオ三句目　雑〉荘子に、死して神亀として尊ばれるよりも生きて尾を泥中に引いた方がよい、という話がある。これをふまえて亀を鯉としている。杜国がちょっぴり自己の心境を出しているのではなかろうか。

22
御《み》幸《ゆき》に進《すす》む水《みず》のみくすり　重五

御幸に進む水のみくすり　重五

行幸の天皇に
水あたりをふせぐ
霊薬を奉る。

行幸の天皇に、
水あたりに利く
薬を奉る者があった。

22〈ナオ四句目　雑〉

23
ことにてる年《とし》の小角豆《ささげ》の花《はな》もろし　野水

（その行幸の道筋）
ひでり（殊《こと》に照《て》る）の為に、
ささげの花が、

23〈ナオ五句目　小角豆の花で夏〉

実も結ばずに、
ほろりと落ちる。

ことにてる年の小角豆の花もろし　野水

ひでり年。
垣のささげの花が、
ぽろりと落ちる。

24
萱《かや》屋《や》まばらに炭《た》団《どん》つく臼《うす》　羽笠

あちこちに萱葺の家々。
どの家の庭でも、
黒い臼で、
炭団をついている。

24〈ナオ六句目　炭団つくで夏〉

萱屋まばらに炭団つく臼　羽笠

萱葺の家が五六軒。
どの家も炭団つきに忙しい。

25
芥《け》子《し》あまの小《こ》坊《ぼう》交《まじ》りに打《うち》むれて　荷兮

そのへんで遊んでいる村の子どもたち。
芥子あまの女の子たち、
坊主あたまの男の子たちが、
まじり合って。

25〈ナオ七句目　芥子あまの芥子で夏〉
芥子あま＝頭の頂だけ剃り残している女の子。

芥子あまの小坊交りに打むれて　荷兮

童女・
童子たちが、
打ちまじって遊んでいる。

26
お《(を)》る〻はすのみたてる蓮《はす》の実《み》　芭蕉

蓮池。
折れている蓮の実。

26〈ナオ八句目　蓮の実で秋〉

立っている蓮の実。

お《(を)》るゝはすのみたてる蓮の実　芭蕉

蓮池。
立っている実。
折れた実。

27
しづかさに飯台《はんだい》のぞく月《つき》の前《まえ》　重五

禅寺の食堂。
大きな飯台に、
月がさしこんで、
人影はない。

27〈ナオ九句目　月で秋　十一句目の月の定座を引き上げた。〉

しづかさに飯台のぞく月の前　重五

禅寺の食堂に、
月がひっそりと、
さしこんでいる。
　それをのぞいた黒い影――

28
露《つゆ》を《(お)》くきつね風《かぜ》やかなしき　杜国

裏山から、
風に乗って聞えてくる、
かなしげな狐の鳴き声。
夜露に濡れそぼれて。
(さっきの黒い影は
腹を減らした狐だったのか。)

28〈ナオ十句目　露で秋〉

露を《(お)》くきつね風やかなしき　杜国

露に濡れて、
鳴く狐の声。
秋風が悲しいのか。

29 釣柿《つりがき》に屋根《やね》ふかれたる片庇《かたびさし》　羽笠

壁に干す吊し柿。
その上に片庇がふいてある。

釣柿に屋根ふかれたる片庇　羽笠

片庇の仮小屋。
柿も吊してある。

29〈ナオ十一句目　柿で秋〉

---

30 豆腐《とうふ》つくりて母《はは》の喪《も》に入《いる》　野水

豆腐を作り、
(片庇の) 喪屋に入って、
これから母の喪に服する。

豆腐つくりて母の喪に入　野水

豆腐をつくって、
母の喪に服している。

30〈ナオ折端《おりはし》　雑〉

---

31 元《げん》政《せい》の草《くさ》の袂《たもと》も破《やれ》ぬべし　芭蕉

(その人は、)
母を負うて、
身延に詣でた、
有名な孝子《こうし》元政上人《げんせいしょうにん》。
粗末な衣の袂が、
涙で破れることであろう。

31〈ナウ—名残の裏一句目　雑〉元政＝(一六二三—一六六八)。日蓮宗の名僧。七十九歳の母をつれて甲斐身延山に詣でた。寛文七年、母、八十七歳にて没し、自分もその翌年没した。年四十六。

元政の草の袂も破ぬべし　芭蕉

京都深草霞谷の瑞光寺。
そこに住む元政上人の、
袂のほつれた衣。

32 伏見《ふしみ》木《こ》幡《は(ば)た》の鐘《かね》はなをうつ　かけゐ

(深草に近い)
伏見、木幡の寺々から、

32〈ナウ二句目　はな—花—で春五句目の定座の花をここへ引き上

鐘の音が聞えてくる。
その鐘の音にはらはらと散る花。

げた。〉

伏見木幡の鐘はなをうつ　かけゐ

伏見、木幡の、
鐘の音に、
花が散る。

33 **いろふかき男猫《おねこ》ひとつを捨《すて》かねて　杜国**

色深く、
牝猫を負う、
一匹の男猫。
その男猫を、
捨てることも出来ずにいる。

33〈ナウ三句目　いろふかき男猫―猫の恋―で春〉
伏見、木幡あたりの遊女屋の遊女か。さっぱりと切れたいような、また切れたくないような情夫を持つそういう女なども想像される。

いろふかき男猫ひとつを捨かねて　杜国

牝のあとばかり追っている男猫を、
捨てもせず可愛がっている。
（姫君。）

34 **春《はる》のしらすの雪《ゆき》はきをよぶ　重五**

（猫のために）
僕《しもべ》を呼んで、
春雪の白洲の
雪を掃かせる。

34〈ナウ四句目　春〉
しらす＝白洲。白い砂を敷きつめた庭。

春のしらすの雪はきをよぶ　重五

春雪の降った白洲。
僕《しもべ》を呼んで、
雪はきをさせている。

35〈ナウ五句目　雑　ここは花の定座であるがすでに二句目に出された。〉
水干＝水張りにして干した絹の狩

35
水《すい》干《かん》を秀句《しゅうく》の聖《ひじり》わかやかに　　野水

連歌の会の催される邸。
秀句（機智滑稽句）の名人が今、
水干をつけて、
若やかに入って来た。

衣。さて秀句の聖と言っているのは俳諧の技法で滑稽化して言っているので、実は暗に俳諧の聖芭蕉に「わかやかに」と讃辞を送っているのである。参考までに時に芭蕉四十一歳。野水二十七歳。荷兮三十七歳。

水干を秀句の聖わかやかに　　野水

水干を着た
わかやかな
秀句の（いや俳諧の）聖《ひじり》。
（芭蕉様。）

36
山《さ》茶《ざん》花《か》匂《にお》ふ笠《かさ》のこがらし　　うりつ

こがらしに吹かれて、
竹斎の様な者です、と
おっしゃったが、
笠に山茶花の花が匂って、
気品もすぐれ、
俳諧のお手並みにも、
ただ敬服致しまする。

36〈揚句《あげく》　山茶花、こがらしで冬〉
はるか巻首の「こがらし…」の句に応じてこの下句を「こがらし」で結んでいる。（注3参照）

注1　越人註には「下賤の辛労を見て感情発しゆるす也。」とあって人夫のやせて骨《ほね》のあらわな体を見て涙ぐむの意となるが、古来殆どの註者は白骨と見ている。拙解もそれに従った。
うちかへりには諸説あり誤写ではないかという説も多いが、ここでは山崎説の悲しみのきわめてはげしいさま、漢字をあてるなら「打ち返り」であろうというの

に従った。

注2　この頃その嫌疑がかかっていたのであろう。目減りするかしないか（不正をしていたかいないか）は翌年にならないとわからないのである。杜国自身は不正したつもりはないのに、若い杜国（この時二十六、七歳か）は誰かにだまされていたのであろう。この句を作ったころは杜国は疑いが晴れるものと思っていた。

　前々句、前句が芭蕉の境涯を踏まえているので、それにつれて杜国は自分の今の境遇を句にしたのである。

注3　普通揚句は春の句であるが、これは「冬の日」全体の首尾を一貫させるべく、巻頭の、こがらしの巻の、

　狂句こがらしの身は竹斎に似たる哉　　芭蕉
　　たそやとばしるかさの山茶花　　野水

に対応させて冬の句とした揚句の中に山茶花、こがらしを詠みこんでいるのや、狂句に対して五句目に秀句を持って来ていることなどあきらかに遠くこの発句脇句を念頭に置いての用意周到な句作りである。しかも「わかやかに」或いは「匂ふ」という語で芭蕉への讃辞や挨拶も忘れていない。連句を単にフィクションや構成の芸術とのみ見ては味わいは少ない。技巧やフィクションの腕の冴えに眼を奪われる時もあり、フィクションを借りながら一座の人々が心の底を打ち明け合って対話している時もある。ただただ不思議なる芸術かなと思うのである。

これで『冬の日』の五つの歌仙は全部終ったのであるが「追加」として表六句だけをこの後に加えてある。アンコールにこたえて小曲を演じる楽士たちのように。

追加　いかに見よとの巻（冬の日）

アンコール六句（追加）―付、山本健吉の説―

山本健吉氏は次の様な意味のことを、新潮社版『芭蕉その鑑賞と批評』のはしがきの中で言っている。

今日の俳人の多くは芭蕉の連句に興味を示さないが芭蕉の俳句も彼の連句による照明によっていっそうその意味がはっきりするのである。芭蕉は俳句に於て逃避的な風景詩人として存在し、連句において積極的な民衆詩人として存在しているような印象を与えるが、彼の俳句も連句が在るような庶民的な基礎のうえに人々との対話的談笑的な雰囲気のなかにそれが付句によって付けられることを予想して存在しているのである。芭蕉の俳句だけを読むことは、おおげさな喩えだがダンテの新生だけを読んで神曲を読まず、シェークスピアのソネットだけを読んで戯曲を読まないのに似ている、と。

しかし山本健吉氏は芭蕉連句鑑賞の筆をとることなく世を去った。

いかに見よとの巻（冬の日）

［連衆］羽笠　杜国
荷兮　芭蕉
重五　埜水

貞享元年（一六八四）

追加

1 いかに見《み》よと難面《つれなく》うしをうつ霰《あられ》　羽笠《うりつ》

どうだ、これでもかと、
無情に打ちつける霰。
目も鼻も耳も、
ただ霰の打つにまかせている
牛の面。

1〈発句　霰で冬〉
難面＝つれなく、つれなき、つれなしの三様の読みがあって古来まちまちである。

いかに見よと難面うしをうつ霰　羽笠

霰に、
つれなく打たれている
（十頭ほどの）牛。

2
樽《たる》火《ひ》にあぶるかれはらの松《まつ》　荷兮《かけい》

（牛に荷を積んで、
他国へ売りに行く男たち。）
枯原の松の根方に休んで、
これから酌みかわす酒を、
樽ごと暖める火を焚いている。

樽火にあぶるかれはらの松　荷兮

樽を火にあぶって
これから一と酒盛り。
松のまばらの枯原。

2〈脇　かれはら―枯れ原―で冬〉

3
とくさ苅《カリ》下着《したぎ》に髪《かみ》をちやせんして　重五《じゅうご》

頭は茶せん髪。
じゅばんに半てん姿の
とくさ刈りたち。

3〈第三　とくさ苅で秋〉
髪をちやせんして＝茶筅髪に結って。まげを作らないでただ髪を根元から巻いたもの。（『日本国語大辞典』）

とくさ苅《カリ》下着に髪をちやせんして　重五

髪は茶筅《せん》に束ね、
卑しい着物を着せて、
とくさ刈りに見せかける。

4
檜《ひ》笠《がさ》に宮《みや》をやつす朝《あさ》露《つゆ》　杜国《とこく》

檜笠をかぶせ、
宮の姿をやつし参らせて、
朝露の山路を行く一行。

4〈オモテ四句目　朝露で秋〉

檜笠に宮をやつす朝露　杜国

宮様に、
檜笠をかぶせて、
人目をしのぶ一行。

5
銀《しろがね》に蛤《はまぐり》かはん月《つき》は海《うみ》　芭蕉

銀に蛤かはん月は海　芭蕉

蛤を買おうと、
（漁師たちにはとんでもない
大金の）銀《ぎん》貨を出す。
海には銀貨のような、
白い月が昇っている。

大金の銀貨を出して、
蛤を買う旅人。

5〈オ五句目　月で秋　月の定座〉

6
ひだりに橋《はし》をすかす岐《ぎ》阜《ふ》山《さん》　埜《や》水《すい》

海には明るく白い月。
左にすかして見える、
大きな橋。
遠く岐阜山。

6〈オ折端《おりはし》　雑《ぞう》〉
この表六句だけが追加として載っている。拍手のうちに引っこんだスターたち（芭蕉、荷兮、杜国、野水、重五、羽笠）が、アンコールの呼び声でもう一度舞台にあらわれ一人一句ずつの句を詠んで見せたとでもいうようなのがこの追加六句であろう。

六 雁がねもの巻

（曠野）

雁《かり》がねもの巻（曠野《あらの》）

深川の夜

1 雁《かり》がねもしづかに聞《きけ》ばからびずや　越人《えつじん》
2 酒《さけ》しゐ（ひ）ならふこの比《ごろ》の月《つき》　芭蕉《ばしょう》
3 藤《ふじ》ばかま誰《たれ》窮屈《きゅうくつ》にめでつらん　同
4 理《り》をはなれたる秋《あき》の夕《ゆう》ぐれ　越人
5 瓢簞《ひょうたん》の大《おお》きさ五石《ごこく》ばかり也《なり》　同
6 風《かぜ》にふかれて帰《かえ》る市人《いちびと》　芭蕉

17 月《つき》と花《はな》比《ひ》良《ら》の高《たか》ねを北《きた》にして　芭蕉
18 雲雀《ひばり》さえずるころの肌《はだ》ぬぎ　越人
19 破《やぶ》れ戸《ど》の釘《くぎ》うち付《つけ》る春《はる》の末《すえ》　同
20 みせはさびしき麦《むぎ》のひきは（わ）り　芭蕉
21 家《いえ》なくて服紗《ふくさ》につゝむ十寸鏡《ますかがみ》　越人
22 ものおもひゐる神子《みこ》のものいひ　芭蕉
23 人去《ひとさり》ていまだ御坐《おまし》の匂《にお》ひける　越人
24 初瀬《はつせ》に籠《こも》る堂《どう》の片隅《かたすみ》　芭蕉
25 ほとゝぎす鼠《ねずみ》のあるゝ最中《さいちゅう》に　越人
26 垣穂《かきほ》のさゝげ露《つゆ》はこぼれて　芭蕉

7 なに事《ごと》も長《ちょう》安《あん》は是《これ》名利《みょうり》の地《ち》　同
8 医《い》のおほきこそ目《め》ぐるほしけれ　越人
9 いそがしと師《し》走《わす》の空《そら》に立《たち》出《いで》て　芭蕉
10 ひとり世《せ》話《わ》やく寺《てら》の跡《あと》とり　越人
11 此《この》里《さと》に古《ふる》き玄《げん》蕃《ば》の名《な》をつたへ　芭蕉
12 足《あし》駄《だ》はかせぬ雨《あめ》のあけぼの　越人
13 きぬ〴〵やあまりかぼそくあてやかに　芭蕉
14 かぜひきたまふ声《こえ》のうつくし　越人
15 手《て》もつかず昼《ひる》の御《ご》膳《ぜん》もすべりきぬ　芭蕉
16 物《もの》いそくさき舟《ふな》路《じ》なりけり　越人

27 あやにくに煩《わずら》ふ妹《いも》が夕《ゆう》ながめ　越人
28 あの雲《くも》はたがなみだつゝむぞ　芭蕉
29 行《ゆく》月《つき》のうはの空《そら》にて消《きえ》さうに　越人
30 砧《きぬた》も遠《とお》く鞍《くら》にいねぶり　芭蕉
31 秋《あき》の田《た》をからせぬ公《く》事《じ》の長《なが》びきて　越人
32 さい〳〵ながら文《も》字《じ》問《とい》にくる　芭蕉
33 いかめしく瓦《かわら》庇《びさし》の木《き》薬《ぐすり》屋《や》　越人
34 馳《ち》走《そう》する子《こ》の痩《やせ》てかひなき　芭蕉
35 花《はな》の比《ころ》談《だん》義《ぎ》参《まいり》もうらやまし　越人
36 田《た》にしをくふ《(う)》て腥《なまぐさ》きくち　芭蕉

『冬の日』以後四年

今まで力こぶの入った調子の高い（同時にやや晦渋《かいじゅう》でもある）『冬の日』の作品を読んで来た。貞享元年　芭蕉四十一歳であった。

ここで急に四年飛んで元禄元年（貞享五年）の作、「雁がねの巻」の鑑賞に移る。しかしこの四年の間に実はすぐれた作品の数々がありそれが次第に『冬の日』的難解から平明へと移って行くのである。

しかし本書では一応世に七部集と呼ばれているものの中で、しかも芭蕉同座の作品のみを鑑賞する。

『曠野集《あらの》』は、元禄二年（一六八九）成。山本荷兮編。俳諧七部集の一つ。発句を主とし、連句は員外としてある。連句作品は十編、その中芭蕉同座のものはこの越人との両吟一つだけである。

この巻のはじめ九句目ぐらいまで江戸の繁華に驚いた越人とそれに笑って受け答えしている芭蕉の対談が目に浮かぶようである。

六　雁《かり》がねもの巻（曠野《あらの》）

［連衆］越人
芭蕉

元禄元年（一六八八）

深川の夜

1
雁《かり》がねもしづかに聞《きけ》ばからびずや　越人《えつじん》

深川（芭蕉庵）の夜

かりがね（の声）も
しずかに聞けば、
いかにも枯淡な
味わいのあるものではございませんか。

1〈発句　雁がねで秋〉

雁がねもしづかに聞ばからびずや　越人

雁《がん》の声さえ、
このお住いのような
しずかなところで聞けば、
まことに枯れさびた
趣深いものに思われまする。

2
酒《さけ》しゐ(ひ)ならふこの比《ごろ》の月《つき》　芭蕉《ばしょう》

それは御賞美にあずかって
幸いである。

2〈脇　月で秋　五句目の月の座を引き上げた。〉

まずちとすごされよ。
このごろ、
酒のすすめ方もうまくなったよ。
それに毎晩いい月だね。

酒しゐならふ＝酒を強ひ慣ふ、で人にもすすめ自分でも飲み習う、の意であろう。

酒しゐ（ひ）ならふこの比の月　芭蕉

3
藤《ふじ》ばかま誰《たれ》窮《きゅう》屈《くつ》にめでつらん　同

藤ばかま誰窮屈にめでつらん　芭蕉

酒を友とし
月を友としている。

藤ばかま――
いい花ではあるが、
誰がこんな窮屈な名前をつけたものか。
袴をはくくらしから
離れて、もはや久しいことだ。

3〈第三　藤ばかまで秋〉
伊賀上野で藤堂新七郎家に仕えていた頃のことをふと思ったことであろう。

4
理《り》をはなれたる秋《あき》の夕《ゆう》ぐれ　越人

名前はいかにも―「はかま」などと―窮屈だが、かれんな藤ばかまの花よ。
だれが一体こんな名前をつけてよろこんだのであろう。
それにつけても、袴などとは縁のない今の境涯のやすらかなことよ。

是《ぜ》であるとか、非《ひ》であるとか、
そんな理屈の世界をはなれた
この秋の夕ぐれよ！

4〈オモテ四句目　秋〉

理をはなれたる秋の夕ぐれ　越人

理屈を超えた

5〈オ五句目　瓢簞で秋　ここは

5 **瓢箪《ひょうたん》の大《おお》きさ五石《ごこく》ばかり也《なり》　同**

この秋の夕ぐれ。

それは、まあ言ってみれば
『荘子《そうじ》』にある、
五石も入るひさごのようなもの。
人間の小ざかしい知恵を超越した
大ひさごである。

月の定座であるが脇にすでに出た。〉

『荘子』の「逍遥遊」に、大きなひさごが役に立たないことをある人が言うと荘子はこれに答えて、大きな樽《たる》として湖に浮かべたらいいではないかと答えた一節がある。（注1参照）

瓢箪の大きさ五石ばかり也　越人

6 **風《かぜ》にふかれて帰《かえ》る市人《いちびと》　芭蕉**

五石も入る瓢箪。
役には立つまいが、しかし、
どうじゃ、
この大きさは！

今日一日商売にならなかったが、
それを苦にするでなく、
風に吹かれて
飄々として帰って行く商人。

6〈オ折端《おりはし》　雑《ぞう》　即ち無季〉

この軽快でしかも哲学的な表六句を読者は何と読まれるか。太田水穂は第三から表六句目まで、通じてくだけた句であって表を張るだけの格をもっていない。付け方にも奥行と幅とが無い。窮屈で心の流れが自由でないと言っている。そうだろうか。（注2参照）

風にふかれて帰る市人　芭蕉

7 **なに事《ごと》も長安《ちょうあん》は是《これ》名利《みょうり》の地《ち》　同**

風に吹かれて、
今、家路を急ぐ商人。

『白氏文集《はくしもんじゅう》』に
「長安は古来名利《みょうり》の地。
空手《くうしゅ》にして金《こがね》無きは行路難し。」とある
が、

7〈ウラ一句目　雑〉

まこと、ここはその名利の巷《ちまた》。

なに事も長安は是名利の地　芭蕉

名利の巷の長安――江戸。

8 **医《い》のおほきこそ目《め》ぐるほしけれ　越人**

どこへ行っても医者の多いこと！

医のおほきこそ目ぐるほしけれ　越人

どこへ行っても、医者の多いこと、多いこと。

8 〈ウ二句目　雑〉目ぐるほし＝目狂ほし、目のまわるほど。

9 **いそがしと師走《しわす》の空《そら》に立《たち》出《いで》て　芭蕉**

忙しい忙しいと、あわただしい師走の町空の中に、立ち出でる。

いそがしと師走の空に立出て　芭蕉

忙しい、忙しいと、師走の空に立ち出でて――

9 〈ウ三句目　師走で冬〉

10 **ひとり世話《せわ》やく寺《てら》の跡《あと》とり　越人**

ひとりで、旦那寺の後住のことで奔走している。

ひとり世話やく寺の跡とり　越人

ひとりで、寺の跡継の肝入りをしている。

10 〈ウ四句目　雑〉

11 此里《このさと》に古《ふる》き玄蕃《げんば》の名《な》をつたへ　芭蕉

此里に古き玄蕃の名をつたへ　芭蕉

此の里で、
代々、何の玄蕃と名のる家。
その当主。

この里で、
古くから、
玄蕃を名のる家柄。

11〈ウ五句目　雑〉

---

12 足駄《あしだ》はかせぬ雨《あめ》のあけぼの　越人

足駄はかせぬ雨のあけぼの　越人

(その当主は今でも、人が華美ぜいたく
に流れることを防いで、)
雨の朝でも、村人に、
足駄をはくことを許さない。

目をさますと、雨。
足駄をはいて帰ろうとするが、
(女は、男を帰すまいと、
足駄をかくしてしまう。)

12〈ウ六句目　雑〉

---

13 きぬ〴〵やあまりかぼそくあてやかに　芭蕉

きぬぎぬの別れ。
男を帰すまいとする女。
あまりにもかぼそく美しく、
上品である。

13〈ウ七句目　雑　恋〉
きぬ〴〵＝後朝。男女の朝の別れ。

きぬ〴〵やあまりかぼそくあてやかに　芭蕉

きぬぎぬ。
いかにもかぼそく
あてやかでいらっしゃる。

14〈ウ八句目　雑　恋〉
かぜひきたまふとあるので男から
女を見て言うことばではなく、女

14
かぜひきたまふ声《こえ》のうつくし　越人

すこしお風邪気味らしいお声が、
いっそう美しさを添えている。

かぜひきたまふ声のうつくし　越人

かぜをお引きになったお声が、
なおいっそうお美しい。

主に仕えている女房たちがわが主のきぬぎぬの様を評していることばである。（注3参照）

15
手《て》もつかず昼《ひる》の御膳《ごぜん》もすべりきぬ　芭蕉

昼の御膳も、
手もつかぬまま
下げられて来た。

手もつかず昼の御膳もすべりきぬ　芭蕉

手もおつけにならぬまま、
又昼の御膳も、下がって来た。

15〈ウ九句目　雑〉

16
物《もの》いそくさき舟路《ふなじ》なりけり　越人

何もかもが、
磯くさい。
（それが鼻について
食もすすまれぬ。）
馴れぬ船旅。

物いそくさき舟路なりけり　越人

物みな、
磯くさい舟旅。

16〈ウ十句目　雑〉

17
月《つき》と花《はな》比《ひ》良《ら》の高《たか》ねを北《きた》にして　芭蕉

（だが）北には、
花ざかりの比良山。
その上に春の月。

17〈ウ十一句目　花で春　花の定座。八句目の月の定座に月を出さなかったのでここでいっしょに出した。〉

月と花比良の高ねを北にして　芭蕉

北には、
花ざかりの比良山。
その上の昼の月。

18 **雲雀《ひばり》さえずるころの肌《はだ》ぬぎ　越人**

ひばりがさえずっている。
もう肌ぬぎをしたいくらいの野良。

18〈ウラの折端《おりはし》　雲雀で春〉きぬ〳〵の句からここまで一分のすきもなく冴えた句ばかりである。越人の句とはなっていても、ほとんど芭蕉の手や、助言が入っていると見ていいであろう。

雲雀さえずるころの肌ぬぎ　越人

雲雀がさえずっている。
肌ぬぎをした男。

19 **破《やぶ》れ戸《ど》の釘《くぎ》うち付《つけ》る春《はる》の末《すえ》　同**

破れ戸に、
釘を打ちつけている。
春の末。

19〈ナオ―名残の表一句目　春〉

破れ戸の釘うち付る春の末　越人

春の末。
破れ戸に、
とんとんと、釘を打ちつけている。

20 **みせはさびしき麦《むぎ》のひきは(わ)り　芭蕉**

(その家の)
道に面したほこりだらけの店には、
ひきわり麦の箱。

20〈ナオ二句目　雑〉

みせはさびしき麦のひきは(わ)り　芭蕉

さびしい店に、
ひきわり麦の箱。

21〈ナオ三句目　雑　鏡に恋心がふくまれていて恋の句〉家＝諸説とも鏡の家、鏡筥《ばこ》であろ

21 家《いえ》なくて服《ふく》裟《さ》につゝむ十《ま》寸《す》鏡《かがみ》　越人

筥《はこ》のない鏡。
それを服裟につつむ。

うと。
十寸鏡＝真澄み鏡の意。鏡の美称。

家なくて服裟につゝむ十寸鏡　越人

22 ものおもひゐる神《み》子《こ》のものいひ　芭蕉

服(袱)紗からとり出した
神鏡。

(その神鏡を前にして)
神がかりとなった梓《あずさ》巫《み》女《こ》。
のりうつった生霊《いきりょう》が、
恋になやんでいるような
物言い。

22〈ナオ四句目　雑　恋〉
ものおもひ＝恋のことば。

ものおもひゐる神子のものいひ　芭蕉

23 人《ひと》去《さり》ていまだ御《お》坐《まし》の匂《にお》ひける　越人

人に思いを寄せているような
巫女の物言い。

神詣での公達。
その公達のすわられた座に、
まだなつかしいかおりが
残っている。

23〈ナオ五句目　雑　恋〉

人去ていまだ御坐の匂ひける　越人

24 初《はつ》瀬《せ》に籠《こも》る堂《どう》の片《かた》隅《すみ》　芭蕉

貴い方が詣でて、帰って行かれたが、
その坐られたあとに、
香《こう》の匂いが残っている。

(貴い方の帰られたのちも、)

24〈ナオ六句目　雑〉

ずっと初瀬の堂の片隅に籠って、
祈願している人。

初瀬＝大和国（奈良県）長谷寺。

初瀬に籠る堂の片隅　　芭蕉

25 ほとゝぎす鼠《ねずみ》のあるゝ最中《さいちゅう》に　　越人

初瀬の堂の片隅に、
参籠している。

（堂のどこかで）
鼠が荒れている。
そのとき、
ほととぎすが鳴いた。

25〈ナオ七句目　ほととぎすで夏〉

ほとゝぎす鼠のあるゝ最中に　　越人

26 垣《かき》穂《ほ》のさゝげ露《つゆ》はこぼれて　　芭蕉

夜明け頃。
さっきから鼠があばれている。
ほととぎすが鳴く。

垣にささげの花。
そこからぽとりと、
露がこぼれる。

26〈ナオ八句目　ささげ、露、この句では夏〉
ささげ（豇豆）の実は秋季であるが、この句ではまだ花であろう。露も前句からして夏の露である。前句の音の世界から後句の小さな視覚の世界に変る。

垣穂のさゝげ露はこぼれて　　芭蕉

27 あやにくに煩《わずら》ふ妹《いも》が夕《ゆう》ながめ　　越人

垣のささげから、
ほろりと露がこぼれる。

あいにく、病気の妹《いも》（女性）。
暮れて行く庭を、
力なく眺めている。

27〈ナオ九句目　雑　恋「ながめ」〉
この付合も絶妙である。

あやにくに煩ふ妹が夕ながめ　越人

あいにくの病気。
ぼんやりと、外の夕暮を、
物思いつつ眺めている女。

28
あの雲《くも》はたがなみだつゝむぞ　芭蕉

あの雲はたがなみだつゝむぞ　芭蕉

あの雲は、
誰の恋の涙を
つつんだ雲であろう。

あの雲は、
誰の涙をつつんでいるのであろう。

28〈ナオ十句目　雑　恋「なみだ」〉

29
行月《ゆくつき》のうはの空《そら》にて消《きえ》さうに　越人

行月のうはの空にて消さうに　越人

今にも夢うつつのまま、
消えてなくなりそうな、
中空の細い月。

空を渡る
今にも消えてなくなりそうな
細い夕月。

29〈ナオ十一句目　月で秋　月の定座〉
「山の端の心もしらで行く月はうはの空にて影やたえなん」、と詠んで源氏に誘われて行き、その次の夜にはもう死んでいた『源氏物語』「夕顔」の俤を踏まえている。

30
砧《きぬた》も遠《とお》く鞍《くら》にいねぶり　芭蕉

砧も遠く鞍にいねぶり　芭蕉

遠くに砧の音。
馬の鞍の上で、
居眠りしながら行く旅人。

遠く砧の音が聞えている。
疲れ果てて、

30〈ナオ折端《おりはし》　砧で秋〉
芭蕉に「馬に寝て残夢月遠し茶のけぶり」（野ざらし紀行）がある。

鞍の上で、
居眠りしながら帰って行く。

31
秋《あき》の田《た》をからせぬ公事《くじ》の長《なが》びきて　越人

秋の田をからせぬ公事の長びきて　越人

訴訟が長びいて、
毎日役所通い。
みのった田もまだ刈れない。

みのった田を、
刈る、
刈らせぬ、と、
長びいている訴訟。

31〈ナウ―名残の裏一句目　秋の田で秋〉
「いねぶり」の原因を言っただけだと軽く評する人もいるが、田の収穫をめぐっての訴訟との連想の飛躍はさすがである。

32
さい〳〵ながら文字問《もじとい》にくる　芭蕉

さい〳〵ながら文字問にくる　芭蕉

（訴状や書面の）
文字を、
再々《さいさい》問いにくる。

さいさい
字をききに来る。

32〈ナウ二句目　雑〉

33
いかめしく瓦庇《かわらびさし》の木薬屋《きぐすりや》　越人

いかめしく瓦庇の木薬屋　越人

瓦庇でいかめしい構えの
木薬屋。
（そこの主のところへ。）

いかめしい構えの
木薬屋。

33〈ナウ三句目　雑〉
木薬屋＝木薬は生薬《しょうやく》で調剤前の材料であるが、一般に薬屋を言った。
このあたり単に事柄の運びだけで味わいに乏しい。

34

馳《ち》走《そう》する子《こ》の痩《やせ》てかひなき　　芭蕉

馳走する子の痩てかひなき　　芭蕉

そこの子ども。
病弱を癒そうと、
いろいろ奔走し、
いたれりつくせりに育てているが、
その甲斐もなく、
やせ細って弱々しい。

弱い子を抱えて、
いろいろ手だてをつくすが、
効もなく痩せ細る。

34〈ナウ四句目　雑〉

35

花《はな》の比《ころ》談《だん》義《ぎ》参《まいり》もうらやまし　　越人

花の比談義参もうらやまし　　越人

表をぞろぞろとたのしげに
談義参りにお寺へ行く人々。
うらやましいこと。
花もさかり。

花見も兼ねて、
お寺へ談義参り。
うらやましいことだ。

35〈ナウ五句目　花で春　花の定座〉
談義参り＝お寺に参詣し説法を聞くこと。

36

田《た》にしをくふ《（う）》て腥《なまぐさ》きくち　　芭蕉

田にしで一杯やった
なまぐさい口。
(何やら声高に
しゃべっている。)

36〈揚《あげ》句　田にしで春〉
揚句はめでたく、おだやかにつけるのが普通である。そういう常識を打破っている。

注1　5　瓢《ひょう》簞《たん》の大きさ五石《ごこく》ばかり也《なり》　　越人

孔子の『論語』にも顔回が「一瓢《いっぴょう》の飲《いん》」で満足していることをほめている話がある。芭蕉にもひさごを贈ってくれる人があり、友人素堂がそれを詩に詠み、芭蕉がそれに答えた「四山《しざん》の瓢《ひさご》」という俳文がある。芭蕉は荘子の思想に多く共鳴している。越人はこの句で芭蕉に問答をいどんだとも言える。

注2　*6* 風《かぜ》にふかれて帰《かえ》る市人《いちびと》　　芭蕉

この格式にこだわらぬ自由放胆な付け方がいい。芭蕉の思想の根底にある老荘思想のあらわれではあるが、それがねばねばごてごてしていない。軽々と俳諧的である。発句の、「雁がねもしづかに聞ばからびずや」の含蓄する味わいが芭蕉越人をして六句目までこの様に唱和させてしまったとも言えるのではなかろうか。

『徒然草』十八段に「もろこしの許由《きょゆう》は無一物《むいちもつ》であった。ある人がなりひさごをくれたので、木の枝に掛けておいたが、風に吹かれて鳴るのをやかましいと捨ててしまった。「いかばかり心のうち涼しかりけん。」とある。これはそれを踏まえている。許由の心であり、同時に芭蕉の心境でもある。越人の『荘子』を踏まえての問に、芭蕉は、ぱっと日本の『徒然草』で答えた。禅問答である。

注3　*14* かぜひきたまふ声のうつくし　　越人

この句は一と月程前、芭蕉の指導で十五人（芭蕉・荷兮・越人ほか）で巻いた五十韻（蓮池のの巻）の中にある越人の句で「土産《みやげ》にとひろふ塩干《しおひ》の空《うつせ》貝《がい》　落梧」に付けたものである。芭蕉はその句を覚えていて、ここに付けさせたのであろう。「土産にと」の句に付けた場合の何倍も良い付句になっている。

七　木のもとにの巻

（ひさご）

木のもとにの巻（ひさご）

花《はな》見《み》

1 木《こ》のもとに汁《しる》も鱠《なます》も桜《さくら》かな　翁《おきな》

2 西日《にしび》のどかによき天《てん》気《き》なり　珍碩《ちんせき》

3 旅《たび》人《びと》の虱《しらみ》かき行《ゆく》春《はる》暮《くれ》て　曲水《きょくすい》

4 はきも習《なら》はぬ太《た》刀《ち》の鞘《ヒキハダ》　翁

5 月《つき》待《まち》て仮《かり》の内《だい》裏《り》の司《つかさ》召《めし》　碩

6 籾《もみ》臼《うす》つくる杣《そま》がはやわざ　水

17 千《せん》部《ぶ》読《よむ》花《はな》の盛《さかり》の一《い》身《しん》田《でん》　碩

18 順《じゅん》礼《れい》死ぬる道のかげろふ　水

19 何《なに》よりも蝶《ちょう》の現《うつつ》ぞあはれなる　翁

20 文《ふみ》書《かく》ほどの力《ちから》さへなき　珍碩

21 羅《うすもの》に日《ひ》をいとはるゝ御《おん》かたち　水

22 熊《くま》野《の》みたきと泣《なき》給《たま》ひけり　翁

23 手《た》束《つか》弓《ゆみ》紀《き》の関《せき》守《もり》が頑《かたくな》に　碩

24 酒《さけ》ではげたるあたま成《なる》覧《らん》　水

25 双六《すごろく》の目《め》をのぞくまで暮《くれ》かゝり　翁

26 仮《かり》の持《じ》仏《ぶつ》にむかふ念《ねん》仏《ぶつ》　碩

7 鞍《くら》置《おけ》る三《さん》歳《さい》駒《ごま》に秋《あき》の来《き》て　翁

8 名《な》はさま〲に降《ふり》替《かわ》る雨《あめ》　碩

9 入《いり》込《ごみ》に諏《す》訪《わ》の涌《いで》湯《ゆ》の夕《ゆう》ま暮《ぐれ》　水

10 中《なか》にもせいの高《たか》き山《やま》伏《ぶし》　翁

11 いふ事《こと》を唯《ただ》一《いっ》方《ぽう》え（へ）落《おと》しけり　碩

12 ほそき筋《すじ》より恋《こい》つのりつゝ　水

13 物《もの》おもふ身にもの喰《く》へとせつかれて　翁

14 月《つき》見《み》る顔《かお》の袖《そで》おもき露《つゆ》　碩

15 秋《あき》風《かぜ》の船《ふね》をこはがる波の音　水

16 鴈《かり》ゆくかたや白《しろ》子《こ》若《わか》松《まつ》　翁

27 中《なか》〳〵に土《つち》間《ま》に居《お》れば蚤《のみ》もなし　水

28 我《わが》名《な》は里《さと》のなぶりもの也《なり》　翁

29 憎《にく》まれていらぬ躍《おどり》の肝《きも》を煎《いり》　碩

30 月《つき》夜《よ》〳〵に明《あけ》渡《わた》る月《つき》　水

31 花《はな》薄《すすき》あまりまねけばうら枯《がれ》て　翁

32 唯《ただ》四《よ》方《ほう》なる草《そう》庵《あん》の露《つゆ》　碩

33 一《いっ》貫《かん》の銭《ぜに》むつかしと返《かえ》しけり　水

34 医《い》者《しゃ》のくすりは飲《のま》ぬ分《ふん》別《べつ》　翁

35 花《はな》咲《さ》けば芳《よし》野《の》あたりを欠《かけ》廻《まわり》　水

36 虻《あぶ》にさゝるゝ春《はる》の山《やま》中《なか》　碩

世に、『冬の日』の高邁、『猿蓑』の円熟、『炭俵』の軽みと言われる。この「木《こ》のもとにの巻」（『ひさご』）は『猿蓑』と殆ど同時期である。

おくのほそ道を経て到達した四十七歳の芭蕉の芸術を、この『ひさご』及び、つづいての『猿蓑』によって読み味わって行こう。『ひさご』には芭蕉同座の連句はこの「木のもとにの巻」ただ一つである。

芭蕉はこの年の春、伊賀上野で、前半（「木のもとに……」から「日ながき空に……」まで）は同じで後半のちがう二つの連句（一つは四十句。一つは歌仙）を巻いて（作って）いる。その二つとも意に満たぬものだったと見え、今度は近江の門人を相手に同じ発句（木のもとに……）で作り直し、それを珍碩《ちんせき》（近江の門人）編の『ひさご』に載せた。

9 入込《いりごみ》に諏訪《すわ》の涌湯《いでゆ》の夕《ゆう》ま暮《ぐれ》　曲水
10 中《なか》にもせいの高《たか》き山伏《やまぶし》　芭蕉
11 いふ事《こと》を唯一方《ただいっぽう》へ落《おと》しけり　珍碩

など情景が生き生きと目に浮かぶ。

七　木のもとにの巻（ひさご）

元禄三年（一六九〇）

芭蕉
［連衆］珍碩
曲水

花見《はなみ》

1 木《こ》のもとに汁《しる》も鱠《なます》も桜《さくら》かな　翁《おきな》

花見
木《き》の下《もと》にならべられた
汁や、
鱠《なます》。
咲きみちた花。

1〈発句　桜で春〉『千載和歌集』巻二、白川院御製、「咲きしより散るまで見れば木の下に花も日数もつもりぬるかな」。又、西行、『山家集』巻上の、「木のもとの（にトモ）旅寝をすれば芳野山花のふすまを被《き》する春風」。「木のもとに」という調子にはこれらの歌を踏まえている感じがある。

木のもとに汁も鱠も桜かな　翁

花見の一日。
木のもとには、
食べちらされた

2〈脇　発句の春に呼応して、「のどか」で、春〉『婆心録』で曲斉は、『古今集』巻

汁や鱠。

二、紀友則の、「久方の光のどけき春の日にしづ心なく花の散るらむ」の心であろうと言い、露伴もそれを引いている。太田水穂は「西日のどかに」という七字の効力は大したものだと言う。とにかく景・情ともによく発句に添った脇である。（注1参照）

2
西日《にしび》のどかによき天気《てんき》なり　珍碩《ちんせき》

西に傾いた春の日も、のどかでよい天気である。

西日のどかによき天気なり　珍碩

よい天気であった。のどかな春の夕日。

3
旅人《たびびと》の虱《しらみ》かき行《ゆく》春《はる》暮《くれ》て　曲水《きょくすい》

（その夕日の中を）旅人が、虱を掻きながら行く。（りっぱな方が身をやつしているのかもしれない。）もう春も暮れる。

3〈第三　つづいて春　春暮れては逝く春、暮春であるが、春の夕暮の意も含まれていよう。〉芭蕉には「野ざらし紀行」の終り（一六八五年、この歌仙成立の五年前）に、「夏衣いまだ虱をとりつくさず」の句があり、さらに、奥の細道（一六八九年、この歌仙成立の前年）に「蚤虱馬の尿《バリ》するまくらもと」の句がある。（注2参照）

旅人の虱かき行春暮て　曲水

春の暮。虱を掻きながら行く旅人。

4
はきも習《なら》はぬ太刀《たち》の鞘《ヒキハダ》　翁

ひきはだのさや袋におさめた刀。さしなれぬその旅の太刀を腰にして——

4〈オモテ四句目　雑、すなわち無季〉鞘《ヒキハダ》は蟇肌の義。皺文革《しぼみかわ》で作った鞘袋で、鞘の上にかぶせるもの。

はきも習はぬ太刀の鞘《ヒキハダ》　翁

5
月《つき》待《まち》て仮《かり》の内《だい》裏《り》の司《つかさ》召《めし》　碩

ふだん佩《は》きなれぬ太刀を佩いて
行き来する公卿《くげ》たち。

月の出を待って、
仮の内裏で
司召が行われている。

5〈オ五句目　月で秋　月の定《じょう》座《ざ》〉
司召＝官吏を任命すること。通例、秋行なわれる。（注3参照）

月待て仮の内裏の司召　碩

6
籾《もみ》臼《うす》つくる杣《そま》がはやわざ　水

名月の頃。
仮の内裏での
あわただしい司召。

この山里に、
俄に大勢の都の人たち。
食料の調達も忙しい。
杣たちが大急ぎで
籾すり臼をこしらえる。

6〈オ折端《おりはし》　籾で秋〉
『秘註俳諧七部集』（著者不詳。あるいは暁台か。）は「笠置《かさぎ》吉野ノ仮皇居トシテ兵粮《ひょうろう》スリ立《たて》ノ臼トシテ附《つけ》タリ、仮ノ字ニ早業ハヒヾキ也」と言う。

籾臼つくる杣がはやわざ　水

7
鞍《くら》置《おけ》る三《さん》歳《さい》駒《ごま》に秋《あき》の来《き》て　翁

はやわざで
籾臼をつくっている杣。

かたわらに、
鞍を置いた三歳駒。
その若い元気のいい三歳駒に、
馬肥ゆる秋がやって来た。

7〈ウラ一句目　秋〉
鞍置る三歳駒を露伴は農馬、駄馬ではなく然るべき士の乗用の馬としている。わざわざ「鞍置る」と言っている調子から、この説がよい。

鞍置る三歳駒に秋の来て　翁

鞍を置いた三歳駒。

その馬に三度目の秋が来た。

8　名《な》はさまぐ〵に降《ふり》替《かわ》る雨《あめ》　碩

名はさまぐ〵に降替る雨　碩

雨が降っている。
春雨、さみだれ、夕立、秋の雨と、
さまざまな名に降り替って来た雨。
そして又この後も、
しぐれ、みぞれと、降り替って行く雨。
過ぎて行く光陰。

春雨。
夕立。
しぐれ。
さまざま名は替っても、
落ちれば同じ谷川の水。

8　〈ウ二句目　雑〉

9　入《いり》込《ごみ》に諏《す》訪《わ》の涌《いで》湯《ゆ》の夕《ゆう》ま暮《ぐれ》　水

入込に諏訪の涌湯の夕ま暮　水

僧俗。貴賤。
旅人。土地の者。
みな一つの湯につかっている。
諏訪の温泉の夕ま暮。

さまざまな人たちが
にぎやかに話しながらつかっている。
諏訪の温泉の夕間暮。

9　〈ウ三句目　雑〉
入込＝混浴。

10　中《なか》にもせいの高《たか》き山《やま》伏《ぶし》　翁

その中に、
ひときわ人目をひく

10　〈ウ四句目　雑〉

せいの高い山伏。

中にもせいの高き山伏　翁

何事か人々が集まっての評定。
中に一人、
目立ってせいの高い山伏。

11
いふ事《こと》を唯《ただ》一方《いっぽう》え（へ）落《おと》しけり　碩

頑固一徹のその男。
議論を
ただ一方へだけ
持って行ってしまう。

11〈ウ五句目　雑〉
太田水穂は「この辺三句ばかり手の利いた相撲のはたき込みを見るようで精刻な衝迫の力がある。」と言っている。

いふ事を唯一方え（へ）落しけり　碩

言うことを
何でも
ただ一方へ落してしまう。

12
ほそき筋《すじ》より恋《こい》つのりつゝ　水

それというのも、
会える機会はほんのわずか。
——細い糸のようである——
それだけにいっそう恋心はつのる。

12〈ウ六句目　雑　恋〉

ほそき筋より恋つのりつゝ　水

会えねば会えぬほど
益々恋心はつのるばかり。

13
物《もの》おもふ身にもの喰《く》へとせつかれて　翁

恋煩いに、やせ細る身。

13〈ウ七句目　雑　恋〉

物おもふ身にもの喰へとせつかれて　翁

それとも知らぬ母親からは、
もっと食べろ食べろと、せつかれる。

恋に悩む身に、
ただ食べろ食べろと、
無理解な親。

14
月《つき》見《み》る顔《かお》の袖《そで》おもき露《つゆ》　碩

月見る顔の袖おもき露　碩

月を仰いで
恋しい人を偲ぶ。
涙に、露に、濡れて重たい袖。

月を見る袖も
憂いの露に重い。

14〈ウ八句目　月で秋　月の定座。恋〉

15
秋《あき》風《かぜ》の船《ふね》をこはがる波の音　水

秋風の船をこはがる波の音　水

秋風の船旅。
ふなべりを打つ波音を
こわがっている年若い女。

船の旅、
ふなべりに騒ぐ
秋の波を、
こわがりながら——

15〈ウ九句目　秋風で秋〉

16
鴈《かり》ゆくかたや白《しろ》子《こ》若《わか》松《まつ》　翁

海上遠く一つらの雁が行く。
あの雁の行くあたりが、
伊勢の、

16〈ウ十句目　雁で秋〉
露伴は「何事も無けれど、無曲折の中に無限の曲折も有り、含蓄多

白子、若松であろうか。

き句なり」と言い、樋口は「前と合わせて入神の一聯」と言う。

鴈ゆくかたや白子若松　翁

白子、若松あたり、
春の雁が、
三々五々、帰って行く。

17 千《せん》部《ぶ》読《よむ》花《はな》の盛《さかり》の一《い》身《しん》田《で》　礩

伊勢の一身田。
真宗高田派の本山で、
経《きょう》千部を転読する会《え》式が、
行われている。
（三々五々、つれ立って、
それに参る人々。）
折から花のさかり。

17〈ウ十一句目　花で春。花の定座〉
前句の秋の雁はここに至って春の帰雁となる。なお前句とこの句、華やかに重なり合い、ひびき合って、もり上がって行く交響楽のような感じである。

千部読花の盛の一身田　礩

百人の僧が、
浄土三部経転読の、
大法会《え》を行っている。
伊勢一身田専修寺。
花は満開。

18 順《じゅん》礼《れい》死ぬる道のかげろふ　水

その寺の近く。
とある路傍に、行き倒れて、
今、息を引きとる一人の順礼。
かげろうにつつまれて。

18〈ウラの折端《おりはし》　かげろふで春〉
もり上がって来た交響曲は、その絶頂で突然かわり悲しいヴァイオリンの音だけが流れ出す。それがこの句である。芭蕉は偉大な作曲家であり指揮者でもある。

順礼死ぬる道のかげろふ　曲水

順礼が道に死んでいる。
その順礼をつつんで、
うららかな春の日と、
ゆらめくかげろう。

19
何《なに》よりも蝶《ちょう》の現《うつつ》ぞあはれなる　翁

（その順礼の頭上を）
ひらひらと夢うつつのように、
蝶が飛んでいる。
それが却って何よりあわれである。

19〈ナオ一名残の表一句目　蝶で春〉
ここから歌仙後半に入る。前半からつづいた名曲はまずフルート独奏とでも言うような夢幻的な付句からはじまる。

何よりも蝶の現ぞあはれなる　翁

夢ともうつつともつかぬ
あわれにははかない蝶。

20
文《ふみ》書《かく》ほどの力《ちから》さへなき　珍碩

美しく弱々しい女性。
悲しみにうちひしがれ、
恋しい人に、
文を書く力さえ、今はない。

20〈ナオ二句目　雑《ぞう》　文書くで恋〉

文書ほどの力さへなき　碩

苦しい胸の思いを
文に書く気力さえない。

21
羅《うすもの》に日《ひ》をいとはるゝ御《おん》かたち　水

ただ、うすものに、
夏の日をよけておられる。

21〈ナオ三句目　羅―うすもの―で夏　恋の句〉

羅に日をいとはるゝ御かたち　水

うすものに

22
熊野《くまの》みたきと泣《なき》給《たま》ひけり　翁

日をおよけになっておられる上品な御様子。

熊野が見たい、とお泣きになる。

22〈ナオ四句目　雑〉『平家物語』巻十「維盛入水《これもりじゅすい》」、つづいての「三日平氏《みっかへいじ》」の末尾の、維盛《これもり》妻出家などのおもかげでの付《つけ》。

熊野みたきと泣給ひけり　翁

23
手《た》束《つか》弓《ゆみ》紀《き》の関《せき》守《もり》が頑《かたくな》に　碩

熊野を見たいと、泣き張る、まだあどけない方。

手束《たつか》弓を突き立てて、その一行を、咎め立てする、頑固な紀の関守。

23〈ナオ五句目　雑〉手束弓＝手に握る弓の義。（注4参照）紀の関＝今、和歌山市雄《お》の山峠（標高一八一m）にあった。白鳥の関とも。たつか弓はこの関の関守が持つ弓（紀伊国風土記逸文）。

手束弓紀の関守が頑に　碩

24
酒《さけ》ではげたるあたま成《なる》覧《らん》　水

頑固一徹の紀の関守。

その頭はてかてかとはげて赤い。酒ではげたのであろう。

24〈ナオ六句目　雑〉

酒ではげたるあたま成覧　水

25
双六《すごろく》の目《め》をのぞくまで暮《くれ》かゝり　翁

てっぺんまで赤々と、酒ではげた頭。

その頭をぬっと突き出して、

25〈ナオ七句目　雑〉芭蕉の才の一面を見事に示している。前句と共に印象鮮明であり、

双六の盤の目をのぞきこむ。
あたりはもう暮れかかって、
薄暗い。

こっけいでもあり、しかもそれによって或る一つの人生を描いて見せている。

双六の目をのぞくまで暮かゝり　翁

26
仮《かり》の持《じ》仏《ぶつ》にむかふ念《ねん》仏《ぶつ》　碩

双六の目を
のぞくまでに
暮れかかった。

さて、念仏をしよう。
旅の宿で、
仮の持仏に向かう。

26〈ナオ八句目　雑〉
持仏＝念持仏。身に添え、又は身近に安置して常に祈念する仏像。

仮の持仏にむかふ念仏　碩

27
中《なか》〳〵に土《つち》間《ま》に居《お》れば蚤《のみ》もなし　水

仮の持仏に向かって
念仏を唱える。

仮の庵。
土の上にむしろを敷いてすわる。
なまじ畳の上などより、
蚤がいないだけ気持がいい。

27〈ナオ九句目　蚤で夏〉
多くの註釈書は「中《なか》〳〵に土《ど》間《ま》に居《すわ》れば蚤《のみ》もなし」と読む。「居《すわ》れば」ではただ一回のように聞こえる。これは常住であるので「居《を》れば」と読みたい。（露伴、阿部正美も同説。「土《つち》間《ま》は外にして（色道大鏡巻三）」、「土《つち》間《ま》ひへあがり（好色五人女巻四ノ三）」）

中〳〵に土間に居れば蚤もなし　水

土《つち》間《ま》にござを敷いただけの、
そまつな庵。
そんなところに住んでいる
一奇人。

28
我《わが》名《な》は里《さと》のなぶりもの也《なり》　翁

そういう私を、
村の者は、
指さし笑っておりまする。

28〈ナオ十句目　雑〉

我名は里のなぶりもの也　翁

29
憎《にく》まれていらぬ躍《おどり》の肝《きも》を煎《いり》　碩

わしは村中からの
笑われ者。なぶり者。

それを承知で、
皆から憎まれながら、
たのまれもしない、
盆踊の、世話を焼いている。

29〈ナオ十一句目　躍―盆踊り―で秋〉

憎まれていらぬ躍の肝を煎　碩

30
月《つき》夜《よ》〳〵に明《あけ》渡《わた》る月《つき》　水

憎まれながら
盆踊りの世話に、やっきの男。
一晩中、踊りの稽古の村人たち。

毎晩々々いい月夜。
明るい月のまま、明け渡る。

30〈ナオ折端《おりはし》　月で秋　普通十一句目が月の定座であるが一句後へこぼした。〉

月夜〳〵に明渡る月　水

31
花薄《はなすすき》あまりまねけばうら枯《がれ》て　翁

毎夜〳〵の月。

招き招いて、
ついに、うら枯れた花すすき。

31〈ナウ―名残の裏一句目　花薄又はうら枯れてで秋〉あまりまねけばうら枯れて、には、浮世の果は皆小町、というような感じも含まれている。次に恋の句を出すには恰好な句であるが、この歌仙ではすでに恋が二か所出ているので単に秋の句が出る。

花薄あまりまねけばうら枯て　翁

風にそよぎそよいで、
今はうら枯れ果てた
花すすき。

32
唯《ただ》四《よ》方《ほう》なる草《そう》庵《あん》の露《つゆ》　碩

東西南北ただ一面の露の中に、
浮世を離れてぽつんとある
四角な草庵。

32〈ナウ二句目　露で秋〉
四方はヨホウと読めば四角形、シホウと読めば東西南北四角の方角の意。

唯四方なる草庵の露　碩

露の野中の草庵。
何の構えもなく、
ただ四角なだけである。
その主。

33
一貫《いっかん》の銭《ぜに》むつかしと返《かえ》しけり　水

一貫の銭《ぜに》でも、
人の恵みを受けるのはいやと、
返してやった。

33〈ナウ三句目　雑〉
一貫はほぼ現在の二万円ほど。

一貫の銭むつかしと返しけり　水

一貫の銭も
人から貰うのは面倒と、
返した。

34
医《い》者《しゃ》のくすりは飲《のま》ぬ分《ふん》別《べつ》　翁

高い医者のくすりは、
飲まぬ分別が肝要。

34〈ナウ四句目　雑〉

医者のくすりは飲ぬ分別　翁
少しぐらいの病気で、
高い医者のくすりは飲まぬ。
35
花《はな》咲《さ》けば芳野《よしの》あたりを欠《かけ》廻《まわり》　水
(そのかわり)
花が咲けば、じっとしてはいられぬ。
吉野あたりを歩きまわって、
風雅にうつつを抜かす。

35〈ナウ五句目　花で春　名残の花の定座〉
はるかに、「花見」と前書きした発句に応じている。
花咲けば芳野あたりを欠廻　水
花が咲けば、
風狂の病がこうじて、
じっとしてはいられぬ。
吉野のあたりを
日がな歩きまわる。
36
虻《あぶ》にさゝるゝ春《はる》の山中《やまなか》　碩
そして、
春の山中で、
あぶにさされた。

36〈揚句《あげく》　春〉

注1　2 西日《にしび》のどかによき天気《てんき》なり　珍碩
「なり」で止まっている句の姿は軽く、四句目ぶりと言われる。『冬の日』「霜月やの巻」の脇は「冬の朝日のあはれなりけり」であるが、その付け方と気分的に同一である。この句芭蕉作か芭蕉添削ではなかろうか。

注2　3 旅人《たびびと》の虱《しらみ》かき行春暮《ゆくはるくれ》て　曲水
この年の歳旦に芭蕉は「薦《こも》を着て誰人います花のはる」と詠んでいる。この旅人もそれに通じる。これも芭蕉作あるいは手入れの匂いが強い。

第三は転ずる場所。脇句を大きく離れて想を立てる。また、第三が、多く、て、或いは動詞の連用形留めとなるのはこれから一巻の展開がはじまるという予告の意味を持たせるためであろう。にて、らん、もなし等でも留めるが同じ効果をねらったものであろう。

芭蕉は自分自身虱になやまされながら何度も旅をした。だから曲水の虱の句を必ずしも卑しい境涯とのみは見なかったであろう。

太田水穂があの旅人には何となき貧しさと卑しさとがある。佩きも習はぬというのも俄仕立の武士であろう。と見るのは如何であろう。

やはり人物としては曲斉が「若き受領《ずりょう》の初めて遠き任国へ下る」と言い、露伴が「年若き官人の任地などへ下る」と言い、樋口功が「さるべき身柄の人の已むを得ぬ不慣れな旅」と言う程に想像するのが作者の意図に近いのではなかろうか。

注3　*5* 月待《つきまち》て仮《かり》の内裏《だいり》の司召《つかさめし》　碩

月待ては、曲斉の婆心録では月待たでと読み、他は殆ど月待ちてと読んでいる。露伴は、月待ちてにや、月待たでにや、確ならず。秋の除目《じもく》は八月十一日より十三日頃までに行はるゝを通例とすといへり。然らば月待ちてにてよろしく、又仮の内裏とある故、月待たでにても宜しく、いづれも通ずべし。と言っている。司召（つかさめし）は秋の除目《じもく》（任官）の行事で在京の者を任命し、これに対して県召（あがためし）は春行われ、地方官を任命する。

注4　*23* 手束弓《たつかゆみ》紀《き》の関守《せきもり》が頑《かたくな》に　碩

引き留めるもの、として「紀の関守の弓（あるいは手束《たつか》弓）」というのは和歌や謡曲に慣用されている。

『萬葉集』巻の四に、笠金村《かさのかなむら》が、ある娘子《じょうし》に代って詠んだ長歌の反歌に、「吾が背子《せこ》があと踏みもとめ追ひゆかば紀の関守い（いは強意）とゞめなむかも」又、今鏡《いまかがみ》に、「朝もよひ紀の関守が手束弓ゆるす時なく先づゑめる君」（読人不知《しらず》）がある。

八　鳶の羽もの巻

（猿蓑）

鳶《とび》の羽《は》もの巻（猿蓑《さるみの》）

1 鳶《とび》の羽《は》も刷《カイツクロヒ》ぬはつしぐれ　去来《きょらい》

2 一《ひと》ふき風《かぜ》の木《こ》の葉《は》しづまる　芭蕉《ばしょう》

3 股引《ももひき》の朝《あさ》からぬるゝ川《かわ》こえて　凡兆《ぼんちょう》

4 たぬきをゝどす篠張《しのはり》の弓《ゆみ》　史邦《ふみくに》

5 まいら戸《ど》に蔦這《つたはい》かゝる宵《よい》の月《つき》　芭蕉

6 人《ひと》にもくれず名物《めいぶつ》の梨《なし》　去来

17 苔《こけ》ながら花《はな》に並《なら》ぶる手水鉢《ちょうずばち》　芭蕉

18 ひとり直《なお》し今朝《けさ》の腹《はら》だち　去来

19 いちどきに二日《ふつか》の物《もの》も喰《くう》て置《おき》　凡兆

20 雪《ゆき》げにさむき嶋《しま》の北風《きたかぜ》　史邦

21 火《ひ》ともしに暮《くる》れば登《のぼ》る峯《みね》の寺《てら》　去来

22 ほとゝぎす皆鳴《みななき》仕舞《しまい》たり　芭蕉

23 痩骨《やせぼね》のまだ起直《おきなお》る力《ちから》なき　史邦

24 隣《となり》をかりて車《くるま》引《ひき》こむ　凡兆

25 うき人《ひと》を枳殻垣《きこくがき》よりくゞらせん　芭蕉

26 いまや別《わかれ》の刀《かたな》さし出《だ》す　去来

7 かきなぐる墨絵《すみえ》おかしく秋暮《あきくれ》て　史邦

8 はきごゝろよきめりやすの足袋《たび》　凡兆

9 何事《なにごと》も無言《むごん》の内《うち》はしづかなり　去来

10 里《さと》見《み》え初《そめ》て午《うま》の貝《かい》ふく　芭蕉

11 ほつれたる去年《こぞ》のねござのしたゝるく　凡兆

12 芙蓉《ふよう》のはなのはら〱とちる　史邦

13 吸物《すいもの》は先《まず》出来《でか》されしすいぜんじ　芭蕉

14 三里《さんり》あまりの道《みち》かゝえける　去来

15 この春《はる》も盧同《ろどう》が男居《おとこい》なりにて　史邦

16 さし木《き》つきたる月《つき》の朧夜《おぼろよ》　凡兆

27 せはしげに櫛《くし》でかしらをかきちらし　凡兆

28 おもひ切《きっ》たる死《しに》ぐるひ見《み》よ　史邦

29 青天《せいてん》に有明月《ありあけづき》の朝《あさ》ぼらけ　去来

30 湖水《こすい》の秋《あき》の比良《ひら》のはつ霜《しも》　芭蕉

31 柴《しば》の戸《と》や蕎麦《そば》ぬすまれて歌《うた》をよむ　史邦

32 ぬのこ着《き》習《なら》ふ風《かぜ》の夕《ゆう》ぐれ　凡兆

33 押合《おしおう》て寝《ね》ては又《また》立《た》つかりまくら　芭蕉

34 たゝらの雲《くも》のまだ赤《あか》き空《そら》　去来

35 一構《ひとかまえ》鞦《しりがい》つくる窓《まど》のはな　凡兆

36 枇杷《びわ》の古葉《ふるは》に木芽《このめ》もえたつ　史邦

一巻が一つの生きもの

本書の鑑賞では二句ずつを並べてそれがたがいにひびき合う二つの詩であることを読み味わい、読み進んでいる。よく連句は変化だけをねらったものであり、一句一句が、がらりと変わって行くところが面白いというものがある。しかし、一句一句はがらりと変わっていないし、変化どころか調和が連句の味なのである。

さらに、連句は、ばらばらにされた二句ずつだけが面白いのではなく、一巻は一つの生きものでもあるのだ。

さて、いよいよ、古来最高と言われている『猿蓑』に入る。

26　いまや別《わかれ》の刀《かたな》さし出《だ》す　　去来
27　せはしげに櫛《くし》でかしらをかきちらし　　凡兆
28　おもひ切《きっ》たる死《しに》ぐるひ見よ　　史邦
29　青天《せいてん》に有明月《ありあけづき》の朝《あさ》ぼらけ　　去来

など思わず拍手したくなる。きっとそれは低級な鑑賞だと言われるだろうが、私はそれでいいと思っている。

八　鳶《とび》の羽《は》もの巻（猿蓑《さるみの》）

［連衆］去来　凡兆
芭蕉　史邦

元禄三年（一六九〇）

1
鳶《とび》の羽《は》も刷《カイツクロヒ》ぬはつしぐれ　去来《きょらい》

鳶の羽も刷《カイツクロヒ》ぬはつしぐれ　去来

2
一《ひと》ふき風《かぜ》の木《こ》の葉《は》しづまる　芭蕉《ばしょう》

はらはらと初しぐれ。
鳶が、
くちばしで
羽をかいつくろっている。

しづかになった木の梢。
初しぐれする中で、
鳶が一羽、
風で乱れた羽をくちばしで
つくろっている。

その一瞬前。
ひと吹きの強い風で、ばらばらと、
木の葉が乱れ散ったのだったが、
ふたたびもとのしずけさに戻った。

1〈発句　はつしぐれで冬〉

2〈脇　木の葉――落葉、で冬〉発句の情景は「静」であり脇句は、その一瞬前の「動」を言っている。『三冊子《さんぞうし》』のあかさうし（土芳著）に「ほ句の前をいふ句也。脇に一《ひと》あらし落葉を乱し、納りて後の鳶のけしきと見込《こみ》て、発句の前の事をいふ也。」とある。（注1参照）

一ふき風の木の葉しづまる　芭蕉

ひとふきの風に、
ざわざわと木の葉が散り乱れ、
また静まる。

3
股引《ももひき》の朝《あさ》からぬるゝ川《かわ》こえて　凡兆《ぼんちょう》

股引の朝からぬるゝ川こえて　凡兆

その野中の川を、
朝から股引を濡らして、
かち渡って行く。

3〈第三　雑《ぞう》、即ち無季〉
股引《ももひき》＝旅行用の半股引。膝下一二寸（五センチほど）。

4
たぬきをゝどす篠張《しのはり》の弓《ゆみ》　史邦《ふみくに》

たぬきをゝどす篠張の弓　史邦

朝まだき。
そのうす暗い中を、
股引を濡らして
川を渡って行く。

手に
狸をおどす
篠張の弓を持って。

狸の出るここらあたり。

4〈オモテ四句目　たぬきで冬〉
篠張の弓が諸解みなはっきりしない。例えば、旅人が狸をおどし追払うために篠竹に弦を張った弓（山田孝雄）だとか、畑の作物を荒す狸をおどす仕掛弓（曲斎、露伴、水穂、やや樋口解も）だとか、化かしに出る狸をおどす為に村人が作って壁などにかけて置く弓（小宮豊隆、阿部次郎）だとかいうように。
ここでは一応山田孝雄解に従った。後句につながるときには壁などに懸けてあるもの（小宮、阿部解）となろうか。

5 まいら戸《ど》に蔦《つた》這《はい》かゝる宵《よい》の月《つき》　芭蕉

壁に、その狸おどしの、
篠張の弓が懸けてある。
荒れた山寺。
まいら戸に、蔦が這いかかっている。
空には宵の月。

5〈オ五句目　蔦、月、で秋　月の定座〉
まいら戸＝横桟の多い板戸。玄関などに用いる。

まいら戸に蔦這かゝる宵の月　芭蕉

6 人《ひと》にもくれず名物《めいぶつ》の梨《なし》　去来

夕月が出ている。
蔦の這いかかっているまいら戸。
その家のあるじ。
庭の名物の梨を、誰にもくれない。

6〈オ折端《おりはし》　梨で秋〉

人にもくれず名物の梨　去来

7 かきなぐる墨絵《すみえ》おかしく秋《あき》暮《くれ》て　史邦

名物の梨を、
特に人に、呉れようとするでもない。
手すさびに書きなぐる墨絵が
見事である。
秋も暮れる。

7〈ウラ一句目　秋暮れて、で秋〉

かきなぐる墨絵おかしく秋暮て　史邦

8 はきごゝろよきめりやすの足袋《たび》　凡兆

無造作に書く墨絵。
しかし、われながら、
悪い出来ではない。
足にはメリヤスの足袋。
あたたかいし、やわらかいし、

8〈ウ二句目　足袋で冬〉

はきごころよきめりやすの足袋　凡兆

よいはき心地である。

はき心地のよい
メリヤスの足袋。

---

9 **何事《なにごと》も無言《むごん》の内《うち》はしづかなり　去来**

何事も無言の内はしづかなり　去来

何事も、無言のうちがよい。
しずかである。
（ただ、足袋のはき心地をたのしんでいよう。）

何事も無言のうちがよい。
静かな一行《いっこう》。（静かな山路。）

9〈ウ三句目　雑〉

---

10 **里《さと》見《み》え初《そめ》て午《うま》の貝《かい》ふく　芭蕉**

里見え初て午の貝ふく　芭蕉

さて、里が見えて来た。
午《うま》（ひる）の刻《こく》を知らせるほら貝を
吹き鳴らす。

里が見えて来て
午《ひる》のほら貝が聞こえる。

10〈ウ四句目　雑〉

---

11 **ほつれたる去年《こぞ》のねござのしたゝるく　凡兆**

ほつれたる去年のねござのしたゝるく　凡兆

やれやれ、と店先の寝ござに
ひと休みする一行。
ほつれ、よごれた去年からの寝ござに。

ほつれ、よごれている
去年からの寝ござ。

11〈ウ五句目　雑〉
『猿みのさかし』に「『したゝるく』とは関西のことばにして、よごれ垢付《あかづき》たる事をいふ也」とある。

12〈ウ六句目　芙蓉―蓮の花で夏〉

12

芙蓉《ふよう》のはなのはら〳〵とちる　史邦

それに休んでいる。
前の池に咲いている美しい蓮の花が、はらはらと散る。

諸註みな、この芙蓉を蓮の花と見ることでは一致する。木芙蓉と見れば、はらはらも不自然だが第一秋季のものとなり、俳諧では春、秋の句はかならず一句だけにしておかないで三句ぐらいはつづけることになっているのに、ここでは次が雑《ぞう》（無季）の句になっている。

13

芙蓉のはなのはら〳〵とちる　史邦
吸物《すいもの》は先《まず》出来《でか》されしすいぜんじ　芭蕉

庭前の蓮池。
蓮の花が、はらはらと散る。
おもてなし、かたじけない。
まず、この吸物。
水前寺《すいぜんじ》のりとは、まことに結構。
でかされた。でかされた。

13〈ウ七句目　雑〉
すいぜんじ＝肥後（熊本県）水前《すいぜん》寺《じ》村でとれる海苔《のり》。

14

吸物は先出来されしすいぜんじ　芭蕉
三里《さんり》あまりの道《みち》かゝえける　去来

水前寺のりの吸物をはじめ
まことに結構な、
御馳走でござります。
あ、そうそう。
まだ、
三里ばかり行かねばなりません。
このへんで…

14〈ウ八句目　雑〉
「かゝえたる」だと、まだ三里ばかり行く用を持っている、の意。「かゝえける」だと、…行く用を持っていたっけ、と気づいたの意。

三里あまりの道かゝえける　去来

15 **この春《はる》も盧《ろ》同《どう》が男居《おとこい》なりにて**　**史邦**

三里ほどの道を抱えた旅人。
その旅人とは、
盧同に仕える。
長いひげを生やした、名物男の下男。
今年の春にも、
出代りせず、働いている。

15〈ウ九句目　春〉
この春も……居なり＝二月二日（のち日本の江戸時代には三月五日）に出代りと言って今までの「使用人」を解雇し新しい「使用人」を雇い入れた。その出代りを今年の春もしないでずっと居ついている。
盧同＝（注2参照）

この春も盧同が男居なりにて　史邦

16 **さし木《き》つきたる月《つき》の朧《おぼろ》夜《よ》**　**凡兆**

この春も、
盧同のところの下男は、
出代りもせず、ずっと居ついている。
（その盧同の庭）のおぼろ夜。
月の光に、足もとのさし木が見える。
どうやらついたらしい。

16〈ウ十句目　月の朧夜で春。八句目が月の定座であるが二句遅く出された。これを、月をこぼすという。〉
居なりがさし木つくにひびいている。（古集辨以下諸註）

さし木つきたる月の朧夜　凡兆

17 **苔《こけ》ながら花《はな》に並《なら》ぶる手水鉢《ちょうずばち》**　**芭蕉**

さし木がついた。
うすうすと、朧月がさしている。
どうやらそのさし木した桜の木が
花も持っている。
苔のついた手水鉢を
その花にならべて置いて見る。

17〈ウ十一句目　花で春　花の定座〉
古来難解の句とされている。（注3参照）

苔ながら花に並ぶる手水鉢　　芭蕉

丈の低い桜の花にならべて、
苔のついている手水鉢を置く。
しっとりと落ちついた感じである。

18 **ひとり直《なお》し今朝《けさ》の腹《はら》だち　　去来**

ひとり直し今朝の腹だち　　去来

今朝の腹立ちが
ひとりでになおった。
波立っていた心が
しずかに落ちつく。
すぐかっとなって、
むかっぱらも立てるが、
けろりと忘れもする。

18〈ウラの折端《おりはし》　雑〉

19 **いちどきに二日《ふつか》の物《もの》も喰《くう》て置《おき》　　凡兆**

いちどきに二日の物も喰て置　　凡兆

いく日も、
すき腹をかかえて、
いなければならぬ時もある。
が、たっぷり食べられるときもある。
そんなときには、
二日分の食いだめもする。
いちどに二日分の飯を食べる。
ただならぬ境涯。

19〈ナオ一名残の表一句目　雑〉

20 **雪《ゆき》げにさむき嶋《しま》の北風《きたかぜ》　　史邦**

雪もよいの
北風が吹いている。
寒々とした一孤島。

20〈ナオ二句目　雪げ、さむき、北風で冬〉
雪げ＝雪気。雪になるらしい。

雪げにさむき嶋の北風　史邦

21
火《ひ》ともしに暮《くる》れば登《のぼ》る峯《みね》の寺《てら》　去来

雪になりそうな、
北風の小島。

日が暮れると、
常夜燈《じょうやとう》をともしに、
峯の寺にのぼって行く。

21〈ナオ三句目　雑〉
火ともしに＝仏にともす常夜燈でもあり、夜の舟人に対する目じるしでもあろう。

火ともしに暮れば登る峯の寺　去来

22
ほとゝぎす皆《みな》鳴《なき》仕《し》舞《まい》たり　芭蕉

毎日、日が暮れると、
山の上の寺に、
火をともしに、
登って行く。

この頃じゅう、
たくさん鳴いていたほととぎすが、
いつのまにか、
もう、一匹も鳴かなくなった。

22〈ナオ四句目　ほとゝぎすで夏〉

ほとゝぎす皆鳴仕舞たり　芭蕉

23
痩《やせ》骨《ぼね》のまだ起《おき》直《なお》る力《ちから》なき　史邦

もう、ほととぎすも、
鳴き仕舞う季節となった。

病みおとろえ、
やせおとろえて、
まだ、
起き直る力もない。

23〈ナオ五句目　雑〉

痩骨のまだ起直る力なき　史邦

やせおとろえて、
まだ起き直る力はないが、
それでも、
次第によい方に、
向っている。

24　隣《となり》をかりて車《くるま》引《ひき》こむ　凡兆

（その家を）
おとずれた貴人《きじん》の牛車《ぎっしゃ》。
隣の家の庭を借りて、
まず、その車を引きこむ。

24〈ナオ六句目　雑〉

隣をかりて車引こむ　凡兆

牛車《ぎっしゃ》を、
隣の庭を借りて、
乗り入れた音。

25　うき人《ひと》を枳殻垣《きこくがき》よりくゞらせん　芭蕉

久しい間、
来てくれなかった、
恋しい、つらい人。
わざと門をあけず、
からたちの垣から、
くぐらせて入れてやろう。

25〈ナオ七句目　雑　うき人、で恋〉

うき人を枳殻垣よりくゞらせん　芭蕉

人目をしのぶ恋人を、
からたちの垣をくぐらせて、
逃がしてやろう。

26
いまや別《わかれ》の刀《かたな》さし出《だ》す　去来

いまや別の刀さし出す　去来

今は、いよいよ、
別れねばならぬ。
男に、
刀を手渡す。

別れの刀を、
男に渡す。

26〈ナオ八句目　雑　わかれ、で恋〉

27
せはしげに櫛《くし》でかしらをかきちらし　凡兆

せはしげに櫛でかしらをかきちらし　凡兆

男は、いそがしそうに、
櫛で頭を、
かきちらす。

かりかりと、
櫛で、
頭を掻きちらしながら、

27〈ナオ九句目　雑〉

28
おもひ切《きっ》たる死《しに》ぐるひ見《み》よ　史邦

おもひ切たる死ぐるひ見よ　史邦

おもい切った、
死にものぐるいを見てくれ、
と言う。

きょうは、
思い切った
死にものぐるいを、
見せてやろう。

28〈ナオ十句目　雑〉

29
青《せい》天《てん》に有《あり》明《あけ》月《づき》の朝《あさ》ぼらけ　去来

青く晴れ渡った

29〈ナオ十一句目　有明月で秋月の定座〉最高潮の感情のたかぶりにこの澄みきった景がぴたりと調和している。この武将の、死を決した心境がこの景を生み出したとも言え

朝ぼらけ。
有明月がかかっている。

る。見事な付けである。

青天に有明月の朝ぼらけ　去来

30
湖《こ》水《すい》の秋《あき》の比《ひ》良《ら》のはつ霜《しも》　芭蕉

青々と晴れた朝。
一片の残月。

(その下に)
秋の湖水と、
はつ霜をかぶった比良山。

30〈ナオ折端《おりはし》　湖水の秋、で秋。はつ霜で冬。この句は秋の句と見ておくべきであろう。〉これも又、水際《ぎわ》立った付句である。「うき人を枳殻垣よりくゞらせん　芭蕉」の句あたりからにわかに高ぶって来た付合の調子を、まず前句で静め、ついでこの句で完全に清朗な世界へ展開し切っている。

湖水の秋の比良のはつ霜　芭蕉

31
柴《しば》の戸《と》や蕎麦《そば》ぬすまれて歌《うた》をよむ　史邦

湖の秋。
それにうつる比良山には、
はや、霜がおりた。

柴の戸をあけて出て見ると、
畑の蕎麦がみな
盗まれている。
「ぬす人は長袴《ばかま》をやき(着)たるらん
そば(股立《そば》、蕎麦)をとりてぞ
走りさりける」

31〈ナウ―名残の裏一句目　蕎麦で秋〉『古今著聞集《ここんちょもんじゅう》』(巻十二)に澄恵僧都が、坊の隣りの家の畠の蕎麦が夜のうちに盗人に引きぬかれたと聞いてよんだ、として解の中に引いた歌がある。そばを取るとは蕎麦と袴のそば(裾)を踏まないように持ち上げることを掛けたことば。

柴の戸や蕎麦ぬすまれて歌をよむ　史邦

柴の戸に住んでいる。
畑の蕎麦を盗まれても、

敢て気にするでもない。

32　ぬのこ着《き》習《なら》ふ風《かぜ》の夕《ゆう》ぐれ　凡兆

ぬのこ着習ふ風の夕ぐれ　凡兆

もう、布子を着勝ちである。
風の夕ぐれなどは。

木綿の綿入れを
毎日着ている境涯。
風の夕ぐれ。

32〈ナウ二句目　ぬのこ（布子）
即ち綿入れで冬〉

33　押《お》し合《おう》て寝《ね》ては又《また》立《た》つかりまくら　芭蕉

押合て寝ては又立つかりまくら　芭蕉

相宿《あいやど》の客同志。
押し合って寝ては、
又つづける旅路。
一夜ひとよの宿の枕は、
夢の世の仮りまくら。

押し合って寝ては、
又旅立って行く。

33〈ナウ三句目　雑〉

34　たゝらの雲《くも》のまだ赤《あか》き空《そら》　去来

たゝらの雲のまだ赤き空　去来

近くの鋳物師《いものし》の家では
たたらを踏んで強い火を熾《おこ》していて、
そのため、
まだ明け切らない夜空を
まっ赤に染めている。

たたらを踏んで
強い火をおこしている。

34〈ナウ四句目　雑〉
たゝら＝足で踏んで空気を送り、
炭火を強く起こす大型のふいご。

35 **一《ひと》構《かまえ》　鞦《しりがい》つくる窓《まど》のはな　凡兆**

一構鞦つくる窓のはな　凡兆

36 **枇《び》杷《わ》の古《ふる》葉《は》に木《こ》芽《め》もえたつ　史邦**

その火がまだ夜のあけぬ空を
赤く染めている。

それは馬の「しりがい」を
作っている一《ひ》と構《かまえ》である。
その窓さきに、
今をさかりの桜の花が咲いている。

35〈ナウ五句目　はな（花）で春
名残の花の定座〉
鞦＝しりがい。馬の尾より鞍にか
ける組《くみ》緒《お》。

馬のしりがいを作っている、
一と構の家。
窓さきには桜の花。

枇杷の木にも、
まだ残っている、
古葉の間から、
新しい芽が、
もえ立っている。

36〈揚《あげ》句《く》　木芽で春〉

注1　1 鳶《とび》の羽《は》も刷《カイツクロヒ》ぬはつしぐれ　去来
2 一《ひと》ふき風《かぜ》の木《こ》の葉《は》しづまる　芭蕉

『三冊子』にはこの二句と対照させて、
あれ〱て末《すえ》は海行《うみゆく》野分《のわき》かな　猿雖《えんすい》—動
鶴《つる》のかしらをあぐる粟《あわ》の穂《ほ》　翁—静
（元禄七・七・二八　伊賀上野猿雖亭での作の発句と脇。）
を上げ、発句と脇との関係（時間的前後及び動と静）が丁度逆になっている
と言っている。

樋口功も、「芭蕉の叙景純客観句は、発句には割合に少なく、随つてその神技を示したものも多くはないが、連句には佳句累累として殆ど応接に遑《いとま》ない程である。」と言っているが、連句のうちでも又特に脇句にその感が強い。山田孝雄博士の解（『続続芭蕉誹諧研究』）を参考までに引いておく。

「……風が静まるとともに、またもとの静寂に戻ることを詠んだので、前句とはどう付くか。発句のさびしい時雨の趣を受け、ここで逆付にしたという人もあります。私はこの付方をむしろ発句に裏打するようなやり方だといいたい。此「木の葉しづまる」の静けさは却つて以前よりももつとものしずかな感じを与えるものでしょう。支那人の詩に「鳥鳴いて山更に幽なり」（梁の王籍の入若耶渓の詩）というのがあるが、此句もその心である。此句をその詩と比較すると、此句の方が一方上手と言おうか、深い感を与えると思います。何となれば、あの詩は「幽なり」というような説明の辞をつかつているのに、此句は全く客観的なことを描いただけで、深い気持を出しているからです。——」

注2　15この春《はる》も盧同《ろどう》が男居《おとこい》なりにて　史邦

盧同＝唐時代（中唐）の詩人。玉川子《ぎょくせんし》と号し、茶を愛した。その「茶歌」は今も茶道の人に愛されている。

盧同が男＝盧同の下男。韓愈が盧同に寄せた詩に、玉川先生洛城裏　破屋数間而已矣「一奴ハ長鬚ニシテ不《ズ》レ裹《つつま》レ頭《かしら》ヲ……」とある。

注3　16　さし木《き》つきたる月《つき》の朧夜《おぼろよ》　凡兆

17苔《こけ》ながら花《はな》に並《なら》ぶる手水鉢《ちょうずばち》　芭蕉

手水鉢《ちょうず》に並べるような花として、山田孝雄は山吹、小宮豊隆は小米花、阿倍次郎は馬酔木か、などと言う。もちろん「花」はかならず桜でなくてもいいわけであるが、ここは敢て「さし木がついた」と言っている木を桜と見たい。そうすれば手水鉢と高さもつり合う。

九　市中はの巻

（猿蓑）

市中はの巻（猿蓑《さるみの》）

1 市中《いちなか》は物《もの》のにほひや夏《なつ》の月《つき》　凡兆《ぼんちょう》

2 あつし〳〵と門《かど》〳〵《かど》の声《こえ》　芭蕉《ばしょう》

3 二番草《にばんぐさ》取《と》りも果《はた》さず穂《ほ》に出《いで》て　去来《きょらい》

4 灰《はい》うちたゝくうるめ一枚《いちまい》　凡兆

5 此筋《このすじ》は銀《ぎん》も見《み》しらず不自由《ふじゆう》さよ　芭蕉

6 たゞとひやうしに長《なが》き脇差《わきざし》　去来

17 さる引《ひき》の猿《さる》と世《よ》を経《ふ》る秋《あき》の月《つき》　芭蕉

18 年《ねん》に一斗《いっと》の地子《ぢし》はかる也《なり》　去来

19 五六本《ごろっぽん》生木《なまき》つけたる潴《ミヅタマリ》　凡兆

20 足袋《たび》ふみよごす黒《くろ》ぼこの道《みち》　芭蕉

21 追《おっ》たてゝ早《はや》き御馬《おうま》の刀《かたな》持《もち》　去来

22 でつちが荷《にな》ふ水《みず》こぼしたり　凡兆

23 戸障子《としょうじ》もむしろがこひの売屋敷《うりやしき》　芭蕉

24 てんじやうまもりいつか色《いろ》づく　去来

25 こそ〳〵と草鞋《わらじ》を作《つく》る月夜《つくよ》さし　凡兆

26 蚤《のみ》をふるひに起《おき》し初秋《はつあき》　芭蕉

7 草村《くさむら》に蛙《かわず》こはがる夕《ゆう》まぐれ　凡兆
8 蕗《ふき》の芽《め》とりに行燈《あんど》ゆりけす　芭蕉
9 道心《どうしん》のおこりは花《はな》のつぼむ時《とき》　去来
10 能登《のと》の七尾《ななお》の冬《ふゆ》は住《すみ》うき　凡兆
11 魚《うお》の骨《ほね》しはぶる迄《まで》の老《おい》を見《み》て　芭蕉
12 待人《まちびと》入《いれ》し小御門《こみかど》の鎰《かぎ》　去来
13 立《たち》かゝり屏風《びょうぶ》を倒《たお》す女子共《おなごども》　凡兆
14 湯殿《ゆどの》は竹《たけ》の簀子《すのこ》侘《わび》しき　芭蕉
15 茴香《ういきょう》の実《み》を吹落《ふきおと》す夕嵐《ゆうあらし》　去来
16 僧《そう》やゝさむく寺《てら》にかへるか　凡兆

27 そのまゝにころび落《おち》たる升落《ますおとし》　去来
28 ゆがみて蓋《ふた》のあはぬ半櫃《はんびつ》　凡兆
29 草庵《そうあん》に暫《しばら》く居《い》ては打《うち》やぶり　芭蕉
30 いのち嬉《うれ》しき撰集《せんじゅう》のさた　去来
31 さま〴〵に品《しな》かはりたる恋《こい》をして　凡兆
32 浮世《うきよ》の果《はて》は皆《みな》小町《こまち》なり　芭蕉
33 なに故《ゆえ》ぞ粥《かゆ》すゝるにも涙《なみだ》ぐみ　去来
34 御留主《おるす》となれば広《ひろ》き板敷《いたじき》　凡兆
35 手のひらに虱《しらみ》這《は》はする花《はな》のかげ　芭蕉
36 かすみうごかぬ昼のねむたさ　去来

連句は面白い

芭蕉連句はすなおに読めばいい。すなおに読めば面白いのである。江戸時代、芭蕉が神格化されるにしたがって、その連句の注釈は学をてらうようになり、七面倒になった。明治以降は子規が連句を否定したために、連句を読むのは学者の仕事となってしまった。これでますます芭蕉の連句はむずかしいものになった。

芭蕉の連句はすなおに読むべきだ。俳人にかぎらず、一般の人が読んで面白いのだ。

さて、この「市中《いちなか》はの巻」は、多くの人から連句史上最高の傑作と呼ばれている。

特に発句から十八句目まで、つまり「市中は」からはじまって、

17 さる引《ひき》の猿《さる》と世《よ》を経《ふ》る秋《あき》の月《つき》　芭蕉
18 年《ねん》に一斗《いっと》の地子《ぢし》はかる也《なり》　去来

までなどは、次々と口を突いて出て来る。

とにかく面白いのだ。

九　市中はの巻(猿蓑《さるみの》)

［連衆］凡兆　芭蕉　去来

元禄三年（一六九〇）

1
市中《いちなか》は物《もの》のにほひや夏《なつ》の月《つき》　凡《ぼん》兆《ちょう》

市中は物のにほひや夏の月　凡兆

町の中。
たべもののにおい。
人のにおい。
何かの饐《す》えるにおい。――
その上に、
黄色い夏の月。

1〈発句　夏　発句に月が出てしまったので、表五句目の月の定座には月は出さない。〉

2
あつしあつしと門《かど》々《かど》の声《こえ》　芭《ば》蕉《しょう》

あつしあつしと門々の声　芭蕉

夏の月の下《した》。
町中《なか》の、
さまざまなもののにおい。
みな戸口に出て、
口々に、
「暑いあつい。」
と言っている。

2〈脇　あつしで夏〉

あつし〱と門〱の声　芭蕉

3 二《に》番《ばん》草《ぐさ》取《と》りも果《はた》さず穂《ほ》に出《いで》て　去来《きょらい》

暑い〱と、
門口に立って、
百姓たちの立話。

二番草もすまないうちに、
もう、稲に穂が出た。
全く今年は暑いわい。

3〈第三　二番草取り、即ち田草取りで夏〉
前句を都会から農村へと転換した。

二番草取りも果さず穂に出て　去来

4 灰《はい》うちたゝくうるめ一枚《いちまい》　凡兆

二番草もまだ取ってしまわないうちに、
もう、稲の穂が、
ちらちらと見えて来た。

炉の火で焼く
昼餉のおかずの、うるめいわし。
その焼けたのをとり上げて、
ぽんぽんと灰をたたく。

4〈オモテ四句目　雑〉
この句、某氏蔵の芭蕉真蹟草稿には「破《や》れ摺鉢にむしるとびいを(飛魚)」とある。恐らくそれが初案であろう。どちらも農家の食事という点では構想は同じであるが、改作の方がぐんと単純化され印象も鮮明である。

灰うちたゝくうるめ一枚　凡兆

5 此筋《このすじ》は銀《ぎん》も見《み》しらず不自由《ふじゆう》さよ　芭蕉

うるめいわしを、
炉にじかにくべて焼く
いなかの旅宿《りょしゅく》。

勘定に銀《ぎん》を出したが、
この辺では銀も見たことがないらしい。
銭《ぜに》(銅貨)でくれと言う。

5〈オ五句目　旅を含んだ雑〉
普通はここが「月」の定座であるが、発句にすでに出ているので雑(無季)にした。
此筋＝この街道筋。奥すじ、とか北国筋とか。
銀＝銀貨。小粒《こつぶ》銀とか丁《ちょう》銀とか、

さてさて、
何から何まで不自由なこと！

豆板《まめいた》とかさまざまの名があり、又重量もさまざまで多くの種類があった。

此筋は銀も見しらず不自由さよ　　芭蕉

6　**たゞとひやうしに長《なが》き脇差《わきざし》　　去来**

何だ！
この街道筋の奴らは
銀も見たことがないのか。

と、反《そ》りかえった男の、
どひょうしもなく長い脇差。

6〈オ折端《おりはし》　雑〉
前句はふんぞり返っている旅人のことば。つまり作中人物自身（主観・主体）の語――自の句。それに対して付句は、ある人物（ふんぞり返っている人物）を他（よそ）から客観的に観察しての語――他の句である。
脇差＝小刀。刀身が一尺二、三寸のものを小脇差、一尺八、九寸のものを長脇差と言った。一尺＝三〇・三センチ。

たゞとひやうしに長き脇差　　去来

7　**草《くさ》村《むら》に蛙《かわず》こはがる夕《ゆう》まぐれ　　凡兆**

からだに不似合いな、
途方もなく長い脇差をさして――

草むらから飛び出る蛙を、
こわがっている。
夕まぐれ。

7〈ウラ一句目　蛙で春〉
蛙は立春ごろ一旦冬眠からさめ、交尾をして再び冬眠に入る。

草村に蛙こはがる夕まぐれ　　凡兆

夕暮。
草むらから飛び出す蛙を
こわがりながら行く(女)。

8〈ウ二句目　蕗の芽で春　前句と共に恋〉
行燈＝アンドンともアンドウと

8
蕗《ふき》の芽《め》とりに行燈《あんど》ゆりけす　芭蕉

蕗のとうを摘みに、
との口実で出て来たのであったが、
(実は待人と会うためであった。)
わざと行燈をゆり消した。

も。古くは今の提灯のように用いた。
この句、現在まで恋の句と見ている評者はいない。

蕗の芽とりに行燈ゆりけす　芭蕉

9
道心《どうしん》のおこりは花《はな》のつぼむ時《とき》　去来

蕗の芽をとりに行き、
人目を忍んで、
行燈をゆり消した。……

そして——
運命は急転する。
仏門に入る決心をしたのは、
花の蕾《つぼみ》のころ。

9〈ウ三句目　花で春　普通花の定座は裏の十一句目であるが、ここへ引き上げられた。発句に月が出ているので大分変則的な配置になっている。〉
これは恐らく芭蕉の手が加わっている付句であろう。
前句は忍ぶ恋である。前句とこの句の間に急転する人生劇がある。

道心のおこりは花のつぼむ時　去来

10
能登《のと》の七尾《ななお》の冬《ふゆ》は住《すみ》うき　凡兆

ほとけに仕えようと
発心《ほっ》したのは、
桜の花の蕾の頃。
(身も心も若かった。)

今、ここ、
能登の七尾の冬は、
住み憂い。

10〈ウ四句目　冬〉

能登の七尾の冬は住うき　凡兆

住み憂い
能登の七尾の冬。

11
魚《うお》の骨《ほね》しはぶる迄《まで》の老《おい》を見《み》て　芭蕉

魚の骨しはぶる迄の老を見て　芭蕉

魚の骨を
歯のない口でしゃぶって――
老い朽ちて行くわが身。

11〈ウ五句目　雑〉この人物は蕗のとうを摘みに行った人物とは別人。

12
待人《まちびと》入《いれ》し小《こ》御《み》門《かど》の鎰《かぎ》　去来

待人入し小御門の鎰　去来

魚の骨をしゃぶっている（門守《かどもり》の）老人。

その門守の老人。
小御門の鍵を開けて、
姫君の待ちこがれている君を、
入れてやった。

12〈ウ六句目　雑　待人で恋〉「まちびといりし」と読む読みもあろうが、「まちびといれし」と読みたい。

13
立《たち》かゝり屛風《びょうぶ》を倒《たお》す女子共《おなごども》　凡兆

立かゝり屛風を倒す女子共　凡兆

小御門《こみかど》の鍵をあけさせて、
なつかしい君が入って来られた。

姫君の待ちこがれていた君を、
覗き見しようと侍女たち。
屛風のかげで押し合い、ひしめき……
とうとう屛風を倒してしまった。

13〈ウ七句目　雑　女子共で恋〉

14
湯殿《ゆどの》は竹《たけ》の簀子《すのこ》侘《わび》しき　芭蕉

はしたない女中たちが、
屛風を押し倒した。

こちらはひっそりとわびしい湯殿。
竹の簀の子が張ってある。

14〈ウ八句目　雑〉

湯殿は竹の簀子侘しき　芭蕉

15 **茴《うい》香《きょう》の実《み》を吹《ふき》落《おと》す夕《ゆう》嵐《あらし》　去来**

竹の簀の子を張った
わびしい湯殿。

夕嵐が
ういきょうの実を吹き落とす。

茴香の実を吹落す夕嵐　去来

16 **僧《そう》やゝさむく寺《てら》にかへるか　凡兆**

夕嵐
ういきょうの実が吹き散る。

（その夕嵐に）
法衣のたもとを吹かれながら、
「やゝ寒」げに行く、一人の僧。
寺へ帰るのであろう。

僧やゝさむく寺にかへるか　凡兆

17 **さる引《ひき》の猿《さる》と世《よ》を経《ふ》る秋《あき》の月《つき》　芭蕉**

僧は寺に帰って行く。
「やゝ寒《さむ》」の夕。

さるを背に、
宿へ戻るさるまわし。
さると共に世を経るその境涯——
それらの上に
澄んでゆく秋の月。

15〈ウ九句目　茴香《ういきょう》の実で秋〉これも去来とあるが芭蕉の手口らしいと太田水穂は言っている。淡々たる写生句であるが、一巻の運びの中でぴたりとその位置を占めて、いかなる主観句にも劣らぬ情感をたたえている。

16〈ウ十句目　やゝさむくで秋〉やゝさむく＝漸《ようや》く寒く。秋季。

17〈ウ十一句目　秋　月の定座〉『和漢朗詠集』に、中国晩唐の詩人温庭筠《おんていいん》の詩「蒼苔路滑僧帰寺紅葉声乾鹿在林」（そうたいみちなめらかにして僧寺に帰る、紅葉声乾き鹿は林に在り）がある。その「僧と鹿」に対して、こちらは「さる引と猿」。そして前句は寺に帰る僧。この句は宿に帰る猿引き。虚子の言う「この世の横断面」の一コマ。

さる引の猿と世を経る秋の月　芭蕉

18 年《ねん》に一《いっ》斗《と》の地子《ぢし》はかる也《なり》　去来

月の澄む秋。
さると共に渡世するさるまわし。
田畑も少し作り、
年にただ一斗の年貢も納める。

18〈ウラの折端《おりはし》　雑〉これで前半十八句が終り、以下名残の折に移る。何度も言うことであるがこの「市中の巻」、特にこの前半は一句一句がすべて佳句で前後の間に見事に生きている。この巻を読んで連句が面白くないという人は、もはや連句にも芭蕉にも縁なき衆生である。

年《ねん》に一斗の地子はかる也　去来

19 五《ご》六《ろっ》本《ぽん》生《なま》木《き》つけたる潴《ミヅタマリ》　凡兆

年に一斗の年貢で借りている土地。
いまその年貢をはかっている。
干《ひ》割れを防ぐため、
生木《なまき》を五六本漬けてある、
水たまり。

19〈ナオ一名残の表一句目　雑〉潴＝原本のふりがなは「ミツタマリ」と濁点なし。

五六本生木つけたる潴《ミヅタマリ》　凡兆

20 足《た》袋《び》ふみよごす黒《くろ》ぼこの道《みち》　芭蕉

道ばたにちょっとした水たまり。
生木《なま》が五六本つけてある。
黒土《くろつち》の道。
白たびをよごしてしまった。

20〈ナオ二句目　雑〉

足袋ふみよごす黒ぼこの道　芭蕉

21 **追《おっ》たてゝ早《はや》き御《お》馬《うま》の刀《かたな》持《もち》　去来**

黒ぼこの道を、
足袋を踏みよごしながら――

殿様の馬を、
追っ立てて走る刀持。

21〈ナオ三句目　雑〉

追たてゝ早き御馬の刀持　去来

22 **でつちが荷《にな》ふ水《みず》こぼしたり　凡兆**

早馬《はやうま》が駆けて来る。
そのうしろからは、
息せき切ってお供の刀持。

（その馬をよけようとして）
でっちが、
になっていた水を、
こぼしてしまった。

22〈ナオ四句目　雑〉
連句には去嫌（さりきらい）ということがある。たとえば水辺《すいへん》に関係あることばが一度出たら（つづいて出すのはかまわないが）間に三句以上へだてなければ再び水辺《すいへん》のものを出してはいけない――これが三句去《さんくさり》――というような規則である。
　芭蕉は割に自由にこの規則「同字三句去《さり》」を無視した。（注1参照）

でつちが荷ふ水こぼしたり　凡兆

23 **戸障子《としょうじ》もむしろがこひの売《うり》屋《や》敷《しき》　芭蕉**

でっちが、
かついで来た水をこぼしてしまった。

戸障子をむしろがこいにした
売屋敷（の前で）。

23〈ナオ五句目　雑〉
古集之弁に「無味にして味ひあり」とある。同感。

戸障子もむしろがこひの売屋敷　芭蕉

戸障子を、
むしろがこいにしてある売家。

24 **てんじやうまもりいつか色《いろ》づく　去来**

（その庭先）
植えて置いた
てんじょうまもり（唐辛子）が、
いつの間にか赤くなった。
秋である。

24〈ナオ六句目　てんじやうまもり即ち唐辛子で秋〉

てんじやうまもりいつか色づく　去来

てんじょうまもり（唐辛子）が、
いつか色づいた。

25 **こそ〳〵と草鞋《わらじ》を作《つく》る月夜《つくよ》さし　凡兆**

月がさしている。
戸をすこしあけた土間で、
その光をたよりに、
こそり、こそりと、
わらじを作っている。

25〈ナオ七句目　月夜で秋　ふつう十一句目に月が出るがここへ引き上げて出された。〉月夜さし＝山田孝雄（『俳諧語談』）は『万葉集』（一八八九）「吾屋前之　毛桃之下爾　月夜指　下心吉　菟楯頃者」（わがやどの毛桃の下につくよさし、下心よしうたてこの頃）を出典と見、さらに「月夜」を契沖が「ツキヨ」と読む説に従っている。が、「作る」につづいては「つくよ」が語調がよい。

こそ〳〵と草鞋を作る月夜さし　凡兆

こそりこそりと、
月のあかりで、
わらじを作っている人。

26

蚤《のみ》をふるひに起《おき》し初《はつ》秋《あき》　芭蕉

一度寝たが
のみにせめられて眠れぬと、
ねまきののみをふるいに、
起きて来た人。
初《はつ》秋《あき》。

26〈ナオ八句目　秋〉

蚤をふるひに起し初秋　芭蕉

初《はつ》秋《あき》の夜《よ》半《わ》。
のみをふるいに起き出でる。

27

そのまゝにころび落《おち》たる升《ます》落《おとし》　去来

ねずみもかからぬまま、
「ます落とし」がころび落ちた。

27〈ナオ九句目　雑〉
升落＝升《ます》をつっかい棒で支え、ねずみが入ったら伏せるしかけ。

そのまゝにころび落たる升落　去来

そのままに
ころげ落ちた
升《ます》落《おとし》。

28

ゆがみて蓋《ふた》のあはぬ半《はん》櫃《ぴつ》　凡兆

ゆがんで、
ふたのあわない
半《はん》櫃《ぴつ》。

28〈ナオ十句目　雑〉
半櫃＝飯櫃、米櫃、「長持ち」の小さなもの等諸説あり。

ゆがみて蓋のあはぬ半櫃　凡兆

ゆがんで、
ふたのあわない半櫃が、
ただ一つ。

29

草《そう》庵《あん》に暫《しばら》く居《い》ては打《うち》やぶり　芭蕉

その草庵も、
しばらく住めば、

29〈ナオ十一句目　雑〉
連句をフィクションとのみ見ては味がない。そのフィクションのかげから時々作者の本音が聞えてくる。そこにも連句の面白みがある。この作の前年即ち元禄二年、

またすぐに飛び出して、
旅に出る。
（私のような者でございますな。）

芭蕉は深川の草庵を捨てて、奥の細道の旅に出ている。また、この頃執筆中の「幻住庵記」草稿中にも「むさしのに草室もとく破り捨て…」と書いている。「笑ひ〳〵いひ出《いで》玉ひけん」（「古集之弁」）に同感である。（注2参照）

草庵に暫く居ては打やぶり　　芭蕉

30
いのち嬉《うれ》しき撰《せん》集《じゅう》のさた　　去来

いのち嬉しき撰集のさた　　去来

つぎつぎと、
庵を捨てては、
生涯を旅に送る身。

勅選集が編まれるとの噂である。
長生きをした甲斐があった。
（自分の作も少しは入ることであろう。）
いのちにかけて、
うれしいことである。

30〈ナオ折端《おりはし》　雑〉
この句はもと、去来の初案では、「和歌の奥儀はしらず候」か「和歌の奥儀を知らず西行」であったのを芭蕉がこのように直したということである。直したというよりこれでは全然芭蕉の句なのである。連句の作者名はあまりあてにならないが、これなども一つのいい証拠である。（注3参照）

31
さま〴〵に品《しな》かはりたる恋《こい》をして　　凡兆

さま〴〵に品かはりたる恋をして　　凡兆

和歌にいのちをかけ、
そしてさまざまな相手と恋をした。
さまざまに、
身分のちがう相手と、
恋をして来た。

31〈ナウ―名残の裏一句目　雑恋〉
品《しな》＝身分、品格、境涯など。

32
浮《うき》世《よ》の果《はて》は皆《みな》小《こ》町《まち》なり　芭蕉

浮世の果は皆小町なり　芭蕉

しかし、浮世の果は、
皆、
あの晩年のあわれな
小町のようになるのである。

誰だって皆、
あのあわれな小町のように、
浮世の果は、
さびしいものなのさ。

32〈ナウ二句目　雑　恋〉

33
なに故《ゆえ》ぞ粥《かゆ》すゝるにも涙《なみだ》ぐみ　去来

なに故ぞ粥すゝるにも涙ぐみ　去来

なぜ、
かゆをすするのに、
そんなに涙ぐむのか。

かゆをすするのにさえ、
涙ぐむ。

33〈ナウ三句目　雑〉

34
御《お》留《る》主《す》となれば広《ひろ》き板《いた》敷《じき》　凡兆

御留主となれば広き板敷　凡兆

お留守となって、
いっそう広い
この板敷。

お留守のやしき。
広い板敷。

34〈ナウ四句目　雑〉

35
手のひらに虱《しらみ》這《は》はする花《はな》のかげ　芭蕉

（その板敷で）
るす守《も》りの老人が、

35〈ナウ五句目　花で春　花の定座〉
このころ執筆中の「幻住庵記」に

手のひらに虱這はする花のかげ　　芭蕉

36 かすみうごかぬ昼のねむたさ　　去来

手のひらに、しらみを這わせている。
庭には咲きみちた桜の花。

「空山《くうざん》に（『芭蕉文考』本「青山に」）虱を捫《ひねっ》て座ス」とある。

花の下で、
手のひらに、
しらみを這わせている。
かすみも動かぬ
眠い昼さがり。

36〈揚句《あげく》　かすみで春〉
「草庵に……」あたりから最後にかけてのしっとりとした味わいの深さはまさに名品である。

注1　22 でつちが荷《にな》ふ水《みず》こぼしたり　　凡兆

この句について見ると、「みずたまり」の句から二句しかへだたっていない。この句の原形が、「でつちが荷ふ糞《こえ》こぼしたり」であったというのも凡兆がはじめ水を使うのを去嫌《さりきらい》の上からためらったのではあるまいか。

『去来抄』に次のようにある。

でつちが荷《にな》ふ水《みず》こぼしけり　　凡兆

初《はじめ》は糞《こえ》なり。凡兆曰《いはく》、「尿糞《ねうふん》の事申《まうす》べきか」。先師曰《いはく》、「嫌《きらふ》べからず。されど、百韻といふとも二句に過ぐべからず。一句なくてもよからん」。凡兆、水に改ム。

これで潴などというむずかしい字を強いて使った芭蕉らの配慮がわかる。

注2　29 草庵《そうあん》に暫《しばら》く居《い》ては打《うち》やぶり　　芭蕉

「逆《さか》志抄《ししょう》」その半櫃のある家は一所不住の世捨人の草庵也と、人の見出しにして、又一句を風流に作りたる也。

「秘註」前句ノ貧体ヨリ翁ノ身ノ上ヲ思ヒヤリテノ句ヲ為《し》玉ヘリ。蓋ノ合《あわ》ヌノ語ヨリ打破《やぶり》ハヒビキ也。

のような古註に共鳴する。

ところが太田水穂は、「いかさま草庵にでも住まうといふ種類の人ならば、ゆがみて蓋の合はぬ半櫃であるべきことも納得される。したがってこのゆがんだ半端な人が、住み著いたと思ふと間も無く、自分で好んで構へた草庵であるにも係らず、それを打ち破るやうなことをするのも当然の成りゆきであるやうに思はれる。両句を貫通するものは『不安定』の情である。」と言い、樋口功は、「歪みて蓋の合はぬ櫃の気あひと、世に合はぬ拗ね者のそぶりとの調子を味へ。そこを見のがしては匂も響も空言になつてしまふ。」と言っている。（けん点、筆者）水穂は相互象徴ということを、樋口は匂、響ということをそれぞれ強調するための論ではあるが、私には、前句の「ゆがみて」の一語からのひびきに比重をかけすぎているように思われる。

打やぶりという語をほんとうに庵をこわすというようにとるかとらぬか、からも、ちがいが出てくると思う。私はこれは修辞的誇張で、その庵を出て（従って今の境涯を打破って）新しい生活に入る、というようなことばと見る。この句は『冬の日』で芭蕉が自らを、「狂句　こがらしの身は竹斎に似たる哉」と詠んだと同様にいく分の誇張と自嘲とを含んだ一句なのである。どうも、時代が下れば下る程りくつが多くなってああでもない、こうでもないと言いすぎる。『俳諧古集之弁』（杜哉著　寛政五年刊）の、「笑ひ〱ひ出《いで》玉ひけん」の一言がすべてをつくしている。総じて芭蕉連句の注釈は古いものほどすなおでいいようである。

注3　*30*　いのち嬉《うれ》しき撰集《せんじゅう》のさた　去来

『去来抄』に、「初《はじめ》は、和歌の奥儀《おうぎ》をしらず、と付《つけ》たり。先師曰《いはく》、前を西行・能因の境界《きやうがい》と見（ママ）らるはよし。されど、直《ぢき》に西行と付《つけ》むは手づゝならん。たゞ、おも影にて付《つく》べしと直し給ひ、いかさま西行・能因の面影ならん、と也。」とある。

十　灰汁桶の巻

（猿蓑）

灰《あ》汁《く》桶《おけ》のの巻（猿蓑《さるみの》）

1 灰《あ》汁《く》桶《おけ》の雫《しずく》やみけりきり〴〵す　凡兆《ぼんちょう》

2 あぶらかすりて宵《よい》寝《ね》する秋《あき》　芭蕉《ばしょう》

3 新《あら》畳《だたみ》敷《しき》ならしたる月《つき》かげに　野水《やすい》

4 ならべて嬉《うれ》し十《とお》のさかづき　去来《きょらい》

5 千《ち》代《よ》経《ふ》べき物《もの》を様《さま》〲《ざま》子《ね》日《のび》して　芭蕉

6 鶯《うぐいす》の音《ね》にだびら雪《ゆき》降《ふ》る　凡兆

17 花《はな》とちる身《み》は西《さい》念《ねん》が衣《ころも》着《き》て　芭蕉

18 木《き》曾《そ》の酢《す》茎《ぐき》に春《はる》もくれつゝ　凡兆

19 かへるやら山《やま》陰《かげ》伝《つた》ふ四《し》十《じゅう》から　野水

20 柴《しば》さす家《いえ》のむねをからげる　去来

21 冬《ふゆ》空《ぞら》のあれに成《なり》たる北《きた》颪《おろし》　凡兆

22 旅《たび》の馳《ち》走《そう》に有《あり》明《あか》しをく　芭蕉

23 すさまじき女《おんな》の智《ち》恵《え》もはかなくて　去来

24 何《なに》おもひ草《ぐさ》狼《おおかみ》のなく　野水

25 夕《ゆう》月《づき（く）》夜《よ》岡《おか》の萱《かや》ねの御《ご》廟《びょう》守《も》る　芭蕉

26 人《ひと》もわすれしあかそぶの水《みず》　凡兆

7 乗《のり》出《だ》して肱《かいな》に余《あま》る春《はる》の駒《こま》　去来

8 摩《ま》耶《や》が高根《たかね》に雲《くも》のかゝれる　野水

9 ゆふめしにかますご喰《く》へば風薫《かぜかおる》　凡兆

10 蛭《ひる》の口処《くちど》をかきて気味《きみ》よき　芭蕉

11 ものおもひけふは忘《わす》れて休《やす》む日《ひ》に　野水

12 迎《むかえ》せはしき殿《との》よりのふみ　去来

13 金鍔《きんツバ》と人《ひと》によばるゝ身《み》のやすさ　芭蕉

14 あつ風呂《ぶろ》ずきの宵〳〵《よいよい》の月《つき》　凡兆

15 町内《ちょうない》の秋《あき》も更行《ふけゆく》明《あき》やしき　去来

16 何《なに》を見《み》るにも露《つゆ》ばかり也《なり》　野水

27 うそつきに自慢《じまん》いはせて遊《あそ》ぶらん　野水

28 又《また》も大事《だいじ》の鮓《すし》を取出《とりだ》す　去来

29 堤《つつみ》より田《た》の青《あお》やぎていさぎよき　凡兆

30 加茂《かも》のやしろは能《よ》き社《やしろ》なり　芭蕉

31 物《もの》うりの尻声《しりごえ》高《たか》く名乗《なのり》すて　去来

32 雨《あめ》のやどりの無常《むじょう》迅速《じんそく》　野水

33 昼《ひる》ねぶる青鷺《あおさぎ》の身《み》のたふとさよ　芭蕉

34 しよろ〳〵水《みず》に藺《い》のそよぐらん　凡兆

35 糸桜《いとざくら》腹《はら》いつぱいに咲《さき》にけり　去来

36 春《はる》は三月《さんがつ》曙《あけぼの》のそら　野水

作者の個性

連句では前の句に応じ（付合《つけあい》）、打越《うちこ》し、つまり前の前の句と着想が重複する（観音開《かんのんびら》き）ことのないように、一度使ったことばや材料をすぐには使わないように（去嫌《さりきらい》）しなければならない。しかも月の句を出すころ合い、花の句を出す場所がきまっている。恋や無常や旅や述懐や春夏秋冬の句もつり合いよく詠まねばならぬ。が、そういう規則も馴れて来れば大した苦痛ではなく、かえって全くの自由よりは作句し易い。協調の文学―それは庶民の詩ということである。

7 乗出《のりだ》して肱《かいな》に余《あま》る春《はる》の駒《こま》　去来
8 摩耶《まや》が高根《たかね》に雲《くも》のかゝれる　野水
9 ゆふめしにかますご喰《く》へば風薫《かぜかお》る　凡兆
10 蛭《ひる》の口処《くちど》をかきて気味《きみ》よき　芭蕉

この巻の中のこんな付合にはいかにも庶民の生活が生き生きと楽しく描かれている。

十　灰汁桶《あくおけ》のの巻（猿蓑《さるみの》）

元禄三年（一六九〇）
芭蕉四十七歳

［連衆］凡兆　野水
芭蕉　去来

1
灰汁桶《あくおけ》の雫《しずく》やみけりきりぐ〳〵す　凡兆《ぼんちょう》

ぽとりぽとりと、
間遠《まどう》に聞こえていた
あく桶のしずくが、
いつともなく、やんだ。
すると今度は、
こおろぎの声が、
はっきりと聞こえる。

1〈発句　きりぎりすで秋〉
灰汁《あく》は洗濯や染色に用いる。木の灰に水を加えた桶からしたたり落ちる。
きりぐ〳〵す＝今のこおろぎのこと。こおろぎときりぎりすは今と大体逆につかわれていたらしい。

灰汁桶の雫やみけりきりぐ〳〵す　凡兆

2
あぶらかすりて宵寝《よいね》する秋《あき》　芭蕉《ばしょう》

あく桶のしずくがやみ、
こおろぎの鳴き声だけが聞こえる。
とぼしくなったあんどんの油を
節約して、
宵寝をする――
秋である。

2〈脇　秋〉
かすりて＝わずかの利をかすめることから、節約する、惜しむの意とする説と、かすれて、尽きての意とする説とある。この解はその両者を含めた。
句意はかならずしもりんしょくと

いうことにはならず、倹—貧—侘び……すなわち芭蕉自身の自画像ともとれぬこともない。この「秋」は「投げ入れ」の秋とも呼ばれる連句独特の用法。

あぶらかすりて宵寝する秋　芭蕉

あんどんの油が切れかかっている。それをよいことに、はやばや消して、宵寝した。

3 新《あら》畳《だたみ》敷《しき》ならしたる月《つき》かげに　野《や》水《すい》

新畳《あらだたみ》をしきならした座敷に、月がさしこんで、よい気分である。

3〈第三　月で秋　五句目の月の定座をここへ引き上げた。〉前句をかならずしも貧とのみとる必要はない。無駄なついえをしないことはむしろ富裕の人のたしなみであった。発句・脇の清貧を第三で一転している。

新畳敷ならしたる月かげに　野水

新築の家。敷きならした新しい畳に、月がさしている。

4 ならべて嬉《うれ》し十《とお》のさかづき　去来《きょらい》

身内の者だけでの祝いの酒盛り。ならべられた十この盃にも、よろこびがあふれている。

4〈オモテ四句目　雑すなわち無季〉

ならべて嬉《うれ》し十のさかづき　去来

5 千《ち》代《よ》経《ふ》べき物《もの》を様《さま》〳〵《ざま》子《ね》日《のび》して　芭蕉

十人の人。
十のさかずき。

初春《はつはる》の、
子《ね》の日《び》の遊び。
小松や、
さまざまの若菜を引いて――

5〈オ五句目　子《ね》の日で春―新春〉子の日＝一月（旧暦）最初の子《ね》の日に野に出て小松を根引きし（松は千年の長命を保つということから）又若菜、若草をつんで食した遊び。子の日は、この新年の行事のみは、ねのびと呼んだ。根延びに通じる。

千代経べき物を様〳〵子日して　芭蕉

6 鶯《うぐいす》の音《ね》にだびら雪《ゆき》降《ふ》る　凡兆

小松を引き、
若菜を引いて、
子《ね》の日《び》の遊び。

その野に、
うぐいすが鳴き、
ふわりふわりと、
ぼたん雪が降る。

6〈オ折端《おりはし》　鶯で春〉『山家集』上に、「子日しに霞たなびく野辺に出て〻初鶯の声をきく哉」、がある。霞に替えるに、だびら雪をもってした。だびら雪＝刀のだんびらと同語原。うすくて広い大きな雪。

鶯の音にだびら雪降る　凡兆

7 乗《のり》出《だ》して肱《かいな》に余《あま》る春《はる》の駒《こま》　去来

春の野。
鶯の声が聞こえ、
ぼたん雪が舞う。

駒を乗り出した。
よろこび、はやるその春の駒を、
ややもてあます。

7〈ウラ一句目　春の駒で春　一句目はその前の折端《おりはし》とかならず季を合わせることになっている。〉

乗出して肱に余る春の駒　去来

8 **摩耶《まや》が高根《たかね》に雲《くも》のかゝれる　野水**

若駒を
春の野に乗り出した。
よろこび勇む馬。

見上げる摩耶山の峯に、
雲がかかっている。

8〈ウ二句目　雑〉
摩耶＝摩耶山。六甲山脈の一峰。観世音を安置する名刹忉利《とり》天上寺がある。二月初午に飼馬の無難を祈るために馬を牽いて参詣した。

摩耶が高根に雲のかゝれる　野水

9 **ゆふめしにかますご喰《く》へば風薫《かぜかおる》　凡兆**

摩耶の峰にかかっている雲。

夕食の膳のかますご。
吹き入る薫風。

9〈ウ三句目　風薫で夏〉
かますご＝いかなご。三寸ばかりの魚。

ゆふめしにかますご喰へば風薫　凡兆

10 **蛭《ひる》の口処《くちど》をかきて気味《きみ》よき　芭蕉**

かますごをおかずに夕めし。
涼しい風が吹き入る。

蛭に食われたあとをかく。
いい気持ちだ。

10〈ウ四句目　蛭で夏〉
二番草取りも果さず穂に出《いで》て
　灰うちたゝくうるめ一枚
　　　　　　　　（市中はの巻）
に似て庶民の生活感情を巧みに描いている。
口処は「くひど」と読む説もある。

蛭の口処をかきて気味よき　芭蕉

11 **ものおもひけふは忘《わす》れて休《やす》む日《ひ》に　野水**

蛭に食われたところを、
誰に気がねもなく、かいて、
いい気持ちである。

恋のなやみを、
せめてきょうは忘れて、

11〈ウ五句目　雑　ものおもひで恋の句〉

ものおもひけふは忘れて休む日に　野水

心を休めよう。

せめてきょうは、
恋のつらさ、
朋輩のねたみ、
みんな忘れて心を休めよう。

12
迎《むかえ》せはしき殿《との》よりのふみ　去来

迎せはしき殿よりのふみ　去来

と、宿下《やどさが》りをした女。
しかし、くつろぐ間もなく、
寵愛を受けている殿から、
すぐまた邸へ戻れとの文。

殿より、
たびたびの
急のお召し。

12〈ウ六句目　雑　恋の句〉

13
金鍔《きんツバ》と人《ひと》によばるゝ身《み》のやすさ　芭蕉

金鍔《ツバ》と人によばるゝ身のやすさ　芭蕉

「金鍔《きんつば》」と
人から呼ばれ、
羽ぶりもよし、
金まわりもよし、
何一つ不自由のない身。

「金鍔」と人から呼ばれる、
なに屈託のない、
派手なくらし。

13〈ウ七句目　雑〉金鍔《きんつば》＝原本のふりがなはキンツハ。金で作った刀の鍔。そういう刀をさして歩く人。当時そういう伊達《だて》風俗がはやった。前句を女から男に転換している。

14〈ウ八句目　月で秋　月の定座〉露伴は風呂についてくわしく考証し、風呂と言えば本来はむし風呂

14　あつ風呂《ぶろ》ずきの宵《よい》〳〵《よい》の月《つき》　凡兆

あつ風呂ずきの宵〳〵の月　凡兆

毎晩、好きなあついむし風呂屋に通《かよ》う。その夜毎の明るい月。

のことでここに湯女《ゆな》がおり、従ってこの男を遊蕩児として見ている。

15　町《ちょう》内《ない》の秋《あき》も更《ふけ》行《ゆく》明《あき》やしき　去来

町内の秋も更行明やしき　去来

毎晩、月を眺めながら、むし風呂屋に通う。その町内の明きやしき。秋もふけて行く。

15〈ウ九句目　秋〉前句の「……ずきの宵〳〵の月」に対して「アキも更行アキヤシキ」と調子を合わせている。

16　何《なに》を見《み》るにも露《つゆ》ばかり也《なり》　野水

何を見るにも露ばかり也　野水

町内の秋も、更けてゆくばかりである。ことに空き地などは。何を見ても、しっとりと露を置いている。

16〈ウ十句目　露で秋〉さらりと流している。こういうのを遣句《やりく》というのであろう。

17　花《はな》とちる身《み》は西念《さいねん》が衣《ころも》着《き》て　芭蕉

目に入るもの、世上のもの、みなこれただはかない露である。花と共に散ることを、願っているこの身。今は、師西念の衣鉢《いはつ》を受けついで、

17〈ウ十一句目　花で春　花の定座〉西行をおもかげにして付けた。西行に「もろともに我をも具して散りね花うき世を厭ふ心ある身ぞ」の歌がある。前句の露はこの句では春の露とな

仏につかえている。

る。

花とちる身は西念が衣着て　芭蕉

花と共にやがては散る身。その身に、師西念の衣をつけて——

18
木曾《きそ》の酢茎《すぐき》に春《はる》もくれつゝ　凡兆

木曾路にしばらく足をとどめる。土地の酢茎の味にも親しんだ。そして、春もくれる。

18〈ウラの折端《おりはし》　春もくれつゝで春〉前句は西行の、この句は兼好法師のおもかげである。兼行は一時木曾山中に隠棲したことがある。

木曾の酢茎に春もくれつゝ　凡兆

木曾の山中にとどまって、酢茎の味にもなれつつ、暮している。——家を出てもう久しい旅。春も暮れる。

19
かへるやら山陰《やまかげ》伝《つた》ふ四十《しじゅう》から　野水

山かげの、枝々を飛び移りつつ行く四十雀の一群。北の国の（山深くの）、もとの巣へ、帰って行くのであろう。

19〈ナオ—名残の表一句目　かへる四十からすなわち鳥帰るで春〉

かへるやら山陰伝ふ四十から　野水

冬の間、この里近くにいた四十からが、

山かげづたいに、
帰って行く。

20
柴《しば》さす家《いえ》のむねをからげる　去来

柴さす家のむねをからげる　去来

柴をさして造ってあるそまつな家。
屋根修理のために、
むねをなわでからげている。

柴をさした家。
(近づく雪にそなえて)
むねをからげ、
屋根つくろいをしている。

20〈ナオ二句目　雑《ぞう》〉

21
冬《ふゆ》空《ぞら》のあれに成《なり》たる北《きた》颪《おろし》　凡兆

冬空のあれに成たる北颪　凡兆

にわかに荒れもようになった冬空。
北おろしが吹きつけてくる。

(戸外は)
荒れもようの冬空。
北おろしが吹いている。

21〈ナオ三句目　冬〉

22
旅《たび》の馳《ち》走《そう》に有《あり》明《あか》しをく　芭蕉

旅の馳走に有明しをく　芭蕉

旅のせめてものもてなしにと、
「有明《ありあか》し」を置く。

旅の客人への
もてなしに、
有明行燈に火を入れて
置いておく。

22〈ナオ四句目　雑〉
有明し＝夜通しつけて置く行燈《あんどん》の
ようなもの。

23
すさまじき女《おんな》の智恵《ちえ》もはかなくて　去来

すさまじき女の智恵もはかなくて　去来

（そんなことまでして）
なんとか恋の思いをとげようとしたが、
さまざま働かせた女の智恵が、
すべて
無駄であった。

恋のための、
すさまじい程の
女の智恵。
それもしかし、
みなはかない。

23〈ナオ五句目　すさまじ＝冷《すさ》まじで秋　女で恋〉

24
何《なに》おもひ草《ぐさ》狼《おおかみ》のなく　野水

何おもひ草狼のなく　野水

狼が、
異性をもとめて、
かなしげに鳴いている。
おもい草の咲く野末。

妻を恋う狼の、
ものかなしげな鳴き声が聞える。

24〈ナオ六句目　おもひ草で秋　同じくおもひ草で恋〉おもひ草＝諸説あり、おらんだたばこ（きせる草）、露草、つきくさ、龍胆、女郎花等。結局実体よりもその名から来る連想をねらっているのであろう。（注1参照）

25
夕月《ゆうづき（く）》夜《よ》岡《おか》の萱《かや》ねの御廟守《ごびょうも》る　芭蕉

夕月夜岡の萱ねの御廟守る　芭蕉

岡の、
萱の中の御廟を、
守っている翁。
かかっている夕月。

夕月夜の岡。

25〈ナオ七句目　夕月夜、萱ね、で秋　月の定座〉

26

人《ひと》もわすれしあかそぶの水《みず》　**凡兆**

その萱の中の御廟を守って、
世に忘れられた一老人。
その御廟にほど近く、
同じく人に忘れられた
赤しぶの浮く
一つのわき水。

26〈ナオ八句目　雑〉

人もわすれしあかそぶの水　凡兆

27

うそつきに自《じ》慢《まん》いはせて遊《あそ》ぶらん　**野水**

赤しぶの浮くわき水。
そのわき水にまつわる、
もはや人も忘れてしまった或る話。
とくとくと、
自慢顔に話す男。
例のつくり話（うそ）である。
が、それを聞いて楽しんでいるのであろう。

27〈ナオ九句目　雑〉
うそつき＝つくり話をほんとうらしく話す芸人のような者を言うことばであろう。『芭蕉誹諧研究』の小宮豊隆の説。（注2参照）

うそつきに自慢いはせて遊ぶらん　野水

28

又《また》も大《だい》事《じ》の鮓《すし》を取《とり》出《だ》す　**去来**

「うそつき」に
自慢話をさせて、
興じているのであろう。
だいぶ、ごきげんがいい。
（だいじにしているすしを）
又もとり出して、
皆にふるまう。

28〈ナオ十句目　鮓《すし》で夏〉

又も大事の鮓を取出す　去来

29 **堤《つつみ》より田《た》の青《あお》やぎていさぎよき　凡兆**

秘蔵のすしを
またも取り出して
客をもてなす。

(その座敷から見渡す外は、)
土手よりも、
田の方が青々として、
いさぎよい眺めである。

29〈ナオ十一句目　青田で夏〉

堤より田の青やぎていさぎよき　凡兆

30 **加茂《かも》のやしろは能《よ》き社《やしろ》なり　芭蕉**

堤よりも
田の方が青々として、
いさぎよい景。

その青田のつづきの、
これまたいさぎよい社、
加茂神社。

30〈ナオ折端《おりはし》　雑〉『さるみの逆志抄《さかしししょう》』の空然が「一句一意にして場《ば》の延《のび》也。此手づま一巻の風調《ふうてう》を調ふる蕉門の一風」と言っている。この句を『芭蕉誹諧研究』の面々のうち、小宮豊隆は「一句としてもよし、付味もよし。是は僕の大好きな句であります。すばらしいものだ。」と言い、山田孝雄は、「こういうのが一生に一句出来たらもう誹諧もよしてもいいでしょう。」と言っている。

加茂のやしろは能き社なり　芭蕉

りっぱな
加茂のお社。

31
物《もの》うりの尻《しり》声《ごえ》高《たか》く名《な》乗《のり》すて　**去来**

その近くを、
物売りが通る。
尻声を高く呼びすてて――

31〈ナウ一名残の裏一句目　雑〉

物うりの尻声高く名乗すて　去来

32
雨《あめ》のやどりの無《む》常《じょう》迅《じん》速《そく》　**野水**

尻声高く呼びすてて通る物売り。
にわか雨。
通行人も物売りも、
一つの軒の下にかけこむ。
さて、思えば人生も、
このしばしの雨やどりと同じこと。
ただこれ無常迅速。

32〈ナウ二句目　雑〉

雨のやどりの無常迅速　野水

33
昼《ひる》ねぶる青鷺《あおさぎ》の身《み》のたふとさよ　**芭蕉**

雨やどり。
その一時の雨やどりのように、
無常迅速の人生。
昼のうちから、
じっと眠っている青鷺。
その無為のとうとさ。

33〈ナウ三句目　青鷺で夏〉

昼ねぶる青鷺の身のたふとさよ　芭蕉

34
しよろ〱水《みず》に藺《い》のそよぐらん　**凡兆**

つくねんと立って、
眠っている青鷺。
無為真人の尊い姿。
(青鷺をかこんで、)

34〈ナウ四句目　藺で夏〉

蘭《い》がのびている。
その葉がそよいでいるのは、
しょろしょろ水が流れているのであろう。

しょろ〳〵水に藺のそよぐらん　凡兆

水がちょろちょろ流れているのであろう。
藺がそよいでいる。

35 糸《いと》桜《ざくら》腹《はら》いっぱいに咲《さき》にけり　去来

しだれ桜が
腹いっぱいに咲いている。（満開である。）

35〈ナウ五句目　糸桜で春　花の定座〉

糸桜腹いっぱいに咲にけり　去来

満開のしだれ桜。

36 春《はる》は三《さん》月《がつ》曙《あけぼの》のそら　野水

春もたけなわの三月。
そのあけぼののうららかな空。

36〈揚句《あげく》　春〉

注1　24 何《なに》おもひ草《ぐさ》狼《おおかみ》のなく　野水

芭蕉はこの前年（元禄二年）「おくのほそ道」旅中、羽黒山でその地の人たちと連句「有難や……」の巻（歌仙）を巻いている。その中の付句に

かき消る夢は野中の地蔵にて　露丸
妻恋するか山犬の声　芭蕉

がある。このあたり（去来・野水の句）芭蕉の手が大分入っていると見える。

注2　27 うそつきに自慢《じまん》いはせて遊《あそ》ぶらん　野水

『芭蕉誹諧研究』に、

〈豊隆〉「元禄六年の荷兮の『曠野後集』に「うそつきにうそつかせばや露時雨　杉峯」という句がある。是は露時雨の寂しさ侘しさに、せめて「うそつき」でも呼んでうそをつかせて遊びたいと考えるサイコロジー（心理）を表現したものであるらしい。杉峯は何所の人だか分らないが此時分には「うそつき」という特別な言葉でもあって、それがでたらめな事をいかにも面白おかしく話して聞かせる様な或意味では幇間の様な人間をさす事になっていたものではないだろうか。少なくとも此所の「うそつき」は今日普通に使われる、道徳的な批難を伴っている意味の〈うそつき〉ではない様である。

……」

とある。

十一 梅若菜の巻

（猿蓑）

梅若菜《うめわかな》の巻（猿蓑《さるみの》）

餞乙州東武行《おとくにのとうぶこうにはなむけす》

1 梅若菜《うめわかな》まりこの宿《しゅく》のとろゝ汁《じる》　芭蕉《ばしょう》

2 かさあたらしき春《はる》の曙《あけぼの》　乙州《おとくに》

3 雲雀《ひばり》なく小田《おだ》に土持比《つちもつころ》なれや　珍碩《ちんせき》

4 しとぎ祝《いお》ふて下《くだ》されにけり　素男《そだん》

5 片隅《かたすみ》に虫歯《むしば》かゝえて暮《くれ》の月《つき》　乙州

6 二階《にかい》の客《きゃく》はたゝれたるあき　芭蕉

17 鑓《やり》の柄《え》に立《たち》すがりたる花《はな》のくれ　去来

18 灰《はい》まきちらすからし菜《な》の跡《あと》　凡兆

19 春《はる》の日《ひ》に仕舞《しもう》てかへる経机《きょうづくえ》　正秀《まさひで》

20 店屋物《てんやもの》くふ供《とも》の手《て》がはり　去来

21 汗《あせ》ぬぐひ端《はし》のしるしの紺《こん》の糸《いと》　半残《はんざん》

22 わかれせはしき鶏《にわとり》の下《した》　土芳《どほう》

23 大膽《だいたん》におもひくづれぬ恋《こい》をして　半残

24 身《み》はぬれ紙《がみ》の取所《とりどころ》なき　土芳

25 小刀《こがたな》の蛤刃《はまぐりば》なる細工《さいく》ばこ　半残

26 棚《たな》に火《ひ》ともす大年《おおどし》の夜《よる》　園風《えんぷう》

7 放《はなち》やるうづらの跡《あと》は見《み》えもせず　素男

8 稲《いね》の葉《は》延《のび》の力《ちから》なきかぜ　珍碩

9 ほつしんの初《はじめ》にこゆる鈴鹿山《すずかやま》　芭蕉

10 内蔵《くらの》頭《かみ》かと呼《よぶ》声《こえ》はたれ　乙州

11 卯《う》の刻《こく》の箕手《みのて》に並《なら》ぶ小西方《こにしがた》　珍碩

12 すみきる松《まつ》のしづかなりけり　素男

13 萩《はぎ》の札《ふだ》すゝきの札《ふだ》によみなして　乙州

14 雀《すずめ》かたよる百舌鳥《もず》の一声《ひとこえ》　智月《ちげつ》

15 懐《ふところ》に手《て》をあたゝむる秋《あき》の月《つき》　凡兆

16 汐《しお》さだまらぬ外《そと》の海《うみ》づら　乙州

27 こゝもとはおもふ便《たより》も須磨《すま》の浦《うら》　猿雖《えんすい》

28 むね打合《うちあわ》せ著《き》たるかたぎぬ　半残

29 此夏《このなつ》もかなめをくゝる破扇《やれおおぎ》　園風

30 醤油《しょうゆ》ねさせてしばし月見《つきみ》る　猿雖

31 咳声《せきごえ》の隣《となり》はちかき縁《えん》づたひ　土芳

32 添《そ》へばそうほどこくめんな顔《かお》　園風

33 形《かたち》なき絵《え》を習《なら》ひたる会津盆《あいずぼん》　嵐蘭《らんらん》

34 うす雪《ゆき》かゝる竹《たけ》の割下駄《わりげた》　史邦《ふみくに》

35 花《はな》に又《また》ことしのつれも定《さだま》らず　野水《やすい》

36 雛《ひな》の袂《たもと》を染《そむ》るはるかぜ　羽紅《うこう》

想像力

連句は読者に想像力を求める。逆に言えば読者は想像によって時には作者さえ意図しなかった程のドラマや情景をそこに生み出す。

5　片隅《かたすみ》に虫歯《むしば》かゝえて暮《くれ》の月《つき》　乙州
6　二階《にかい》の客《きゃく》はたゝれたるあき　芭蕉

また

21　汗《あせ》ぬぐひ端《はし》のしるしの紺《こん》の糸《いと》　半残
22　わかれせはしき鶏《にわとり》の下《した》　土芳

この巻の中にはこんな付合がある。私小説（あるいは田山花袋の「蒲団」にも似た）の一場面である。なまじ作中人物の心理描写をくだくだとしないため、読者の方でその心理への同情が強まる。

なお、「『梅若菜の巻』と芭蕉の不思議な動静」（注1）参照。

十一　梅若菜《うめわかな》の巻（猿蓑《さるみの》）

［連衆］
芭蕉　土芳
乙州　園風
珍碩　猿雖
素男　嵐蘭
智月　史邦
正秀　野水
半残　羽紅

元禄四年（一六九一）
芭蕉四十八歳

餞乙州東武行《おとくにのとうぶこうにはなむけす》

1 梅《うめ》若《わか》菜《な》まりこの宿《しゅく》のとろゝ汁《じる》　芭蕉《ばしょう》

江戸へ旅立つ乙州《おとくに》にはなむけする。
梅と、
若菜と、
それに丸子《まりこ》の宿《しゅく》では、
名物のとろゝ汁。
たのしい旅でござろう。

1〈発句　梅若菜で春〉
乙州＝おとくに。大津住。川井（川合）又七。智月の弟で、伝馬役川井佐左衛門の養子となる。（智月は佐左衛門の妻）仕事がらよく旅をしたのであろう。乙州の新宅で芭蕉は元禄三年を越年したらしい。

梅若菜まりこの宿のとろゝ汁　芭蕉

2 かさあたらしき春《はる》の曙《あけぼの》　乙州《おとくに》

梅、若菜、
まりこの宿では名物のとろゝ汁。
はなむけ、ありがとうございます。
新しいかさをかぶって、
この春の曙に出立いたします。

2〈脇　春〉

かさあたらしき春の曙　乙州

新しい笠を着て、
春の曙の戸を出で立つ。

---

3 **雲雀《ひばり》なく小田《おだ》に土持《つちもつ》比《ころ》なれや　珍碩《ちんせき》**

雲雀なく小田に土持比なれや　珍碩

これからはじまる
今年の耕作のために、
まず、田に土を運ぶ。
ひばりが鳴いている。

ひばりが鳴く。
田に土を運んでいる。

3〈第三　雲雀で春〉
この「かさ」は発句に対した時は旅の笠。第三に向う時は農作業にかぶる笠。

---

4 **しとぎ祝《いお》ふて下《くだ》されにけり　素男《そだん》**

しとぎ祝ふて下されにけり　素男

耕作はじめの、
祝いに、
しとぎを
雇人《やといにん》たちに下さった。

あるお祝いに、
しとぎを
下さった。

4〈オモテ四句目　雑すなわち無季〉
しとぎ＝米粉でつくっただんご。形は鶏卵に似てやや長い。

---

5 **片隅《かたすみ》に虫歯《むしば》かゝえて暮《くれ》の月《つき》　乙州**

部屋の片隅に、
虫歯をかかえている。
夕暮の月が出ている。

5〈オ五句目　月で秋　月の定座〉

片隅に虫歯かゝえて暮の月　　乙州

6
二《に》階《かい》の客《きゃく》はたゝれたるあき　　芭蕉

片隅に、
痛む歯をかかえて、
ぼんやりしている。
暮の月がかかっている。

二階に滞在して居た客も、
お立ちになった。
何か気の抜けた秋。

6〈オ折端《おりはし》　秋〉

二階の客はたゝれたるあき　　芭蕉

7
放《はなち》やるうづらの跡《あと》は見《み》えもせず　　素男

なじんだ二階の客。
その客も立ってしまった。
さびしい秋。
今ごろどうしているだろう。

今日は放生会《ほうじょうえ》。
飼っていたうずらを、
野に放してやる。
すぐに跡も見えなくなった。
元気でいるだろうか。

7〈ウラ一句目　放生会で秋〉
放生会＝陰暦八月十五日。飼っている魚や鳥を放してやる。
前句は恋を含んだような句であるから、普通の場所だったら前句を恋と見てここへはっきり恋の句を持ってくるべきところなのだ。ところが表六句のうちに恋の句は不可とされている。そこでこのようにやや苦しい句となったのであろう。

放やるうづらの跡は見えもせず　　素男

8
稲《いね》の葉《は》延《のび》の力《ちから》なきかぜ　　珍碩

うずらを放してやった。
すぐに姿が見えなくなった。
ふっと虚ろな気持ち。

稲の葉が青々と、しかしすっかり、延びきって、

8〈ウ二句目　稲の葉延《はのび》で夏　秋
であろうという説もある。〉

稲の葉延の力なきかぜ　珍碩

それにそよそよと、
力のない風が渡っている。

葉のびした稲に、
力のない風が吹いている。

9 ほつしんの初《はじめ》にこゆる鈴《すず》鹿《か》山《やま》　芭蕉

ほつしんの初にこゆる鈴鹿山　芭蕉

浮世をふりすて、
妻子をすてて出家した。
そしてまず鈴鹿山を越える。
この身の末は、
どの様になって行くのであろうか。

発心《ほっしん》して、妻子を捨て、
家を抜け出し、
鈴鹿山にさしかかった。

9〈ウ三句目　雑〉
「去来文」に「此《これ》は実《まこと》は西行をおもひよせたる句にて候、」とある。西行の『山家集』下に、「世をのがれて伊勢のかたへまかりけるに鈴鹿山にて、すゞか山浮世をよそにふりすてゝいかになりゆく我身なるらん」がある。

10 内蔵《くらの》頭《かみ》かと呼《よぶ》声《こえ》はたれ　乙州

内蔵頭かと呼声はたれ　乙州

「内蔵頭《くらのかみ》ではないか」
と呼ぶ声がする。
はっとして振り向く。
「誰であろう?」

「内蔵頭《くらのかみ》か」
と呼ぶその声はたれ。

10〈ウ四句目　雑〉
この句以降芭蕉の名はこの巻に見えない。

11 卯《う》の刻《こく》の箕《みの》手《て》に並《なら》ぶ小《こ》西《にし》方《がた》　珍碩

箕手にならんだ小西方の軍勢。
霧の中。

11〈ウ五句目　雑〉
箕手＝みのような形。矩形の一

午前六時。関が原合戦のまさにはじまる直前。

辺のない形。関が原合戦の朝は濃霧であった。

卯の刻の箕手に並ぶ小西方　　珍碩

卯の刻（午前六時）。
みの手にならんで小西方。
大合戦を前にしての、
息づまる静寂。

12
すみきる松《まつ》のしづかなりけり　　素男

次第に明るくなって行く景色の中に、
松がくろぐろと、
すみきり、静まっている。

12〈ウ六句目　雑〉

すみきる松のしづかなりけり　　素男

澄みきり、しずまり返っている松。

13
萩《はぎ》の札《ふだ》すゝきの札《ふだ》によみなして　　乙州

その松の下の草庵。
庭の秋草に札をつけ、
萩の札には萩の
すすきの札にはすすきの歌が、
それぞれ詠みなしてある。

13〈ウ七句目　萩、すゝきで秋〉

萩の札すゝきの札によみなして　　乙州

萩には萩の歌の短冊。
すすきにはすすきの歌の短冊。

14
雀《すずめ》かたよる百舌鳥《もず》の一《ひと》声《こえ》　　智月《ちげつ》

（その庭）
もずのひと声を恐れて、
すずめたちがみな片寄った。

14〈ウ八句目　百舌鳥で秋〉

雀かたよる百舌鳥の一声　智月

15 **懐《ふところ》に手《て》をあたゝむる秋《あき》の月《つき》　凡兆**

もずのひと声を恐れて、
片寄るすずめたち。

その野に夕月。
懐手をして、
手をあたためている。

15〈ウ九句目　秋　ふつう八句目あるいは七句目が月の定座であるがここでは一、二句遅れて出た。これをこぼれ月又は月をこぼすという。〉

懐に手をあたゝむる秋の月　凡兆

16 **汐《しお》さだまらぬ外《そと》の海《うみ》づら　乙州**

秋の月の下。
ふところ手をして、
(思案顔に)
立っている。

どうも、
外海《そとうみ》の潮の模様が落ちつかない。
船出はまだ無理のようである。

16〈ウ十句目　雑〉

汐さだまらぬ外の海づら　乙州

17 **鑓《やり》の柄《え》に立《たち》すがりたる花《はな》のくれ　去来**

潮の模様が、
どうもおだやかではない。
が、とにかく海を渡らねばならぬ。

浦舟を待ちながら、
槍の柄にとりすがって立っている
手負いの落武者。
花の夕暮。

17〈ウ十一句目　花で春　花の定座〉

鑓の柄に立すがりたる花のくれ　去来

槍の柄にとりすがって、
立っている武士。
花が散っている
夕暮。

18
灰《はい》まきちらすからし菜《な》の跡《あと》　凡兆

灰まきちらすからし菜の跡　凡兆

近くの畑では、
からし菜を作ったあとへ、
灰をまきちらしている。

からし菜を作ったあと、
灰をまき散らして、
また何か作ろうとしている。

18〈ウラの折端《おりはし》　からし菜で春〉
この巻は、智月の「雀かたよる百舌鳥の一声」の句までで一座は果て、そのあとは後日句稿をまわすなどして適宜つづけたものであるらしい。まず前半がこれで終った。

19
春《はる》の日《ひ》に仕《し》舞《もう》てかへる経《きょう》机《づくえ》　正秀《まさひで》

春の日に仕舞てかへる経机　正秀

春の十日間の千部転読《せんぶてんどく》を終えて、
それぞれ経机を抱えて、
帰って行く僧。
うららかな日の中を。

春の日の中。
大法会《だいほうえ》を終えて、
いま経机などを片づけている。

19〈ナオ一名残の表一句目　春〉

20
店《てん》屋《や》物《もの》くふ供《とも》の手《て》がはり　去来

そのあわただしい中。
交代で、
お供の者が、
店屋物《てんやもの》（どんぶり物）をたべている。

20〈ナオ二句目　雑〉
店屋物＝てんやもの。飲食店の食物。
供＝参詣に来た主人の供の者。

店屋物くふ供の手がはり　去来

21 **汗《あせ》ぬぐひ端《はし》のしるしの紺《こん》の糸《いと》　半残《はんざん》**

お供の者たちが、
交代で店屋物《てんやもの》をたべている。

同輩が同じような汗ふき
を持っているので、
自分のはしるしに紺糸を
つけて置く。

21〈ナオ三句目　汗ぬぐひで夏〉
半残＝はんざん。芭蕉の姉の子。
この句以降、芭蕉は同座していな
い。（注1参照）

汗ぬぐひ端のしるしの紺の糸　半残

22 **わかれせはしき鶏《にわとり》の下《した》　土芳《どほう》**

・手ぬぐいを忘れた。
・はしに紺の糸がついているはずだ。

女との密会。
鶏小屋の中。
頭の上で鶏が一番どきの声。
それであわてて汗ぬぐいを落として来
た。

22〈ナオ四句目　雑「わかれ」
で恋の句〉
汗ぬぐいにしるしの紺糸をつける
というようなところと、にわとり
小屋の中で密会するというような
ところと人品が相応している。芭
蕉が「位《くらい》」で付けよというのは
このことである。

わかれせはしき鶏の下　土芳

23 **大膽《だいたん》におもひくづれぬ恋《こい》をして　半残**

もうにわとりが鳴く！
人目につく、と、あわてて逃げ帰ったが、
落ちていた汗ぬぐいが証拠となって、
不義は露見してしまった。

どんなことがあっても、
この恋はあきらめぬ。
と、女の一念。

23〈ナオ五句目　雑　恋の句〉

大膽におもひくづれぬ恋をして　半残

どんなことがあっても
この恋はあきらめまい。
と、女の決心は固いが。——

24
身《み》はぬれ紙《がみ》の取《とり》所《どころ》なき　土芳

身はぬれ紙の取所なき　土芳

一方の男の方は、
濡れ紙のように
ただ泣きぬれるばかり。
どうせ、
何のとりえもない身！

この身は、
泣き濡らした懐紙《かいし》のように、
何のとり所もない。

24〈ナオ六句目　雑　恋の句〉

25
小《こ》刀《がたな》の蛤《はまぐり》刃《ば》なる細《さい》工《く》ばこ　半残

小刀の蛤刃なる細工ばこ　半残

切れない小刀ばかり入っている細工ばこ。

「いつまでか蛤刃なる小刀の、あふ（刃がするどいの意と会う意）べきことのかなはざるらむ」の歌のとおり、才もにぶく、恋人に会うこともできぬ。

25〈ナオ七句目　雑　恋の句〉蛤刃＝蛤の貝のふちのように、丸くて切れない刃。さてこの句は解の中に引いた、当時の「職人尽《しょくにんづくし》歌合《うたあわせ》」の歌に拠《よ》っていると思われる。失恋の句である。

小刀の蛤刃なる細工ばこ　半残

蛤刃の小刀の入った細工箱。

26
棚《たな》に火《ひ》ともす大年《おおどし》の夜《よる》　園風《えんぷう》

その箱を置いてある棚に、
燈明を上げて、
今夜は大みそか。

26〈ナオ八句目　大年で冬〉

27
棚に火ともす大年の夜　園風
こゝもとはおもふ便《たより》も須磨《すま》の浦《うら》　猿雖《えんすい》

今年もきょうで終る。
神棚に燈明を上げる。
ここは須磨の浦。
流されている身である。
思う便りもすま（須磨）い。

27〈ナオ九句目　雑〉こゝもと＝『源氏物語』、須磨の巻に「ひとり目をさまし給ひて、枕をそばだてゝ、四方の嵐を聞き給ふに、浪只こゝもとに立ちくる心地して、涙落つとも覚えぬに、枕浮くばかりになりにけり。」とある。そのこゝもとを使っている。
須磨＝原本は須广

28
こゝもとはおもふ便も須磨の浦　猿雖
むね打合《うちあわ》せ著《き》たるかたぎぬ　半残

ここは配所の須磨。
思う便りもすまい。
胸の前を合わせて、
かたぎぬを着る。
みえもなく暮している。

28〈ナオ十句目　雑〉肩衣《かたぎぬ》は前を合わせるものではない。

29
むね打合せ著たるかたぎぬ　半残
此《この》夏《なつ》もかなめをくゝる破《やれ》扇《おおぎ》　園風

胸のところを合せて、
肩ぎぬを着ている実直もの。
かなめのくぎのとれた扇を、
ひもでくくって、

29〈ナオ十一句目　雑〉

この夏も使っている。

此夏もかなめをくゝる破扇　園風

かなめをひもでくくった古扇を、
ぱたぱたやっている。

30
醤油《しょうゆ》ねさせてしばし月《つき》見《み》る　猿雖

醤油ねさせてしばし月見る　猿雖

やっと、きょうは、
こうじを入れて、
醤油もねさせた。
やれやれ、いい月じゃ。

醤油をねさせて、
やれやれと、
月をながめながら、
涼んでいる。

30〈ナオ折端《おりはし》　醤油ねさせるで夏〉

31
咳声《せきごえ》の隣《となり》はちかき縁《えん》づたひ　土芳

咳声の隣はちかき縁づたひ　土芳

縁づたいの隣からである。
近いところから
咳をする声が聞こえる。

咳声が聞こえる
縁づたいの隣から。

31〈ナウ一名残の裏一句目　雑〉

32
添《そ》へばそうほどこくめんな顔《かお》　園風

誰かまだ隣で、
起きているらしいと、
話をやめた夫。
つれ添えばつれ添うほど、

32〈ナウ二句目　雑〉

添へばそうほどこくめんな顔　園風

りちぎ一方な、この顔！

つれ添えば添うほど、
顔まできちょうめんな、
この夫。

33
形《かたち》なき絵《え》を習《なら》ひたる会《あい》津《ず》盆《ぼん》　嵐《らん》蘭《らん》

形なき絵を習ひたる会津盆　嵐蘭

その夫が、
会津盆に描く絵は、
形もなにもない
しゃれた奔放な絵である。

33〈ナウ三句目　雑〉

形のない絵の会津盆。

34
うす雪《ゆき》かゝる竹《たけ》の割《わり》下《げ》駄《た》　史《ふみ》邦《くに》

うす雪かゝる竹の割下駄　史邦

うす雪のかかっている
竹の割下駄。

34〈ナウ四句目　うす雪で冬〉

庭石に、竹の割下駄。
それに春のうす雪がかかっている。

35
花《はな》に又《また》ことしのつれも定《さだま》らず　野《や》水《すい》

花に又ことしのつれも定らず　野水

今年も又、
花見の旅をしよう。
つれはまだきまっていないが。

35〈ナウ五句目　花で春　花の定座　ここの花を名残の花という。〉この巻の発句は梅若菜に旅立つ人を送る句であった。この名残の花の句は花の旅を思い描いている。はるかに首尾相呼応しているのである。

花がちらほら咲きはじめた。
今年の花見のつれは、

36

雛《ひな》の袂《たもと》を染《そむ》るはるかぜ　羽紅《うこう》

まだきまっていない。

雛の袂を一層美しく
染めるように、
春風が吹いている。

36〈揚句《あげく》　雛で春〉

注1

「梅若菜の巻」と芭蕉の不思議な動静

「梅若菜の巻」で、芭蕉は、発句、表六句目、裏三句目の三句に名を見せるだけである。

そして、その「梅若菜の巻」は芭蕉抜きのまま近江で、五、六句、京都で五句（去来二句、凡兆二句、正秀〈滞京中か〉一句）付けられ、名残の表三句目から伊賀俳人（半残・土芳・園風《えんぷう》・猿雖《えんすい》各一句）らによって、名残の裏二句目まで付けられ、そこで再び京都へ戻り、巻尾の四句を嵐蘭《らんらん》、史邦《ふみくに》、野《や》水《すい》、羽紅《うこう》が（各一句ずつ）付けてやっと終っている。

これは芭蕉に急用ができて近江にも京にも不在であったからである。

この年（元禄四年、芭蕉四十八歳、曾良四十三歳）、江戸に居た曾良は三月四日江戸を立ち、長島に十日程滞在したのち、三月二十四日に京都着、二十五日に凡兆に会って芭蕉の居所を尋ねる。（芭蕉は奈良へ行っていると聞いて）二十六日に淀に泊り、二十七日に奈良に泊り、二十八日に、「出ながら脇戸《わきど》（奈良市脇戸町）へ寄り、翁ヲ尋《たずぬ》ル」（曾良旅日記）とあって、それ以上のことは何も書いてない。そしてその夜は今の桜井市慈恩寺に泊っている。そののち曾良は吉野、高野《こうや》を経て、熊野《くまの》本宮、新宮、那智に参り、その後海路も利用して近畿一帯を歩き四月二十九日に再び京へ戻っている。（拙著『謎の旅人 曽良』大修館書店）

このほぼ三年前「おくのほそ道」の旅を終え、伊賀上野で、芭蕉は江戸へ戻る曾良を路通と共に見送った。それは十月十日（元禄二年）（陽暦十一月二十一日）のことである。

それ以来、ほぼ二年正確には一年七か月の月日が経っている。この三月二十七日に二人は会ったのか、会わなかったのか。多分会わなかったと思われるのであるが、それは何故か。あるいは会ったのかもしれないが、それは黙して語っていない。このあたりの芭蕉の動勢、事情は不可解である。

それから一か月余、五月二日に、曾良は近畿巡遊の苦難の一人旅を終えて京へ戻り、その足ですぐ嵯峨の落柿舎に芭蕉を訪ねている。芭蕉は曾良の大旅行をねぎらう気持からであろう、去来と共に曾良を大井川の舟遊びに誘った。しかし途中から雨が降って来たので、その日は落柿舎で三人で寝た。曾良の日記を示す。

一《ひとつ》、二日《ふつか》（元禄四年五月二日。陽暦一六九一年五月二十九日）天晴《てんはれ》。巳《み》ノ下剋《げこく》（午前十一時頃）允昌《いんしょう》（凡兆）へ寄《より》テ、妙心寺《みょうしんじ》を見て、サガ（嵯峨）へ趣《おもむく》。翁《おきな》ニ逢《あう》。去来《きょらい》居合《いあわす》。船《ふね》ニテ大井川ニ遊《あそ》ブ。雨降ル故《ゆえ》帰ル。次《し》第《だい》に雨《あめはなはだ》甚シ。

一《ひとつ》、三日（五月三日。陽暦五月三十日）雨不止《あめやまず》。未《ひつじ》ノ尅（午後二時ごろ）去来帰ル。幻住《げんじゅう》（庵《あん》）ノ句、并《ならびに》、落柿舎《らくししゃ》ノ句。

涼しさや此庵《このあん》をさへ住捨《すみすて》し

（註。芭蕉が幻住庵のようなりっぱな住み家さえ出て漂泊していることを言っている。）

破垣《やれがき》やわざとかのこ（鹿の子）の通路《とおりみち》

（註。これは幻住庵を詠んでいる。垣を全部結《ゆ》わず、鹿の子の通るところは明けてある。）

夜《よ》ヲ明《あかす》。

つまり、芭蕉と曾良は、去来の帰った後、二人になって、一と晩中語り合っているのである。「夜《よ》ヲ明《あかす》。」とある。

芭蕉が一時奈良に居たのは何のためか。曾良が近畿一帯をくまなく歩いたのは何のためか。二人が徹夜して語り合ったのは何か。

十二　むめが、にの巻

（炭俵）

むめがゝにの巻（炭俵《すみだわら》）

1 むめがゝにのつと日《ひ》の出《で》る山路《やまじ》かな　芭蕉《ばしょう》

2 処《ところ》〳〵《どころ》に雉子《きじ》の啼《なき》たつ　野坡《やば》

3 家普請《やぶしん》を春のてすきにとり付《つき》て　同

4 上《かみ》のたよりにあがる米《こめ》の直《ね》　芭蕉

5 宵《よい》の内《うち》はら〳〵とせし月《つき》の雲《くも》　同

6 藪越《やぶごし》はなすあきのさびしき　野坡

17 町衆《ちょうしゅう》のつらりと酔《よう》て花《はな》の陰《かげ》　野坡

18 門《もん》で押《おさ》るゝ壬生《みぶ》の念仏《ねんぶつ》　芭蕉

19 東風《こち》〻《かぜ》に糞《コヘ》のいきれを吹《ふき》まはし　同

20 たゞ居《い》るまゝに肱《かいな》わづらふ　野坡

21 江戸《えど》の左右《さう》むかひの亭主《ていしゅ》登《のぼ》られて　芭蕉

22 こちにもいれどから臼《うす》をかす　野坡

23 方〳〵《ほうぼう》に十夜《じゅうや》の内《うち》のかねの音《おと》　芭蕉

24 桐《きり》の木《き》高《たか》く月《つき》さゆる也《なり》　野坡

25 門《もん》しめてだまつてねたる面白《おもしろ》さ　芭蕉

26 ひら《ろ》ふ《う》た金《かね》で表《おもて》がへする　野坡

7 御頭《おかしら》へ菊《きく》もらはるゝめいわくさ　同
8 娘《むすめ》を堅《かと》う人《ひと》にあはせぬ　芭蕉
9 奈良《なら》がよひおなじつらなる細基《ホソモト》手《で》　野坡
10 ことしは雨《あめ》のふらぬ六月《ろくがつ》　芭蕉
11 預《あず》けたるみそとりにやる向河岸《むこうがし》　野坡
12 ひたといひ出すお袋《ふくろ》の事《こと》　芭蕉
13 終宵《よもすがら》尼《あま》の持病《じびょう》を押《おさ》へける　野坡
14 こんにやくばかりのこる名月《めいげつ》　芭蕉
15 はつ雁《かり》に乗懸《のりかけ》下地《したぢ》敷《しい》て見《み》る　野坡
16 露《つゆ》を相手《あいて》に居合《いあい》ひとぬき　芭蕉

27 はつ午《うま》に女房《にょうぼ》のおやこ振舞《ふるもう》て　芭蕉
28 又《また》このはるも済《すま》ぬ牢人《ろうにん》　野坡
29 法印《ほういん》の湯治《とうじ》を送《おく》る花《はな》ざかり　芭蕉
30 なは手《て》を下《ヲ》りて青麦《あおむぎ》の出来《でき》　野坡
31 どの家《いえ》も東《ひがし》の方《ほう》に窓《まど》をあけ　野坡
32 魚《うお》に喰《くい》あくはまの雑水《ぞうすい》　芭蕉
33 千《ち》どり啼《なく》一夜《ひとよ》〳〵《ひとよ》に寒《さむ》うなり　野坡
34 未進《みしん》の高《たか》のはてぬ算用《さんよう》　芭蕉
35 隣《となり》へも知《し》らせず嫁《よめ》をつれて来《き》て　野坡
36 屏風《びょうぶ》の陰《かげ》に見《み》ゆるくはし盆《ぼん》　芭蕉

軽み

『猿蓑』と『炭俵』の間の一〜二年、芭蕉には「栖去の辯」や「閉関の説」がある。家庭的にも悲劇やごたごたがあった。

そこをくぐった芭蕉は軽みを説くようになるのである。

5　宵《よい》の内《うち》はら〳〵とせし月《つき》の雲《くも》　芭蕉
6　　藪越《やぶごし》はなすあきのさびしき　野坡
24　　桐《きり》の木《き》高《たか》く月《つき》さゆる也《なり》　野坡
25　門《もん》しめてだまつてねたる面白《おもしろ》さ　芭蕉

これらは一見平凡である。しかし庶民の日常生活の中にある詩を芭蕉はみごとにすくい上げて見せてくれるのである。

十二　むめがゝにの巻(炭俵《すみだわら》)

［連衆］芭蕉
野坡

元禄七年(一六九四)
芭蕉五十一歳最晩年

1 むめがゝにのつと日《ひ》の出《で》る山路《やまじ》かな　芭蕉《ばしょう》

早立ちをして、
夜明け前の山路を歩いている。
梅の香がする。
その梅の香の中へ、
のっと顔を出したように、
日が登った。

1〈発句　梅で春　次の脇句は発句に必ず季を合わせる〉
むめ＝うめ

むめがゝにのつと日の出る山路かな　芭蕉

山路を行く。
梅の香の中へ、
のっと登った朝日。

2 処《ところ》〳〵《どころ》に雉《き》子《じ》の啼《なき》たつ　野坡《やば》

折しも、
右に左に、
鳴き声がひびいて、
きじが飛び立つ。

2〈脇　雉子で春〉

処〳〵に雉子の啼たつ　野坡

あちこちに、
きじが鳴いてはとび立つ。

3 家普請《やぶしん》を春のてすきにとり付《つき》て　同

春もまだ浅い。
農事もひまである。
その手すきに、
家のふしんにとりかかった。

3〈第三　春〉
発句、脇、第三は漢詩の起、承、転の関係である。つまり第三は転ずる場所である。発句、脇があわさって一つのもののような感じがするのに対して、第三はできるだけ大きくはなれる必要がある。しかしどこまでも調和を破ってならぬことはいうまでもない。
この句は発句、脇が景であるのに対して人事を持って来た。調和をたもちながらみごとに転じている。

家普請を春のてすきにとり付て　野坡

4 上《かみ》のたよりにあがる米《こめ》の直《ね》　芭蕉

春の手すきに、
家のふしんにとりかかった。
上《かみ》がたからのたよりによれば、
さいわい
米の値が上がっている。

4〈オモテ四句目　雑すなわち無季〉
米の値が上がることは農家には大きなよろこびである。

上のたよりにあがる米の直　芭蕉

5 宵《よい》の内《うち》はら〳〵とせし月《つき》の雲《くも》　同

上方《かみがた》からのたよりでは、
米の値が上がっているそうだ。
宵のうちぱらぱらと、
すこし降ったきりで、

5〈オ五句目　月で秋　月の定座〉

雲はあるが、
月も顔を見せている。

宵の内はら〱とせし月の雲　芭蕉

宵のうち、
ぱらぱらとしたが、
どうやらもちなおして、
雲の間から月がのぞいている。

6
藪越《やぶごし》はなすあきのさびしき　野坡

藪ごしに、
となりと話している。
さびしくしずかな秋。

6〈オ折端《おりはし》　秋〉

藪越はなすあきのさびしき　野坡

やぶごしに、
立ち話しをしている。
ものさびしい秋である。

7
御頭《おかしら》へ菊《きく》もらはるゝめいわくさ　同

「いや、実は、お頭《かしら》が菊（娘の名）をくれというのだ。
無下《むげ》にお断りもできず、
めいわくなことだ。」

7〈ウラ一句目　菊で秋　「もらはる」で恋〉

御頭へ菊もらはるゝめいわくさ　野坡

お頭が娘のお菊をくれと言う。
(年もちがうし)
こまったことだ。

8
娘《むすめ》を堅《かと》う人《ひと》にあはせぬ　芭蕉

年頃の娘を持つと、

8〈ウ二句目　雑〉

心配で仕方がない。
かたく人には会わせぬようにしていたのだが。

娘を堅う人にあはせぬ　芭蕉

9
奈良《なら》がよひおなじつらなる細基手《ホソモトで》　野坡

娘を大事にして
堅く人に会わせない。

奈良に通う、
同じ細もとでの小商人のくせに。
（親ばかと言うものだ。）

9〈ウ三句目　雑〉
われわれと同じ小商人のくせにあいつは娘をいやに箱入にして置くわいと同輩たちのうわさ。この細もとでの小商人は奈良へさらしを買いに行く商人であろう。おなじつら＝同列、同輩。

奈良がよひおなじつらなる細基《ホソモト》手　野坡

10
ことしは雨《あめ》のふらぬ六月《ろくがつ》　芭蕉

つれ立って行く
奈良がよいの（何かの仲買いの）
小商人たち。

ことしの六月は、
すこしも雨が降らぬことじゃ、
などと話し話し……

10〈ウ四句目　六月で夏〉

ことしは雨のふらぬ六月　芭蕉

11
預《あず》けたるみそとりにやる向河岸《むこうがし》　野坡

ことしの六月は、
ひでりつづきであった。

毎年のような出水の心配も、
もう、なさそうだ。
対岸の高台の家に、

11〈ウ五句目　雑〉

預けたるみそとりにやる向河岸　野坡

預かってもらっていたみそだるを、
とりにやる。

向う河岸の家に、
あずけて置いたみそを、
とりにやる。
（法事をいとなむためである。）

12
ひたといひ出すお袋《ふくろ》の事《こと》　芭蕉

ひたといひ出すお袋の事　芭蕉

死んだおふくろのことを、
なにかにと、
しきりに語る。

しきりと
おふくろのことを話す。

12〈ウ六句目　雑〉
ひたと＝一向に、一筋に。

13
終宵《よもすがら》尼《あま》の持病《じびょう》を押《おさ》へける　野坡

終宵尼の持病を押へける　野坡

ひと晩中、
尼の持病で苦しむのを、
もみさすってやりながら――

ひと晩中、
持病を起した尼の、
介抱をしてしまった。

13〈ウ七句目　雑〉

14
こんにやくばかりのこる名月《めいげつ》　芭蕉

月見の宴も果てて、
座にはただ
こんにゃくばかり残っている。

14〈ウ八句目　名月で秋　月の定座〉

名月がさしている。

こんにやくばかりのこる名月　芭蕉

15
はつ雁《かり》に乗《のり》懸《かけ》下《した》地《ぢ》敷《しい》て見《み》る　野坡

（昨夜は）月見の宴。
今朝は旅立ち。
はつ雁が鳴き渡る。
乗懸下地を敷いてみる。

はつ雁に乗懸下地敷て見る　野坡

はつ雁がわたる。
乗懸下地を敷いて、
乗り心地もみた。
旅立ち前のひととき。

15〈ウ九句目　はつ雁で秋〉
乗懸＝乗掛とも。宿駅の駄馬に二十貫目の荷物をつけ、その上に人一人乗ること。乗懸下地はその荷の上に敷く敷物。

16
露《つゆ》を相《あい》手《て》に居《い》合《あい》ひとぬき　芭蕉

露を相手に
居合いをひと抜き。

露を相手に居合ひとぬき　芭蕉

露を相手に、
大げさな居合い抜き。
大道芸人。

16〈ウ十句目　露で秋〉

17
町《ちょう》衆《しゅう》のつらりと酔《よう》て花《はな》の陰《かげ》　野坡

町役人たちが、ずらりと、
酔った顔をならべて、見物している。
花の咲きあふれる下。

町衆のつらりと酔て花の陰　野坡

花のかげ。町役人たちは、さじきに、
ずらりと酔った顔をならべている。

17〈ウ十一句目　花で春　花の定座〉

18〈ウラの折端《おりはし》　壬生の念仏で春〉
壬生の念仏＝京都四条大宮の壬生

18
門《もん》で押《おさ》るゝ《っ》壬《み》生《ぶ》の念《ねん》仏《ぶつ》　芭蕉

門で押るゝ壬生の念仏　芭蕉

見物の群衆は、
門のあたりで互に押し合っている。
壬生寺の念仏狂言。

壬生念仏。
門のあたりで押されている、
参けいの人々。

18 壬生の念仏　京都壬生寺で三月十四日から二十四日まで（今は四月二十一日から五月十五日まで）行う法会。無言の念仏狂言を行う。

19
東風《こち》〻《かぜ》に糞《コヘ》のいきれを吹《ふき》まはし　同

東風〻に糞《コヘ》のいきれを吹まはし　芭蕉

その門外。
東風（こち）風が、
あたりの畑の
糞《こえ》のいきれを、吹きまわしている。

畑には、
あたたかい春の日ざし。
こえのいきれを、
こちが吹きまわしている。

19〈ナオ一名残の表一句目　東風《こち》〻《かぜ》で春〉
東風〻＝こちに同じ。しぐれの雨などと同じ言い方。

20
たゞ居《い》るまゝに肱《かいな》わづらふ　野坡

たゞ居るまゝに肱わづらふ　野坡

このいい時候に、
腕の神経痛で野良仕事ができぬ。
じっと家に居るだけでも、
痛んでくる。

なに、奉公はすこしも苦労でなく、
ただ坐っているだけだが、

20〈ナオ二句目　雑つまり無季〉

腕が痛むそうですよ。

21 江戸《えど》の左右《さう》むかひの亭主《ていしゅ》登《のぼ》られて　芭蕉

向いの亭主が、
江戸から戻ってこられた。
早速、江戸へ奉公に出してある
身内の者の様子を聞いたところが、
そういう話である。

江戸の左右むかひの亭主登られて　芭蕉

22 こちにもいれどから臼《うす》をかす　野坡

江戸から京へ戻って来た
向いの亭主に、
江戸の様子を聞く。

その向いで、
(急に主が戻って来て
飯米がいるというので、)
から臼を借りに来た。
こちらでも、いるところだが、
さきに貸してあげる。

こちにもいれどから臼をかす　野坡

23 方《ほう》〳〵《ぼう》に十夜《じゅうや》の内《うち》のかねの音《おと》　芭蕉

こちらも、
(十夜念仏のふるまいで、)
から臼はいそがしいが、
まずさきに貸してやる。

十夜念仏のさい中。
方々から、

21〈ナオ三句目　雑〉

22〈ナオ四句目　雑〉
から臼＝臼を地中に埋め、杵を足で踏んで穀類をつくもの。

23〈ナオ五句目　十夜すなわち十夜念仏で冬〉
十夜＝十夜念仏法要の略。浄土宗

ちんちんと、
かねの音が聞こえる。

の寺院で旧暦十月五日から十四日まで法要を修する。

方〱に十夜の内のかねの音　芭蕉

24 桐《きり》の木《き》高《たか》く月《つき》さゆる也《なり》　野坡

方々に、
十夜念仏の、かねの音。

高い桐の枯木。
そのこずえに、
さえている冬の月。

24〈ナオ六句目　月さゆるで冬
ふつう十一句目が月の定座である
が、ここにひき上げられた。〉

桐の木高く月さゆる也　野坡

25 門《もん》しめてだまつてねたる面白《おもしろ》さ　芭蕉

高い桐の枯木の上に、
冬の月が冴えている。

その月を仰ぎ、
門をしめて、
だまって寝る。
そのさびしさ、面白さ。

25〈ナオ七句目　雑〉
(注1参照)

門しめてだまつてねたる面白さ　芭蕉

26 ひら《ろ》ふ《う》た金《かね》で表《おもて》がへする　野坡

門をしめて
だまって寝た。
——ひとりほくそ笑みながら。

金を拾ったのである。
その拾った金で、
畳の表がえをする。

26〈ナオ八句目　雑〉
(注2参照)

ひろふた金で表がへする　野坡

27
はつ午《うま》に女房《にょうぼ》のおやこ振舞《ふるもう》て　芭蕉

はつ午に女房のおやこ振舞て　芭蕉

28
又《また》このはるも済《すま》ぬ牢《ろう》人《にん》　野坡

又このはるも済ぬ牢人　野坡

29
法《ほう》印《いん》の湯《とう》治《じ》を送《おく》る花《はな》ざかり　芭蕉

法印の湯治を送る花ざかり　芭蕉

ひろった金で、
畳の表がえをした。

初うまには、
女房の親類を招いて、
ふるまいもした。

初午《はつうま》に、
女房の身内《みうち》を招いた。

そうやって少し気張ってみたが、
又、ことしの春も、
帰参ののぞみがかなわず、
浪人ぐらしである。

又この春も、
浪人ぐらしである。

一方羽振りのよい
山伏の法印様が
湯治に行かれる。
花ざかりの道で
村人たちに送られて。

花ざかりの道。

27〈ナオ九句目　はつ午で春〉
前句の卑俗さをやや立て直し芭蕉自身のペースの方へ持って行こうとしている。
おやこ＝親子《おやこ》。親と子という意ではなく、江戸時代には親類の意で使われた。

28〈ナオ十句目　春〉
牢人＝浪人。江戸時代よくこの字で書かれた。

29〈ナオ十一句目　普通ここは月の定座であるが、この折《おり》の六句目にすでに芭蕉が出してしまったので、月のかわりに花を出した。こんな例はほかにはほとんどない。〉
法印＝ここは僧の官名ではなく、単に山伏・修験者のこと。

山伏の湯治に行くのを
村人が、見送っている。

30
なは手《て》を下《ヲ》りて青麦《あおむぎ》の出来《でき》　野坡

なわて道から下りて、
青麦の出来をたしかめる村人たち。
どの畑もいい出来である。

30〈ナオ折端《おりはし》　青麦で春〉

なは手を下《ヲ》りて青麦の出来　野坡

どの畑も、
麦は青々とのびて、
いい出来のようである。

31
どの家《いえ》も東《ひがし》の方《ほう》に窓《まど》をあけ　野坡

このひと村、どの家も、
東の方に窓をあけている。

31〈ナウ―名残の裏一句目　雑〉

どの家も東の方に窓をあけ　野坡

どの家もみな、
東の方に窓をあけている。

32
魚《うお》に喰《くい》あくはまの雑《ぞう》水《すい》　芭蕉

そこは海べの漁村。
その村にとどまっている旅人。
毎日毎日、
魚を煮こんだ雑《ぞう》すいに、
食いあいた。

32〈ナウ二句目　雑〉

魚に喰あくはまの雑水　芭蕉

この浜べにとどまって、
魚の入ったぞうすいも、
食べあきた。

33
千《ち》どり啼《なく》一夜《ひとよ》〳〵《ひとよ》に寒《さむ》うなり　野坡

千鳥の鳴く
ひと夜ひと夜に
寒くなって行く。

33〈ナウ三句目　千どりで冬〉

34
千どり啼一夜〳〵に寒うなり　野坡

未《み》進《しん》の高《たか》のはてぬ算《さん》用《よう》　芭蕉

千鳥が鳴き、
夜ごとに、
寒くなって行く村。

年ぐ米未納の高を、
夜ごと集まって計算する。
どうもうまく合わない。

34〈ナウ四句目　雑〉

35
未進の高のはてぬ算用　芭蕉

隣《となり》へも知《し》らせず嫁《よめ》をつれて来《き》て　野坡

年ぐがまだすんでいない。
計算も合わない。

そんな中で、
はればれしいこともできぬ。
隣へも知らせず、
こっそり、
嫁をもらった。

35〈ナウ五句目　雑　恋〉
ここは匂の花または名残の花の定座で、ここの句を詠む前には香を焚くのだそうで、そのことから匂の花というのである。つまり非常に重要な花の定座なのである。ところがこの巻は名残の表十一句目にすでに花を出してしまったのでここはあえて恋の句（嫁）としたのである。

隣へも知らせず嫁をつれて来て　野坡

隣へも知らせぬほどに、
こっそりと、
嫁をもらった。

36
屏風《びょうぶ》の陰《かげ》に見《み》ゆるくはし盆《ぼん》　芭蕉

それでも、
形ばかりは、
婚礼のまねごとをしたのであろう。
屏風のかげに、
菓子盆が見える。

36〈揚句《あげく》　雑　前句と共に恋〉
この巻はさいごに来てやっと恋の場が出た。恋が一か所もないのは律義《りちぎ》な巻として非難されるのである。

注1　25 門《もん》しめてだまつてねたる面白《おもしろ》さ　芭蕉

この歌仙を巻く半年ほど前に芭蕉は「閉関之説」を書いている。「……人来れば無用の辯《べん》有り、出《いで》ては他の家業をさまたぐるもうし。尊敬が戸を閉《とじ》て、杜五郎《とごろう》が門を鎖《とざ》さむには、友なきを友とし、貧《まずしき》を富《とめ》りとして、五十年の頑夫《がんぷ》自書《じしょし》　自《みずから》禁戒《きんかい》となす。」当時の芭蕉はこういう心境であったのであろう。

土芳の『三冊子』の「あかさうし」によると芭蕉はこの句を自讃し、『炭俵』一巻の眼目はこの句であると言っている。門人たちが、「泣事《なくこと》のひそかに出来し浅ぢふに　芭蕉」（空豆《そらまめ》のの巻の名残の表にあり）が『炭俵』の眼目だと言うのに対して芭蕉の思うところはちがうというのである。すなわち、

「先師のいはく、すみ俵は門しめての一句に腹をすへたり、試に方々門人にとへば皆、泣事のひそかに出来しあさ茅生《ジフ》といふ句によれり。老師の思ふ所に非ずと也。」

注2　26 ひらふた金《かね》で表《おもて》がへする　野坡

前句の高い心境をいやしい人物のそれに転じている。野坡はそこが得意であったのかもしれないが、あまりに卑俗である。だまってがひろふた金に、面白さが畳の表がえのできることにと、句の仕立てそのものも物付け的で卑俗である。

杉浦正一郎も三省堂『芭蕉講座連句篇』の中で次のように言っている。「前句と此句とをよくよみ比べてみると、そこにそのまゝ芭蕉の庶幾《しょき》した「軽み」と、門人の野坡らの理解した「軽み」との大きな差異が判るやうな

気がするのである。」と。なお、金を拾ってねこばばをきめることは当時では、そう不道徳なこととされていなかったらしい。

十三　空豆の巻

（炭俵）

空豆《そらまめ》のの巻（炭俵《すみだわら》）

ふか川《がわ》に　まかりて

1 空豆《そらまめ》の花《はな》さきにけり麦《むぎ》の縁《へり》　孤屋《こおく》
2 昼《ひる》の水鶏《くいな》のはしる溝川《みぞかわ》　芭蕉《ばしょう》
3 上張《うわばり》を通《とお》さぬほどの雨降《あめふり》て　岱水《たいすい》
4 そつとのぞけば酒《さけ》の最中《さいちゅう》　利牛《りぎゅう》
5 寝処《ねどころ》に誰《たれ》もねて居《い》ぬ宵《よい》の月《つき》　芭蕉
6 どたりと塀《へい》のころぶあきかぜ　孤屋

17 雪《ゆき》の跡《あと》吹《ふき》はがしたる朧《おぼろ》月《づき》　孤屋
18 ふとん丸《まる》けてものおもひ居《い》る　芭蕉
19 不届《ふとどき》な隣《となり》と中《なか》のわるうなり　岱水
20 はつち坊《ぼう》主《ず》を上《うえ》へあがらす　利牛
21 泣事《なくこと》のひそかに出来《でき》し浅《あさ》ぢふに　芭蕉
22 置《おき》わすれたるかねを尋《たず》ぬる　孤屋
23 著《き》のまゝにすくんでねれば汗《あせ》をかき　利牛
24 客《きゃく》を送りて提《さげ》る燭《しょく》台《だい》　岱水
25 今《いま》のまに雪《ゆき》の厚《あつ》さを指《さし》てみる　孤屋
26 年貢《ねんぐ》すんだとほめられにけり　芭蕉

7 きり〴〵す薪《マキ》の下《した》より鳴《なき》出《だ》して　利牛

8 晩《ばん》の仕《し》事《ごと》の工《く》夫《ふう》するなり　岱水

9 娣《いもおと》をよい処《ところ》からもらはるゝ　孤屋

10 僧《そう》都《ず》のもとへまづ文《ふみ》をやる　芭蕉

11 風《かぜ》細《ほそ》う夜《よ》明《あけ》がらすの啼《なき》わたり　岱水

12 家《いえ》のながれたあとを見《み》に行《ゆく》　利牛

13 鯲《どじょう》汁《じる》わかい者《もの》よりよくなりて　芭蕉

14 茶《ちゃ》の買《かい》置《おき》をさげて売《うり》出《だ》す　孤屋

15 この春《はる》はどうやら花《はな》の静《しず》かなる　利牛

16 かれし柳《やなぎ》を今《いま》におしみて　岱水

27 息災《そくさい》に祖父《じじ》のしらがのめでたさよ　岱水

28 堪《かん》忍《にん》ならぬ七《たな》夕《ばた》の照《て》り　利牛

29 名《めい》月《げつ》のまに合《あわ》せ度《たき》芋《いも》畑《ばたけ》　芭蕉

30 すた〳〵いふて荷《にな》ふ落《おち》鮎《あゆ》　孤屋

31 このごろは宿《しゅく》の通《とお》りもうすらぎし　利牛

32 山《やま》の根《ね》際《ぎわ》の鉦《かね》かすか也《なり》　岱水

33 よこ雲《ぐも》にそよ〳〵風《かぜ》の吹《ふき》出《いだ》す　孤屋

34 晒《さらし》の上《うえ》にひばり囀《さえず》る　利牛

35 花《はな》見《み》にと女《おな》子《ご》ばかりがつれ立《だち》て　芭蕉

36 余《よ》のくさなしに菫《すみれ》たんぽゝ　岱水

間《ま》の芸術

朝日新聞の「季節風」というコラムに「志ん生のハナシのうま味は、言葉と言葉との間の『間』のよさから生れてくるのだ、」と言い、「だれか『文学間《ま》理論』を展開してみせないか。」

とあった。

俳諧はまさに間《ま》の芸術である。太田水穂が『新古今集』の、

秋ふけぬ鳴けや霜夜のきりぎりす

やゝ影寒しよもぎふの月　　後鳥羽上皇

の初句言い離しの離れわざに俳諧分化の兆をみとめているのはさすがに達見である。

付合《つけあ》いの面白みもすなわち間《ま》の面白みである。

6　どたりと塀《へい》のころぶあきかぜ　　孤屋

7　きりぐ\す薪《マキ》の下《した》より鳴出《なきだ》して　　利牛

こういう付合の面白さは、千万言を費しても言いあらわせない。

十三　空豆《そらまめ》のの巻(炭俵《すみだわら》)

元禄七年(一六九四)
芭蕉五十一歳最晩年

［連衆］孤屋　岱水
芭蕉　利牛

ふか川《がわ》に
まかりて

1 空豆《そらまめ》の花《はな》さきにけり麦《むぎ》の縁《へり》　孤屋《こおく》

深川の芭蕉庵をお訪ねして、
空豆の花が、
麦畑のへりに咲いていて、
美しいながめだ。
――閑静なところでございますな。

1〈発句　空豆の花で夏〉

空豆の花さきにけり麦の縁　孤屋

2 昼《ひる》の水鶏《くいな》のはしる溝川《みぞかわ》　芭蕉《ばしょう》

空豆の花が、
麦畑のへりに咲いて、
美しい色どり。
その昼の溝川を、
ちょこちょこと、

2〈脇　水鶏で夏〉

水鶏が走っている。

昼の水鶏のはしる溝川　芭蕉

3 上張《うわばり》を通《とお》さぬほどの雨降《あめふり》て　岱水《たいすい》

上張を通さぬほどの雨降て　岱水

溝川には水鶏が走っている。

上《うわ》っぱりを通さないほどの、こぬか雨が降っている。

外には、うわっぱりを通さない程度の、ぬか雨が降っている。

3〈第三　雑　すなわち無季〉

4 そつとのぞけば酒《さけ》の最《さい》中《ちゅう》　利牛《りぎゅう》

そつとのぞけば酒の最中　利牛

内では何をしているのかと、そっとのぞいて見ると、酒もりの最中であった。

そっとのぞいて見ると、酒の最中である。

4〈オモテ四句目　雑〉

5 寝《ね》処《どころ》に誰《たれ》もねて居《い》ぬ宵《よい》の月《つき》　芭蕉

寝処に誰もねて居ぬ宵の月　芭蕉

寝どころに誰も寝ていない。ただ宵の月だけがさしこんでいる。

誰も寝ていない寝処。宵の月だけがさしている。

5〈オ五句目　月で秋　月の定座〉

6 どたりと塀《へい》のころぶあきかぜ　孤屋

さして強くもない秋かぜに、どたりと塀がころんだ。

6〈オ折端《おりはし》　秋かぜで秋〉予期せぬ静に、予期せぬ動で応じた。

どたりと塀のころぶあきかぜ　孤屋

秋風に、
どたりと、
塀のころぶ音がする。

7
きり〲す薪《マキ》の下《した》より鳴出《なきだ》して　利牛

きり〲す薪《マキ》の下より鳴出して　利牛

薪の下から、
こおろぎが鳴き出した。

こおろぎが、
薪の下から鳴き出した。

7〈ウラ一句目　きり〲すで秋〉
きりぎりす＝今のこおろぎのこと。
一事の終末に、
一事の出発で応じた。

8
晩《ばん》の仕事《しごと》の工夫《くふう》するなり　岱水

晩の仕事の工夫するなり　岱水

よなべ仕事の、
心づもりをしている。

晩の仕事の心づもりをしている働き者の男。

8〈ウ二句目　雑〉

9
娣《いもおと》をよい処《ところ》からもらはるゝ　孤屋

娣をよい処からもらはるゝ　孤屋

その妹。
よいところから、
ぜひ嫁にと所望されている。

妹をよいところから嫁にと言われている。

9〈ウ三句目　雑　恋の句〉

10
僧都《そうず》のもとへまづ文《ふみ》をやる　芭蕉

僧都のところへ、
まず、相談の文を書く。

10〈ウ四句目　雑　文で恋の句とも〉
あまり今様《いまよう》風俗の句がつづいたので、ここでちょっと重厚な句にした。

僧都のもとへまづ文をやる　芭蕉

まず僧都のもとへ、
文を書いてやる。

11 風《かぜ》細《ほそ》う夜《よ》明《あけ》がらすの啼《なき》わたり　岱水

風細う夜明がらすの啼わたり　岱水

（その僧都の住む山寺。）
風の音が細く鳴っている。
夜明がらすが、
はや鳴きわたる。

風がおさまり、
何事もなかったかのように、
いつもの夜明けがらすが、
鳴きわたる。

11〈ウ五句目　雑〉

12 家《いえ》のながれたあとを見《み》に行《ゆく》　利牛

家のながれたあとを見に行　利牛

きのうの大雨で、
夜のうちに家が流れた。
そのあとを見に行く。

大水で家が流れたという。
それを早速見にでかける。

12〈ウ六句目　雑〉

13 鰌《どじょう》汁《じる》わかい者《もの》よりよくなりて　芭蕉

鰌汁わかい者よりよくなりて　芭蕉

どじょう汁も、
若い者よりたくさん食べる。
――そんな元気な老人。

どじょう汁を、

13〈ウ七句目　雑〉
よくなりて（よくなる）＝よくいける。よく食べる。

若い者に負けぬぐらい食べる。
元気な老人。

14

茶《ちゃ》の買《かい》置《おき》をさげて売《うり》出《だ》す　孤屋

茶の買置をさげて売出す　孤屋

仕入れこんでおいた茶を、
あっさりと、
値をさげて売り出す。
商売も抜け目なく、
さばさばしている。

茶の売れ行きも思わしくない。
買い置きを値下げして売り出した。

14〈ウ八句目　雑〉
鳶羽集に「若いものより能《よく》なりてといふひゞき、性のさく〳〵したる余情のあるより、さげて売出すとあしらひ其拍子《そのひょうし》をとりたる也」という。これでよく通じる。

15

この春《はる》はどうやら花《はな》の静《しずか》なる　利牛

この春はどうやら花の静なる　利牛

今年の春の花見は、
どうやら大したさわぎもなく、
過ぎそうである。

この春は、
大して興ある花見もせず、
しずかに過ぎそうである。

15〈ウ九句目　春　花の定座を二句引き上げてある。〉

16

かれし柳《やなぎ》を今《いま》におしみて　岱水

それにつけても、
あのだいじにしていた柳の、
枯れてしまったのが、
今もなお、
惜しくてならない。

16〈ウ十句目　柳で春〉

かれし柳を今におしみて　岱水

枯れた柳を、
今も惜しんでいる。

17 **雪《ゆき》の跡《あと》吹《ふき》はがしたる朧《おぼろ》月《づき》　孤屋**

少し降った春の雪を、
風が吹きはがした。
空には朧月が出ている。

雪の跡吹はがしたる朧月　孤屋

風が、雪のあとを吹きはがし、
空には、
朧月がかかっている。

17〈ウ十一句目　朧月で春　ここは花の定座であるが二句前に花が出ており、しかも七句目の月の定座には月が出なかったのでここへ月を出した。〉

18 **ふとん丸《まる》けてものおもひ居《い》る　芭蕉**

ひとり床に起き上がり、
ふとんを丸めて、
物思いにふける女。

ふとん丸けてものおもひ居る　芭蕉

ふとんを丸めて、
じっと物思いにふける。

18〈ウラの折端《おりはし》　雑　恋の句〉

19 **不《ふ》届《とどき》な隣《となり》と中《なか》のわるうなり　岱水**

ふとどきな隣と、
仲が悪くなった。

不届な隣と中のわるうなり　岱水

ふとどきな隣と、
いがみ合いをしている。

19〈ナオ一名残の表一句目　雑〉

20 **はつち坊《ぼう》主《ず》を上《うえ》へあがらす　利牛**

「まあ、お坊さん、聞いてくれ……」
と、

20〈ナオ二句目　雑〉
はつち坊主＝鉢坊主。物もらいの

はっち坊主を上へあがらす　利牛

物もらいの托鉢坊主を、
家へ上げる。

坊主。

托鉢坊主を、
家へ呼び入れ、
上がらせた。

21
泣事《なくこと》のひそかに出来《でき》し浅《あさ》ぢふに　芭蕉

泣事のひそかに出来し浅ぢふに　芭蕉

その片いなかの荒れた宿に、
不幸が起きた。
それも人に知られたくない不幸である。
ひそかに泣きぬれていた。
せめて、
供養の経だけでも、
読んでもらいたい。

21〈ナオ三句目　雑〉
当時門人たちは『炭俵』の眼目はこの句であると評した。「むめがゝに」の巻注1参照。浅ぢふに＝浅茅生の宿にの意であろう。チガヤが生えて荒れた宿。

まずしい浅じうの宿《やど》に、
ひとに言えぬ
かなしいことが起きた。

22
置《おき》わすれたるかねを尋《たず》ぬる　孤屋

置わすれたるかねを尋ぬる　孤屋

（その上、）
かくしていた大事な金を、
どこかへ置きわすれてしまった。

22〈ナオ四句目　雑〉
この解での「（その上）」は、諸解では「（それは）」とする。どちらがよいか。

金を置き忘れた。
はっと気がついて、
大あわてにさがす。

23
著《き》のまゝにすくんでねれば汗《あせ》をかき　利牛

着たままに、うとうとと居眠りをした。
びっしょり寝汗をかいて、眼をさます。

23〈ナオ五句目　雑〉

著のまゝにすくんでねれば汗をかき　利牛

着物のまますくんで寝ていて、
汗をかいた。

24
客《きゃく》を送りて提《さげ》る燭《しょく》台《だい》　岱水

客がお帰りである。
（あわてて起きて、）
燭台を提げて、
送って出る。

24〈ナオ六句目　雑〉

客を送りて提る燭台　岱水

燭台を提げて、
客を送って出た。

25
今《いま》のまに雪《ゆき》の厚《あつ》さを指《さし》てみる　孤屋

さっきから降り出した雪が、
もう、ずいぶん積もった。
（客を送って出たついでに、）
どのくらいの厚さになったかと、
ちょっと棒きれで指《さ》してみる。

25〈ナオ七句目　雪で冬〉

今のまに雪の厚さを指てみる　孤屋

大雪になりそうである。
今どのくらい積もったかさして見る。

26
年貢《ねんぐ》すんだとほめられにけり　芭蕉

今年はもう、年貢も、
すっかり納めて、

26〈ナオ八句目　雑〉

庄屋に、ほめられた。
心がかかりは何もない。

年貢すんだとほめられにけり　芭蕉

年貢もすっかりすんで、ほめられた。

---

27 息災《そくさい》に祖父《じじ》のしらがのめでたさよ　岱水

息災なじじの、
しらがもめでたい。

息災に祖父のしらがのめでたさよ　岱水

じじも息災で
めでたいことである。

27〈ナオ九句目　雑〉

---

28 堪忍《かんにん》ならぬ七夕《たなばた》の照《て》り　利牛

たまらないほど結構な、
七夕ごろの照りである。

堪忍ならぬ七夕の照り　利牛

稲のためには、
たまらないほど結構な、
七夕どきのこの照りである。

28〈ナオ十句目　七夕で秋〉

---

29 名月《めいげつ》のまに合《あわ》せ度《たき》芋《いも》畑《ばたけ》　芭蕉

しかしこれでは、
里芋は太るまい。
何とか、名月までには、
間に合わせたいものだが。

名月のまに合せ度芋畑　芭蕉

月見までには、
なんとか間に合わせたいと、
芋のできを見に来た。

29〈ナオ十一句目　名月で秋　月の定座〉

30
すた〳〵いふて荷《にな》ふ落《おち》鮎《あゆ》　孤屋

その畑道を、
すたすたと落鮎を、
かついで行く漁師。

30〈ナオ折端《おりはし》　落鮎で秋〉

すた〳〵いふて荷ふ落鮎　孤屋

すたすたと、
落鮎を荷った漁師が行く。

31
このごろは宿《しゅく》の通《とお》りもうすらぎし　利牛

ほかにはあまり通る人もない。
このごろ、この宿場の、
人通りもうすれた。

31〈ナウ一名残の裏一句目　雑〉
「宿」に傍線あり。音読せよの意。

このごろは宿の通りもうすらぎし　利牛

このごろは、
この宿場も、何となく、
人通りがうすらいだ。

32
山《やま》の根《ね》際《ぎわ》の鉦《かね》かすか也《なり》　岱水

山の根ぎわにある僧庵の、
かすかな鉦の音までが、
聞こえてくる。

32〈ナウ二句目　雑〉
太田水穂は、「この微かな句ぶりが、蕉門俳諧の一面の特色」と言っている。わびとかさびというのもこのことであろう。

山の根際の鉦かすか也　岱水

山のふもとの寺から、
鉦の音が、かすかに聞こえる。

33
よこ雲《ぐも》にそよ〳〵風《かぜ》の吹《ふき》出《いだ》す　孤屋

暁のよこ雲がたなびき、
風がそよそよと吹き出した。

33〈ナウ三句目　雑〉
よこ雲＝横にたなびく雲。古来明け方の雲とされている。

よこ雲にそよ〳〵風の吹出す　孤屋

朝の空に、

34
晒《さらし》の上《うえ》にひばり囀《さえず》る　**利牛**

晒の上にひばり囀る　利牛

たなびいている横雲。
そよそよと微風が吹き出した。
晒が干してある。
その上に、
ひばりがさえずっている。

34〈ナウ四句目　ひばりで春〉

35
花見《はなみ》にと女子《おなご》ばかりがつれ立《だち》て　**芭蕉**

花見にと女子ばかりがつれ立て　芭蕉

干してあるさらしの上に、
ひばりがぴいちく〳〵とさえずってい
る。
花見にと、
女たちだけが、つれ立って行く。
（ひばりに負けぬくらいにしゃべり合っ
て。）

35〈ナウ五句目　花見で春　花の
定座〉

36
余《よ》のくさなしに菫《すみれ》たんぽゝ　**岱水**

女たちだけが、
つれ立って花見に行く。
その野べ。
すみれとたんぽぽだけが、
一面に咲きみちている。

36〈揚句《あげく》　菫、たんぽゝで春〉

十四　振売のの巻

（炭俵）

振売《ふりうり》のの巻（炭俵《すみだわら》）

神無月廿日《かんなづきはつか》

ふか川《がわ》にて即興《そっきょう》

1 振売《ふりうり》の鴈《がん》あはれ也《なり》ゑ《え》びす講《こう》　芭蕉《ばしょう》

2 降《ふっ》てはやすみ時雨《しぐれ》する軒《のき》　野坡《やば》

3 番匠《ばんじょう》が椴《もみ》の小節《こぶし》を引《ひき》かねて　孤屋《こおく》

4 片《かた》はげ山《やま》に月《つき》をみるかな　利牛《りぎゅう》

5 好物《こうぶつ》の餅《もち》を絶《たや》さぬあきの風《かぜ》　野坡

6 割木《わりき》の安《やす》き国《くに》の露霜《つゆじも》　芭蕉

17 此島《このしま》の餓鬼《がき》も手《て》を摺《する》月《つき》と花《はな》　芭蕉

18 砂《すな》に暖《ヌクミ》のうつる青草《あおくさ》　野坡

19 新《しん》畠《ハタ》の糞《こえ》もおちつく雪《ゆき》の上《うえ》　孤屋

20 とられたる笠《かさ》とりに行《ゆく》　利牛

21 川越《かわごし》の帯《おび》しの水《みず》をあぶながり　野坡

22 平地《ひらち》の寺《てら》のうすき藪垣《やぶがき》　芭蕉

23 干物《ほしもの》を日向《ひなた》の方《ほう》へいざらせて　利牛

24 塩出《しおだ》す鴨《かも》の苞《ツト》ほどくなり　孤屋

25 算用《さんよう》に浮世《うきよ》を立《たつ》る京《きょう》ずまひ　芭蕉

26 又沙汰《またさた》なしにむすめ産《ヨロコブ》　野坡

7 網《あみ》の者《もの》近《ちか》づき舟《ぶね》に声《こえ》かけて　利牛

8 星《ほし》さへ見《み》えず二《に》十《じゅう》八《はち》日《にち》　孤屋

9 ひだるきは殊《ことに》軍《いくさ》の大《だい》事《じ》也《なり》　芭蕉

10 淡《あわ》気《ケ》の雪《ゆき》に雑《ぞう》談《たん》もせぬ　野坡

11 明《あけ》しらむ籠《かご》挑《ちょう》灯《ちん》を吹《ふき》消《け》して　孤屋

12 肩《けん》癖《ぺき》にはる湯《ゆ》屋《や》の膏《こう》薬《やく》　利牛

13 上《うわ》をきの干《ほし》葉《ば》刻《きざむ》もうはの空《そら》　野坡

14 馬《うま》に出《で》ぬ日《ひ》は内《うち》で恋《こい》する　芭蕉

15 絈《カセ》買《かい》の七《なな》つさがりを音《おと》づれて　利牛

16 塀《へい》に門《もん》ある五《ご》十《じゅっ》石《こく》取《どり》　孤屋

27 どたくたと大晦日《おおつごもり》も四つのかね　孤屋

28 無《む》筆《ひつ》のこのむ状《じょう》の跡《あと》さき　利牛

29 中《なか》よくて傍《ほう》輩《ばい》合《あい》の借《か》りいらゐ　野坡

30 壁《かべ》をたゝきて寝《ね》せぬ夕《ゆう》月《づき》　芭蕉

31 風《かぜ》やみて秋《あき》の鷗《かもめ》の尻《しり》さがり　利牛

32 鯉《こい》の鳴《なる》子《こ》の綱《つな》をひかゆる　孤屋

33 ちらはらと米《こめ》の揚《アケ》場《ば》の行《ゆき》戻《もど》り　芭蕉

34 目黒《めぐろ》まいりのつれのねちみやく　野坡

35 どこもかも花《はな》の三《さん》月《がつ》中《ちゅう》時《じ》分《ぶん》　孤屋

36 輪《わ》炭《ずみ》のちりをはらふ春《はる》風《かぜ》　利牛

空白を持つ芸術

俳諧は間《ま》の芸術であり、付合いの呼吸は落語などの間の呼吸と同じようなものであるということを前回のべた。その間ということばを空白ということばに置きかえることもできる。

東洋画には多く空白がある。書なども、いかに書くか、ということも、もとよりであるが、いかに空白を創り出すか、ということに工夫がこらされるのだそうである。

連句は二句の付合いの間《あいだ》に空白が存在する。さらに二句の間にだけではなく、一句の中においても、この空白の存在するかしないかは、一句の値打ちを左右するのである。

○

この巻には幕末ごろ絵解きをしたものがある。宜麦《ぎばく》(一七四〇―一八二八)の『続絵歌仙』(文化八年)である。句意をとりちがえているところが少しあるが、ここに掲げた。芭蕉当時からは百年以上もへだたっているので、一般人に連句を理解させるためにこういうものも必要だったのである。

十四　振売《ふりうり》のの巻（炭俵《すみだわら》）

〔連衆〕
芭蕉　孤屋
野坡　利牛

元禄六年（一六九三）
芭蕉五十歳の冬

神無月廿日《かんなづきはつか》
ふか川《がわ》にて即興《そっきょう》

1
振売《ふりうり》の鴈《がん》あはれ也《なり》ゑ《え》びす講《こう》　芭蕉《ばしょう》

十月二十日。
深川での即興

えびす講の人ごみの中を、
足をくくられ、
さかさに吊られて、
雁《がん》が振売りされて行く。

1〈発句　ゑびす講で冬〉
振売＝ふりうり。ものを振り提げ、呼び歩きながら売ること。

振売の鴈あはれ也ゑびす講　芭蕉

えびす講の人通り
雁《がん》が二三羽、
あわれにも、
振売りされて行く。

2
降《ふっ》てはやすみ時雨《しぐれ》する軒《のき》　野坡《やば》

その軒端。
はらはらと、
時雨《しぐ》れては、
またしばらくやむ。

2〈脇　時雨で冬〉

降てはやすみ時雨する軒　野坡

3
番《ばん》匠《じょう》が椴《もみ》の小《こ》節《ぶし》を引《ひき》かねて　孤《こ》屋《おく》

時雨れてはやみ、
やんでは時雨れる軒。
もみの木を挽《ひ》いている大工。
堅いふしに当って挽きなやんでいる。

3〈第三　雑すなわち無季〉
番匠＝大工。

番匠が椴の小節を引かねて　孤屋

4
片《かた》はげ山《やま》に月《つき》をみるかな　利牛《りぎゅう》

もみの木の小ぶしを、
挽きかねている大工。
片はげ山に上った月を眺めている。

4〈オモテ四句目　月で秋　月の定座はふつう次の五句目であるが一句引き上げた。〉
片はげ山＝片方は木があるが、片方ははげ山である山。

片はげ山に月をみるかな　利牛

何のへんてつもない
片はげ山の月を
眺めて暮している男。

5
好《こう》物《ぶつ》の餅《もち》を絶《た》さぬあきの風《かぜ》　野坡

（その男の）
好物は餅である。
餅だけはいつも絶やさない。
秋風の季節である。

5〈オ五句目　あきの風で秋　ふつうはここが月の定座〉

好物の餅を絶さぬあきの風　野坡

好物の餅だけは、
いつも絶やさない。
秋風の吹く頃となった。

6
割《わり》木《き》の安《やす》き国《くに》の露《つゆ》霜《じも》　芭蕉

一面の露霜。
もう冬もま近である。
この国はたきぎも安く、
すべてに暮しよい。

6〈オ折端《おりはし》　露霜で秋〉
割木＝まき、たきぎのこと。
露霜＝秋の霜、水霜とも。
『芭蕉翁付合註評』（前出）に、「二句の間にかぎりなき世態《せいたい》、まことに解きつくすべからず。餅をたやさずくうている人を貧士《ひんし》の驕《きょう》者《しゃ》と見てされど割木《わりき》の安《やす》き国にて

住よしとことわりたる也。」と言っている。

割木の安き国の露霜　　芭蕉

7 網《あみ》の者《もの》近《ちか》づき舟《ぶね》に声《こえ》かけて　　利牛

割木の安い国。
いちめん露霜の朝である。

海辺に網をかける漁師。
(割木を積んだ) 近づき舟《ぶね》に声をかける。

7〈ウラ一句目　雑〉
許六撰の『正風彦根體《ぶり》』(正徳二年板)に「いなづまや近づき舟の行きちがひ　孟遠」等の用例がある。漁夫と樵《きこり》とのあいさつ、問答である。

網の者近づき舟に声かけて　　利牛

8 星《ほし》さへ見《み》えず二《に》十《じゅう》八《はち》日《にち》　　孤屋

網の見張りをしている漁師。
近づき舟に、
それと知らせるために、
声をかける。

星も見えぬ二十八日の闇夜。

8〈ウ二句目　雑〉
陰暦二十八日には月は見えない。

星さへ見えず二十八日　　孤屋

9 ひだるきは殊《ことに》軍《いくさ》の大《だい》事《じ》也《なり》　　芭蕉

星も見えぬ二十八日の闇夜。

その夜陰に乗じて
夜討ちをかけようとしている。
空腹は、ことに、
いくさには禁物《きんもつ》。

9〈ウ三句目　雑〉

ひだるきは殊軍の大事也　芭蕉

みなみな腹ごしらえを忘れるな。

兵が腹を減らしていることは
いくさにとって何よりの一大事。

10
淡《あわ》気《ケ》の雪《ゆき》に雑《ぞう》談《たん》もせぬ　野坡

折から
泡雪が降っている。
一軍ひそりと
雑《ざつ》談《だん》をする者もない。

10〈ウ四句目　雪で冬〉
淡《あわ》気《ケ》の雪＝淡雪《あわゆき》ならば春となる。これが春の句であれば連句では春秋は三句四句つづけるべきで一句ですぐに雑《ぞう》になることはない。しかるに次の句が雑であるところをみるとこれは春ではあるまい。雑談は「ぞうたん」と読んだ。

淡気《ケ》の雪に雑談もせぬ　野坡

降りつづく泡雪に
黙々と（かごをかいて）行く。

11
明《あけ》しらむ籠《かご》挑《ちょう》灯《ちん》を吹《ふき》消《け》して　孤屋

あたりがしろじろと
明けそめて来た。
かごぢょうちんを
ふっと、吹き消す。

11〈ウ五句目　雑〉
籠挑灯＝駕篭の前を照らすちょうちん。

明しらむ籠挑灯を吹消して　孤屋

12 **肩《けん》癖《ぺき》にはる湯《ゆ》屋《や》の膏《こう》薬《やく》　利牛**

夜のしらしら明け。
かごぢょうちんを吹き消して、
ひと休み。

肩のすじがはる。
湯屋のこうやくをとり出して、
相棒に張ってもらう。

12〈ウ六句目　雑〉
膏薬＝当時、湯（風呂）屋や床屋で薬類を売っていた。

肩癖にはる湯屋の膏薬　利牛

13 **上《うわ》をきの干《ほし》葉《ば》刻《きざむ》もうはの空《そら》　野坡**

肩こりに、
湯屋のこうやくを張りつけて——
上置《うわお》きの干葉をきざんでいる下女
しかし心はうわの空。
そわそわと、
男のことを考えている。

13〈ウ七句目　干葉で冬　恋の句〉
上をき＝上置き。飯の量を増やすために米の上に干菜（葉）をきざんで乗せて炊く。

上をきの干葉刻もうはの空　野坡

14 **馬《うま》に出《で》ぬ日《ひ》は内《うち》で恋《こい》する　芭蕉**

上置きの干葉をきざむのも
うわの空である。

なぜと言って、
きょうは雨で、
あの人が馬に出ないのだから。

馬に出ぬ日は内で恋する　芭蕉

15
綛《カセ》買《かい》の七《なな》つさがりを音《おと》づれて　利牛

綛《カセ》買の七つさがりを音づれて　利牛

16
塀《へい》に門《もん》ある五《ご》十《じゅっ》石《こく》取《どり》　孤屋

一日、うちで恋をたのしめる。
（問屋場《といやば》に奉公する下女と馬方。）
（絵は男女をとりちがえている。）

14〈ウ八句目　雑　恋の句〉
「此《この》前句は人の妻にもあらず、武家・町屋《まちや》の下女にもあらず、宿屋・問屋《とひや》等の下女也。」（去来抄）

馬に出ない日は、
一日、うちで恋をたのしんでいる。
奉公の下女と馬子。

——早く夜になればいい。
そう思っている七つさがり（午後四時過ぎ）
いつも来るかせ糸買いが、
いつものようにやって来た。

七つさがり（夕方）。
かせ糸買いがおとずれた。

五十石取りの小身侍《しょうしんざむらい》。
塀つづきながら一応は門もある家。
——その老母か妻の手内職。

16〈ウ十句目　雑〉

15〈ウ九句目　雑〉
綛《カセ》買＝つむいでかせに巻いた糸を買い集めて織屋《おりや》に売る。

塀に門ある五十石取　孤屋

17
此《この》島《しま》の餓《が》鬼《き》も手《て》を摺《する》月《つき》と花《はな》　芭蕉

知行《ちぎょう》は五十石ながら、
塀も高く、門もこしらえて――
島奉行の館。
大罪を犯して流され
痩せ衰えて餓鬼
のごとくになった
手をすり合わせて、
月とも花とも、
奉行の徳と威勢を
ほめたたえる。

17〈ウ十一句目　花で春　花の定座。ウ八句目が月の定座であるが、出なかったので、ここで月と花とを同席させた。〉当時一般に差別用語には鈍感であった。それにしても芭蕉のこの句は不愉快である。芭蕉の人格が疑われる。かりに訳のごとく大罪を犯した者たちと見ても。

此島の餓鬼も手を摺月と花　芭蕉

18
砂《すな》に暖《ヌクミ》のうつる青《あお》草《くさ》　野坡

この島の罪人たちは、手をすって
太平をたたえ、
月花をたのしんでいる。

（その島人たちのうずくまる）
浜辺の砂は暖かく
草も青々とのびている。

18〈ウラの折端《おりはし》　暖《ヌクミ》で春〉

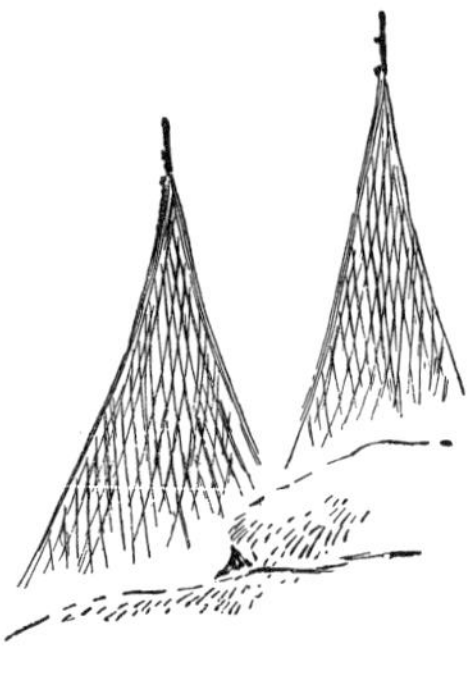

砂に暖《ヌクミ》のうつる青草　野坡

あたたかさが砂にうつって、
その砂に青草がのびはじめている。

19
新《しん》畠《ハタ》の糞《こえ》もおちつく雪《ゆき》の上《うえ》　孤屋

新畠の糞もおちつく雪の上　孤屋

冬を越して、
畠も新畠となった。
雪の上にこえがかけてある。
その雪も次第に解けて、
こえも土にしみこんで行く。

20
吹《ふき》とられたる笠《かさ》とりに行《ゆく》　利牛

吹とられたる笠とりに行　利牛

冬を越した新畑《しんはた》。
こえの乗っていた雪も、
しだいにとけて、土にしみこんで行く。
(その雪の上を踏んで)
風で飛ばされた笠を、
取りに行く。

20〈ナオ二句目　雑《ぞう》〉

風で吹き飛ばされた笠を、
取りに行こうとしている。

21
川越《かわごし》の帯《おび》しの水《みず》をあぶながり　野坡

川越の帯しの水をあぶながり　野坡

川を越す人。
腰のへんまで増水している。
あぶながりながら、
一歩、一歩。

腰のあたりまでの水を、

19〈ナオ―名残の表一句目　新畠で春〉
新畠は古畠に対する語で早春の畠。古畑・古池につながる語。「やはり蕉風宣言の一句―古池や―」(『雪』平成一五・五参照)。

21〈ナオ三句目　雑〉
川越＝川を越えること、その人。帯し＝帯をしめる箇所。元禄以後はあまり一般には用いられなくなったことば。

22
平《ひら》地《ち》の寺《てら》のうすき藪《やぶ》垣《がき》　芭蕉

あぶながりながら、
川越しをする旅人が見える。

その川のほとりの
低い土地にある寺。
うすいやぶ垣をしているだけである。

22〈ナオ四句目　雑〉
平地はヘイチとも読むがヒラチであろう。
「あぶながり」のひびきが「うすき藪垣」である。

平地の寺のうすき藪垣　芭蕉

23
干物《ほしもの》を日《ひ》向《なた》の方《ほう》へいざらせて　利牛

低い土地の寺。
うすいやぶ垣。

（その寺の庭先）
農作物が、
むしろに広げて干してある。
日がかげって来たので、
日当りの方へ、
そのむしろをいざらせる。

23〈ナオ五句目　雑〉

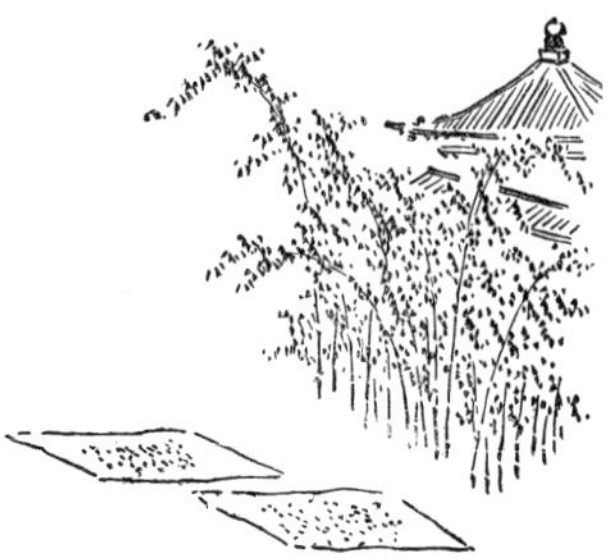

干物を日向の方へいざらせて　利牛

干し物を、むしろごと、

日なたの方へいざらせた。

24 **塩《しお》出《だ》す鴨《かも》の苞《ツト》ほどくなり　孤屋**

塩出す鴨の苞《ツト》ほどくなり　孤屋

塩漬けの鴨を送ってもらった。
その鴨を水に漬けて塩出しするために、
つとをほどいている。

いなかから到来の、
鴨のつとをほどいて、
塩出しをする。

24〈ナオ六句目　雑〉

25 **算《さん》用《よう》に浮《うき》世《よ》を立《たつ》る京《きょう》ずまひ　芭蕉**

算用に浮世を立る京ずまひ　芭蕉

勘定にはこまかく、
つましい、
京ずまいの人。

25〈ナオ七句目　雑〉
算用＝江戸大阪の人にくらべて京の人の、むだ使いをせず勘定高いこと。

そろばんをはじきはじき、
一文《もん》のむだもないように——と、
京ずまいの、つましい暮し。

26 **又《また》沙《さ》汰《た》なしにむすめ産《ヨロコブ》　野坡**

子供が産まれたが、
また、女の子。
今度も、

26〈ナオ八句目　雑〉
むすめ産《ヨロコブ》＝「むすめが産をした」と「女児を生んだ」の二解がある

どこへもわざとは知らせない。

が、後者の方が良い。

又沙汰なしにむすめ産《ヨロコブ》　野坡

27 どたくたと大晦日《おおつごもり》も四つのかね　孤屋

また、どこへも知らせずに、女の子を産んだ。

それも、大みそかの、もう夜の十時。どさくさと人さわぎ。

27〈ナオ九句目　大晦日で冬〉

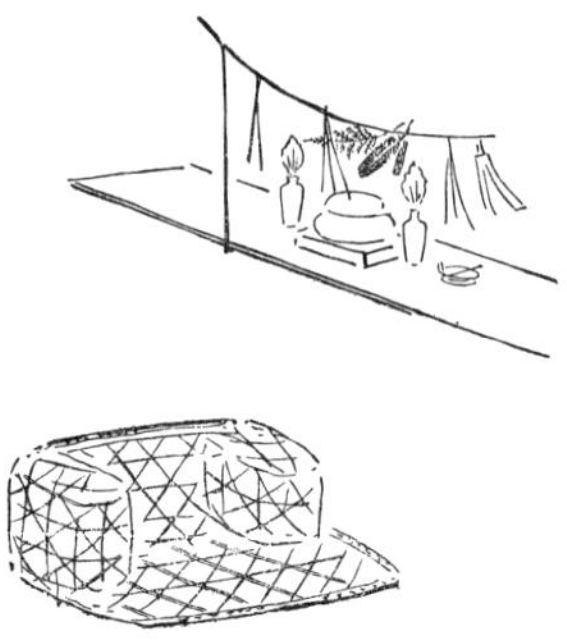

どたくたと大晦日も四つのかね　孤屋

28 無《む》筆《ひつ》のこのむ状《じょう》の跡《あと》さき　利牛

どさくさと、大みそかのもはや十時すぎ。

（この忙しいのに）手紙を書いてくれと言って来た。それも、言うことがあとさきになって、じれったいことである。

28〈ナオ十句目　雑〉
無筆＝字の書けぬ人。
このむ＝たのむ。『好色一代男』巻之一に「はゞかりながら文章を好まんと申せば、指南坊おどろきて、さはいへ如何書くべきと……」の用例がある。
跡さき＝言うことが前後すること。

無筆のこのむ状の跡さき　利牛

29 中《なか》よくて傍《ほう》輩《ばい》合《あい》の借《か》りいらゐ　野坡

無筆者がたのむ手紙。言うことが前後してややこしい。

その手紙は、

中よくて傍輩合の借りいらゐ　野坡

互いに物や金を借り合う、
仲のよい朋輩同志。

親しい朋輩の仲での、
金の借り貸しのことである。
29〈ナオ十一句目　雑　本来ならば、ここが月の定座であるが一句後へこぼしてある。〉
借りいらゐ＝貸し借りの事か。

30
壁《かべ》をたゝきて寝《ね》せぬ夕《ゆう》月《づき》　芭蕉

棟割長屋に、
壁一つへだてて、
隣り合って住んでいる。
壁をとんとんと叩いて、
「まだ寝るには早い」と、
話しかけて来る。
いい夕月である。

30〈ナオ折端《おりはし》　夕月で秋〉
前句の月の定座を一句あとへこぼしている。折端《おりはし》に月の来る例は、あまり多くない。この巻では初《しょ》ウラの七句目（または八句目）の月が十一句目の花の定座までこぼされて、花と月とがいっしょに出ている。それで月と月との間が、普通の巻にくらべると接近しすぎるのである。そこで一句でもあとへ持って来たのであろう。

壁をたゝきて寝せぬ夕月　芭蕉

31
風《かぜ》やみて秋《あき》の鷗《かもめ》の尻《しり》さがり　利牛

いい夕月である。
隣りから、
壁を叩いて、
話しかけてくる。

さっきまで吹いていた風が、
すっかりやみ、
秋のかもめが、

風やみて秋の鷗の尻さがり　利牛

32
鯉《こい》の鳴《なる》子《こ》の綱《つな》をひかゆる　孤屋

鯉の鳴子の綱をひかゆる　孤屋

尻さがりに潮にのって、沖の方へ移っている。

31〈ナウ一名残の裏一句目　秋〉
句は長屋ずまいの状景なのに、前頁の図は外から叩いていて、ちがう。

風がやんだ。
秋のかもめが、
尻さがりに、
降りてくる。

生州《いけす》の鯉を、
鳥から守る鳴子。
その綱を引こうとひかえて待っている。

32〈ナウ二句目　鳴子で秋〉
ひかゆるを露伴は引くの延《えん》で、すなわち、かもめを追うために綱を引くと註しているが、やはりここは「ひかえる。(待っている)」と、とるべきであろう。

生州《いけす》の鯉を守る鳥おどしの鳴子。
その綱を引こうと待っている。

33
ちらはらと米《こめ》の揚《アケ》場《ば》の行《ゆき》戻《もど》り　芭蕉

米の荷《に》揚《あげ》場《ば》のへんを、
人夫が二、三人、
行き戻りしている。

33〈ナウ三句目　雑〉
水辺《すいへん》の句が三句つづいて、ちょっと渋滞した感じである。しかしちらはらと、ということばで軽妙な感じを出し、気分を転換している。

ちらはらと米の揚《アケ》場の行戻り　芭蕉

米の小《こ》揚《あげ》人足が二、三人。
揚《あげ》場《ば》を行ったり来たりしている。
米俵を運びながら——

34
目《め》黒《ぐろ》まいりのつれのねちみやく　野坡

目黒まいりの相談をしている。
つれの一人が、
いつまでもねちねちと、
行くとも行かないともきまらない。

34〈ナウ四句目　雑〉
目黒まいり＝下目黒滝泉寺不動に参詣すること。月の二十八日が縁日。特に、正、五、九月は雑踏した。この目黒まいりの帰途は品川の娼家に沈没するのが、若い衆の通例であったと言う。
ねちみやく＝ぐずぐず。

目黒まいりのつれのねちみやく　野坡

目黒まいりのつれが、
ぐずぐずと、きまらない。

35 どこもかも花《はな》の三《さん》月《がつ》中《ちゅう》時《じ》分《ぶん》　孤屋

三月のなかば。
どこもかしこも、
花ざかり。

35〈ナウ五句目　花で春　名残の花の定座〉

どこもかも花の三月中時分　孤屋

三月の中ごろ。
どこもかも花のにぎわい。

36 輪《わ》炭《ずみ》のちりをはらふ春《はる》風《かぜ》　利牛

茶をたのしむ人。
輪炭のちりを払う。
春風も、
その炭のちりを払うように、
そよそよと吹き渡る。

36〈揚句《あげく》　春風で春〉
輪炭＝茶の湯などに用いる。さくら炭を小さく輪切りにしたもの。

十五 八九間の巻

（続猿蓑）

八《はっ》九《く》間《けん》の巻（続猿蓑《ぞくさるみの》）

1 八《はっ》九《く》間《けん》空《そら》で雨《あめ》降《ふ》る柳《やなぎ》かな　芭蕉《ばしょう》

2 春《はる》のからすの畠《はたけ》ほる声《こえ》　沾圃《せんぽ》

3 初《はつ》荷《に》とる馬士《まご》もこのみの羽織《はおり》きて　馬莧《ばけん》

4 内《うち》はどさつく晩《ばん》のふるまひ　里圃《りほ》

5 きのふから日和《ひより》かたまる月《つき》の色《いろ》　沾《せん》

6 狗脊《ぜんまい》かれて肌《はだ》寒《さむ》うなる　蕉《しょう》

17 有明《ありあけ》におくるゝ花《はな》のたてあひて　蕉

18 見事《みごと》にそろふ籾《もみ》のはへ口《くち》　沾

19 春《はる》無《む》尽《じん》まづ落《らく》札《さつ》が作《さく》太《だ》夫《ゆう》　馬莧

20 伊《い》勢《せ》の下《げ》向《こう》にべつたりと逢《あう》　里

21 長持《ながもち》に小《こ》挙《あげ》の仲間《なかま》そは〱と　沾

22 くはらりと空《そら》の晴《はる》る青雲《あおぐも》　芭蕉

23 禅寺《ぜんでら》に一《いち》日《にち》あそぶ砂《すな》の上《うえ》　里

24 槻《けやき》の角《かく》のはてぬ貫《ぬき》穴《あな》　莧

25 浜出《はまだ》しの牛《うし》に俵《たわら》をはこぶ也《なり》　蕉

26 なれぬ娵《よめ》にはかくす内《ない》證《しょう》　沾

7 澁柿《しぶがき》もことしは風《かぜ》に吹《ふか》れたり　里《り》

8 孫《まご》が跡《あと》とる祖父《じじ》の借銭《しゃくせん》　莧《けん》

9 脇指《わきざし》に替《かえ》てほしがる旅刀《たびがたな》　蕉

10 煤《すす》をしまへばはや餅《もち》の段《だん》　沾

11 約束《やくそく》の小鳥《ことり》一《ひと》さげ売《うり》にきて　莧

12 十里《じゅうり》ばかりの余所《よそ》へ出《で》かゝり　里

13 笹《ささ》の葉《は》に小路《こみち》埋《うまり》ておもしろき　沾

14 あたまうつなと門《もん》の書《かき》つけ　蕉

15 いづくへか後《あと》は沙汰《さた》なき甥坊主《おいぼうず》　里

16 やつと聞出《ききだ》す京《きょう》の道《みち》づれ　莧

27 月待《つきまち》に傍輩衆《ほうばいしゅう》のうちそろひ　莧

28 籬《まがき》の菊《きく》の名《な》乗《のり》さま〴〵　里

29 むれて来《き》て栗《くり》も榎《えのき》もむくの声《こえ》　沾

30 伴僧《ばんそう》はしる駕《のりもの》のわき　蕉

31 削《ソグ》やうに長刀坂《なぎなたざか》の冬《ふゆ》の風《かぜ》　里

32 まぶたに星《ほし》のこぼれかゝる　莧

33 引立《ひきたて》て無理《むり》に舞《まわ》するたをやかさ　蕉

34 そつと火入《ひいれ》におとす薫《たきもの》　沾

35 花ははや残《のこ》らぬ春《はる》のたゞくれて　莧

36 瀬《せ》がしらのぼるかげろふの水《みず》　里

去来の不可解

芭蕉は亡くなる少し前の九月十日、去来に宛て『続猿蓑』（猿蓑後集）がようやく出来たから、出版のことにぜひ力を貸してもらいたい、ということ、それから金《かね》を二分《ぶ》（一両の半分。五万円ぐらいか）ほど至急貸してもらいたい。お返しはすこし遅くなるか、お返しできないかもしれないが。という手紙を書いている。そして十月十二日大坂《おおざか》で亡くなった。

この手紙には宛名が欠けており、内容から去来宛と考えられている。ところが『続猿蓑』が刊行されたのはそれから四年後（元禄11）であり去来が手を貸した形跡はない。そのためか、一時は『続猿蓑』支考偽撰説も流れたが、現在では、江戸での作を芭蕉が持って来て、伊賀で支考の助力を得ながら芭蕉自身が選定したもの、と認められている。前記の手紙を信じるかぎり、去来は芭蕉の信頼を裏切ったのだろうか。そしてそれは何故か。支考憎しの故か。江戸の素人俳人たちを軽んじたのか。

しかし連句の作品自体は芭蕉の最後の主張「軽み」を実現しているものとして貴重である。

十五　八九間《はっくけん》の巻（続猿蓑《ぞくさるみの》）

［連衆］芭蕉　馬莧
沾圃　里圃

元禄七年（一六九四）
芭蕉五十一歳最晩年

1
八《はっ》九《く》間《けん》空《そら》で雨《あめ》降《ふ》る柳《やなぎ》かな　芭蕉《ばしょう》

八九間空で雨降る柳かな　芭蕉

高い柳の木がある。
八九間（一四〜五メートル）もあろうか。
その緑色の中に、白い線が細く見え、そこだけに、雨が降っているようだ。

1〈発句　柳で春〉
支考と去来がこの句の解をあれこれと言っているが却てよくわからない。（梟日記）

2
春《はる》のからすの畠《はたけ》ほる声《こえ》　沾圃《せんぽ》

八九間もの高い空の柳の緑色の中に白い雨の線が細く見えて、小糠《こぬか》雨の降っていることがわかる。

春のからすが二三羽、やかましく鳴きながら、（田螺でも食べるのか）

2〈脇　春の句〉
『俳諧古集之弁』（杜哉著）に「俗中に雅あり」と評している。さてこの巻は例の後年梓行された芭蕉真蹟草稿と、『続猿蓑』として刊行されたものとで作者名に異同がある。
要するに芭蕉晩年の、新入《しんいり》の門人相手の連句ではほとんどの作に芭

畠をほっている。

蕉の手や指導が入っているのである。従って同じ巻でありながら作者名がちがうことがしばしばある。

春のからすの畠ほる声　沾圃

からすが、
初春の畠で、
何かほり散らしながら鳴いている。

3 **初荷《はつに》とる馬士《まご》もこのみの羽織《はおり》きて　馬莧《ばけん》**

初荷をとりに行く馬子が、
好みの羽織を着て、
馬を引いて行く。

初荷とる馬士もこのみの羽織きて　馬莧

初荷を運んで来た馬子たち。
それぞれ好みの羽織を着て——

3〈第三　初荷で春〉
草稿には「立年《たつとし》の初荷《はつに》に馬《うま》を拵《こしらへ》て」とあって作者は沾圃、それを「初荷《はつに》とる馬子《まご》も仕着《しき》せの布子《ぬのこ》きて」と改めてある。続猿蓑板本はそれを更にこの句のように改めて作者は馬莧になっているのである。

4 **内《うち》はどさつく晩《ばん》のふるまひ　里圃《りほ》**

その晩の、祝いのふるまい。
内じゅうがどさついて、
にぎやかないそがしさ。

内はどさつく晩のふるまひ　里圃

何かの祝いで、
内はどさついている。

4〈オモテ四句目　雑すなわち無季〉
草稿は上七「庭とりちらす」

5 **きのふから日和《ひより》かたまる月《つき》の色《いろ》　沾《せん》**

外には、
澄んだ月の色。

5〈オ五句目　月で秋　月の定座〉
草稿には「宵月《よいづき》の日和定《ひよりさだま》る柿《かき》のいろ」とあるが、この添削された板本の方がずっといい。『続芭蕉

きのうからすっかり日和も定まって――

誹諧研究』で阿部次郎が、「この句のやうな直し方を見ると、ほんとうに芭蕉様様となつてくるね。」と言っている。

きのふから日和かたまる月の色　沾

6
狗脊《ぜんまい》かれて肌《はだ》寒《さむ》うなる　蕉《しょう》

狗脊かれて肌寒うなる　蕉

きのうから日和もかたまり、
澄んだ月が照している。

もう野山のぜんまいも枯れ、
これからめっきり、
肌寒くなって行く。

ぜんまいも枯れ、
肌寒くなって行く。

6 〈オ折端《おりはし》　肌寒で秋〉
この句を『続芭蕉誹諧研究』で小宮豊隆、岡崎義恵両氏は大いに称揚している。同感である。草稿には「薄《すゝき》の穂《ほ》よりまづ《まず》寒《さむ》うなる」とある。

7
澁柿《しぶがき》もことしは風《かぜ》に吹《ふか》れたり　里《り》

澁柿もことしは風に吹れたり　里

今年は、
野分に、
しぶ柿も大分落とされた。

しぶ柿も、
今年は風に大分いためつけられた。

7 〈ウラ一句目　渋柿で秋〉
草稿には「手《て》を摺《すっ》て猿《さる》の五器《ごき》かる草庵《くさいおり》《くさのいお》」として下五を「旅《たび》の宿《やど》」と訂正してある。すこしむずかしい情景なので平凡ながらこういう秋の句に直したのであろう。（秋、春は三、四句つづける。）

8
孫《まご》が跡《あと》とる祖《じ》父《じ》の借《しゃく》銭《せん》　荳《けん》

祖父の跡を、
孫がとることになった。

8 〈ウ二句目　雑〉
草稿には「みしらぬ孫《まご》が祖父《じじ》の跡《あと》

祖父がこしらえた借金もいっしょに――

とり」とある。

孫が跡とる祖父の借銭　莧

9 **脇指《わきざし》に替《かえ》てほしがる旅《たび》刀《がたな》　蕉**

孫が、
祖父の借銭までも引きついで、
跡をとった。

祖父の使っていたこの旅刀を、
脇差しに仕立て替えてもらいたいもの
だ。

9〈ウ三句目　雑〉
草稿には、はじめ「脇指《わきざし》はなくて刀《かたな》のさひ《び》くさり」とあり、それを直して「脇指《わきざし》にしかへてほしき此《この》かたな」となっている。

脇指に替てほしがる旅刀　蕉

10 **煤《すす》をしまへばはや餅《もち》の段《だん》　沾**

(押し入れを掃片づけていると)
旅刀が出て来た。
脇差しに仕立て替えたいものだ。

煤掃きがすめば、
もう、
餅つきの段取りである。

10〈ウ四句目　煤―煤はき、で冬〉
草稿には、「煤《すす》をぬぐへば衣桁崩《いげたくず》るゝ」とある。

煤をしまへばはや餅の段　沾

11 **約《やく》束《そく》の小《こ》鳥《とり》一《ひと》さげ売《うり》にきて　莧**

煤はらいもすみ、
もう、あとは、
餅つきの段取りである。

かねて、とれたら売ってくれと、
たのんでおいた小鳥を一さげ、
約束通り猟師が持って来た。

11〈ウ五句目　雑〉
この句は草稿も同じである。作者は、草稿の方は芭蕉となっている。

約束の小鳥一さげ売にきて　莧

猟師が、
約束の小鳥を一さげ、
売りに来た。

12
十里《じゅうり》ばかりの余所《よそ》へ出《で》かゝり　里

十里ばかりの余所へ出かゝり　里

ちょうどこれから、
十里ばかりのところへ、
出かけるところである。

十里ばかりの
ちょっとした旅。

12〈ウ六句目　雑〉
十里は当時の一日行程。一泊の旅である。この句は草稿には初案、「十里《じゅうり》ほとある旅《たび》の出《で》かゝり」とあり、再案でこの句になっている。

13
笹《ささ》の葉《は》に小路《こみち》埋《うまり》ておもしろき　沾

笹の葉に小路埋ておもしろき　沾

その途中。
笹の葉に小路が埋《うず》まっている。
こういう路を行くのも、
おもしろい。

笹の葉に埋まった小路。

13〈ウ七句目　雑〉
草稿には、初案が「素通りの藪の径を嬉しかり」で訂正が「笹のはにこみち埋りておもしろき」となっている。埋りてとりが入っている。埋ての読みも従ってウモリテ、かウマリテ、のどちらかであろう。

14
あたまうつなと門《もん》の書《かき》つけ　蕉

あたまうつなと門の書つけ　蕉

そのつき当りに低い門がある。
「あたまうつな」
と書きつけがしてある。

「あたまうつな」
と、門に書きつけをして置く、
住職。

14〈ウ八句目　雑〉

15
いづくへか後《あと》は沙汰《さた》なき甥坊主《おいぼうず》　里

いづくへか後は沙汰なき甥坊主　里

その甥坊主。
突然どこかへ行ったなり。
あとは何の音沙汰もない。

どこへ行ってしまったのか。
その後音沙汰のない甥の坊主。

15 〈ウ九句目　雑〉

16
やっと聞《きき》出《だ》す京《きょう》の道《みち》づれ　莧

やっと聞出す京の道づれ　莧

どうも京へ上ったらしい。
やっとその京への道づれの人を、
聞き出した。

宿場の朝立ち。
やっと京への道づれを、
さがした。

16 〈ウ十句目　雑〉

17
有明《ありあけ》におくるゝ花《はな》のたてあひて　蕉

有明におくるゝ花のたてあひて　蕉

有明の月が出ている。
今年は陽気がおくれていたが、
一時に花がにぎやかに咲いた。

有明の月のかかっている空には、
一時に咲ききそう花。

17 〈ウ十一句目　花で春　花の定座　ウ七句目か八句目が月の定座であるが、ここまでこぼされ、有明の月として花と同居している。〉草稿では初案に「有明に花のさかりのたてあひて」とあり、そしてこの『続猿蓑』板本の句のごとく直してある。

18
見《み》事《ごと》にそろふ籾《もみ》のはへ口《くち》　沾

苗代には、
見事にそろって芽を出した籾。

18 〈ウラの折端《おりはし》　籾のはへ口で春〉
このすっきりした句で前半が終った。

見事にそろふ籾のはへ口　沾圃

苗代には、
もみがそろって芽を出した。

19 春《はる》無《む》尽《じん》まづ落《らく》札《さつ》が作《さく》太《だ》夫《ゆう》　馬莧

春の無尽の落札は、
作太夫にきまった。

19〈ナオ一名残の表一句目　春無尽で春〉
春無尽＝春は農家に金がいるから、そのためにこういう無尽があったのか、それともただ春の季にするために、ふつうの無尽（頼母子講）をそう言ったのか。無尽は毎回一定金額を出し合い、急用のできた人が一定の利子を出して皆の出した金を借りる制度。

春無尽まづ落札が作太夫　馬莧

春無尽を、
まず作太夫が落札した。

20 伊《い》勢《せ》の下《げ》向《こう》にべつたりと逢《あう》　里

(その金で、)
伊勢参りをしての帰途。
ばったりと知人に行き会った。

20〈ナオ二句目　雑　すなわち無季〉

伊勢の下向にべつたりと逢　里

伊勢からの下向の道で、
ばったりと或る人に会った、
街道筋のにぎわい。

21 長《なが》持《もち》に小《こ》挙《あげ》の仲《なか》間《ま》そは〳〵と　沾

長持を運ぶ小挙《こあげ》人足たち、
長持をかこんで、
なにやらそわそわと忙しい。

21〈ナオ三句目　雑〉

長持に小挙の仲間そは〳〵と　沾

長持の小挙人足たちが、そわそわと忙しげに立ち働いている。

22 くはらりと空《そら》の晴《はる》る青《あお》雲《ぐも》　芭蕉

くはらりと空の晴る青雲　芭蕉

からりと空は晴れ上った。

からりと青く晴れた空。

22〈ナオ四句目　雑〉

23 禅《ぜん》寺《でら》に一《いち》日《にち》あそぶ砂《すな》の上《うえ》　里

禅寺に一日あそぶ砂の上　里

庭の砂にも、正しくほうき目のついている禅寺。そこに一日の清閑をたのしむ。

禅寺に一日の清閑をたのしむ人。その庭の美しい砂。

23〈ナオ五句目　雑〉

24 槻《けやき》の角《かく》のはてぬ貫《ぬき》穴《あな》　莧

槻の角のはてぬ貫穴　莧

（その禅寺で）けやきの角材に、ぬき穴を掘っている大工。材がかたくて、なかなか一つの穴もあかない。

けやきの角材に、貫穴をあけている。材がかたいので、なかなかはかどらない。

24〈ナオ六句目　雑〉貫《ぬき》穴《あな》＝柱と柱を組合せるための穴。

25 浜《はま》出《だ》しの牛《うし》に俵《たわら》をはこぶ也《なり》　蕉

（そのかたわらを）

25〈ナオ七句目　雑〉

港から積み出す米俵を、
牛が、
これも、ゆっくりゆっくり、
運んでいる。

浜出しの牛に俵をはこぶ也　蕉

26
なれぬ娵《よめ》にはかくす内《ない》證《しょう》　沾

牛の背に、
米俵を積んで、
浜へ運ぶ。

まだ来たばかりの嫁に、
くらし向きのことは、
かくしている。

26〈ナオ八句目　雑　娵で恋の句〉
内證＝くらし向き、財産。

なれぬ娵にはかくす内證　沾

27
月《つき》待《まち》に傍《ほう》輩《ばい》衆《しゅう》のうちそろひ　荳

まだ馴れない嫁には、
固く（今夜のことは）
かくしている。

月待ち、ということにして
傍輩衆が、
みな、そろって、出掛けて行く。

27〈ナオ九句目　月待で秋　月の定座を二句引き上げた。前句と共に恋の句〉
月待＝特定の日、たとえば二十三夜とかに講中が寄り集まり、月をまつり、飲み食いをする。

月待に傍輩衆のうちそろひ　荳

28
籬《まがき》の菊《きく》の名《な》乗《のり》さまぐ〵　里

月待ち、という名目で
傍輩衆が
そろって出掛けた先。

まがきの菊のような

28〈ナオ十句目　菊で秋　前句と

その美しい傍輩衆―遊女たち―に、
それぞれ
美しい源氏名がついている。

のかかわりで恋の句〉

籬の菊の名乗さま〴〵　里

29 **むれて来《き》て栗《くり》も榎《えのき》もむくの声《こえ》　沾**

まがきの菊のように、
それぞれ美しい名を持っている。

そういう遊女たちに、
それぞれ、
むく鳥のような男たち。

29〈ナオ十一句目　むくで秋　ここは月の座であるが二句前に引き上げられた。句意から恋の句〉

むれて来て栗も榎もむくの声　沾

30 **伴《ばん》僧《そう》はしる駕《のりもの》のわき　蕉**

栗にも、
榎にも、
むく鳥の声。

かごに乗って行く僧。
そのかたわらを、
ともの僧が走って行く。

30〈ナオ折端《おりはし》　雑〉

伴僧はしる駕のわき　蕉

31 **削《ソグ》やうに長《なぎ》刀《なた》坂《ざか》の冬《ふゆ》の風《かぜ》　里**

かごが行く。
ともの僧が、
そのわきを走って行く。

そのなぎなた坂に、
ほお（頬）をそぐような
つめたい風が吹いている。

31〈ナウ―名残の裏一句目　冬の風で冬〉

削《ソグ》やうに長刀坂の冬の風　里

なぎなた坂に、
そぐような冬の風

32
まぶたに星《ほし》のこぼれかゝれる　荳

まぶたに、
空の星が
こぼれかかるように
きらりと涙が光る。

32〈ナウ二句目　雑　恋の句〉
まぶたに星がこぼれかかる（―涙―）、とは鋭い感覚である。涙で恋。この句について『続芭蕉誹諧研究』の面々は次のように言っている。
正雄　此句なんか徳川の平民文学から出たものとは思へないね。まるでクラシックのもののやうだな。
孝雄　えゝ、それには余り独創的ですね。日本人が考へ出したとしたらえらいものですね、非常なものだ。
正雄　支那の古詩にはありさうですね。

まぶたに星のこぼれかゝれる　荳

目もとから、
星のようにきらりと、
涙がこぼれかかる。

33
引《ひき》立《たて》て無理《むり》に舞《まわ》するたをやかさ　蕉

引き立てて、
無理に舞わせる、
その女のたをやかさ。

33〈ナウ三句目　雑　たをやかさ、で恋〉
『芭蕉翁付合集評註』（佐野石兮著　文化十二年一八一五刊）に、「……かの清盛の祇王《ぎおう》にうたはせ、頼朝の静《しずか》に舞はせたる俤《おもかげ》なり。」とある。

引立て無理に舞するたをやかさ　蕉

引き立てて

無理に舞をさせる
その女のたをやかさ

34
そつと火《ひ》入《いれ》におとす薫《たきもの》　沾

そつと火入におとす薫　沾

そつと火入れに、
香《こう》をおとす。
ひとりしずかに、
火入れに香をたく。

34〈ナウ四句目　雑　薫《たきもの》で恋〉

35
花ははや残《のこ》らぬ春《はる》のただくれて　莧

花ははや残らぬ春のたゞくれて　莧

もう花もすっかり終り
春がただ暮れてゆく。
花は、もう残っていない。
春もゆく。

35〈ナウ五句目　花で春　花の定座〉

36
瀬《せ》がしらのぼるかげろふの水《みず》　里

瀬がしらには、
かげろうが立っている。
じっと見ていると、
そのかげろうが
ぐんぐんと川上へのぼるようである。

36〈揚句《あげく》　かげろふで春〉

十六 猿蓑の巻

（続猿蓑）

猿蓑《さるみの》にの巻（続猿蓑《ぞくさるみの》）

1 猿蓑《さるみの》にもれたる霜《しも》の松露《しょうろ》哉《かな》　沾圃《せんぽ》

2 日《ひ》は寒《さむ》けれど静《しずか》なる岡《おか》　芭蕉《ばしょう》

3 水《みず》かるゝ池《いけ》の中《なか》より道《みち》ありて　支考《しこう》

4 篠竹《しのだけ》まじる柴《しば》をいたゞく　惟然《いぜん》

5 鶏《にわとり》があがるとやがて暮《くれ》の月《つき》　蕉

6 通《とお》りのなさに見世《みせ》たつる秋《あき》　考

17 見《み》て通《とお》る紀《き》三《み》井《い》は花《はな》の咲《さき》かゝり　蕉

18 荷《に》持《もち》ひとりにいとゞ永《なが》き日《ひ》　考

19 こち風《かぜ》の又《また》西《にし》に成《なり》北《きた》になり　惟然

20 わが手《で》に脈《みゃく》を大事《だいじ》がらるゝ　芭蕉

21 後呼《のちよび》の内儀《ないぎ》は今《こん》度《ど》屋《や》敷《しき》から　考

22 喧嘩《けんか》のさたもむざとせられぬ　然

23 大《たい》せつな日《ひ》が二日《ふつか》有《ある》暮《くれ》の鐘《かね》　蕉

24 雪《ゆき》かき分《わけ》し中《なか》のどろ道《みち》　考

25 来《く》る程《ほど》の乗《のり》掛《かけ》は皆《みな》出家衆《しゅっけしゅう》　然

26 奥《おく》の世《よ》並《なみ》は近《きん》年《ねん》の作《さく》　蕉

7 盆《ぼん》じまひ一荷《いっか》で直《ね》ぎる鮨《すし》の魚《うお》　惟然

8 昼寝《ひるね》の癖《くせ》をなほしかねけり　芭蕉

9 聟《むこ》が来《き》てにつともせずに物語《ものがたり》　考

10 中国《ちゅうごく》よりの状《じょう》の吉左右《きっそう》　然

11 朔日《ついたち》の日《ひ》はどこへやら振舞《ふるまわ》れ　蕉

12 一重羽織《ひとえばおり》が失《うせ》てたづぬる　考

13 きさんじな青葉《あおば》の比《ころ》の椴楓《もみかえで》　然

14 山《やま》に門《もん》ある有明《ありあけ》の月《つき》　蕉

15 初《はつ》あらし畑《はたけ》の人《ひと》のかけまはり　考

16 水際《みずぎわ》光《ひか》る浜《はま》の小鰯《こいわし》　然

27 酒《さけ》よりも肴《さかな》のやすき月見《つきみ》して　考

28 赤鶏頭《あかけいとう》を庭《にわ》の正面《しょうめん》　然

29 定《さだま》らぬ娘《むすめ》のこゝろ取《とり》しづめ　蕉

30 寝汗《ねあせ》のとまる今朝《けさ》がたの夢《ゆめ》　考

31 鳥籠《とりかご》をづらりとおこす松《まつ》の風《かぜ》　然

32 大工《だいく》づかひの奥《おく》に聞《きこ》ゆる　蕉

33 米搗《こめつき》もけふはよしとて帰《かえ》る也《なり》　考

34 から身《み》で市《いち》の中《なか》を押《おし》あふ　蕉

35 此《この》あたり弥生《やよい》は花《はな》のけもなくて　然

36 鴨《かも》の油《あぶら》のまだぬけぬ春《はる》　考

芭蕉即連俳文芸史

芭蕉一人の生涯の句風の変遷はさながら全連歌俳諧史の趣きがある。二十代から三十代のはじめにかけて芭蕉は宗鑑、守武らの文字通り「俳諧」の作品を作っていた。三十代の半ばから終わりにかけて貞門対談林のいわば疾風怒濤時代をくぐり、ここで技倆をみがき、才を示し、天下に名を成した。四十代はじめに談林から脱却し、蕉風を確立した。

そして、さらに偉大な副産物を生んだ。発句一句の文芸性の充実ということである。それは彼の付合における完成（匂付）の発句への反映である。

芭蕉の発句の上々なるものは一句の内部に付合におけるような二者の照応、重層というものを含んでいる。

荒海[a]や佐渡に横たふ天の川[b]

のaとbとのように。

旅に病んで夢は枯野をかけめぐる[a]

というときには、これを読み下したとき、季語、枯野[b]、が再びこの句全体の背後から響いてくる。

十六　猿蓑《さるみの》にの巻（続猿蓑《ぞくさるみの》）

［連衆］沾圃　支考
芭蕉　惟然

元禄七年（一六九四）
芭蕉五十一歳最晩年

1
猿《さる》蓑《みの》にもれたる霜《しも》の松《しょう》露《ろ》哉《かな》
沾圃《せんぽ》

取り残された
みすぼらしい
霜枯れの松露。

『猿蓑』には松露の句はない。
そして、
入門がおくれた自分も、
やはりこの代表撰集にもれてしまった。

1〈発句　霜の松露で冬〉
松露＝菌類の一種。松林の下の砂中に生える。春及び秋に。

猿蓑にもれたる霜の松露哉　沾圃

2
日《ひ》は寒《さむ》けれど静《しずか》なる岡《おか》
芭蕉《ばしょう》

『猿蓑』にもれた、
（わたしのような）
みすぼらしい霜の松露。
日ざしは寒いけれど、
この静かな風情の岡にも、

2〈脇　寒けれど、で冬〉
これは、『冬の日』の、
霜月や鸛《カウ》の彳々《ツク》ならびゐて　荷兮
冬の朝日のあはれなりけり　芭蕉

捨てがたい趣きがあるではないか。
（『猿蓑』にもれたからとて、
そう嘆くこともありますまい。）

と通じる付合であり、どちらもその付合にもとづいて、その集の題号を選んでいるところも似ている。

日は寒けれど静なる岡　芭蕉

3
水《みず》かるゝ池《いけ》の中《なか》より道《みち》ありて　支考《しこう》

日ざしは寒い。
だが、平凡で静かな
この岡の風情も、
また、捨てがたい。

水のかれた池。
その池から、
ひとすじの道が出ている。
ちょうど
不遇の中から光明への道がはじまるように。

3〈第三　水かるゝで冬〉
転ずるべき場の第三でありながら転じていない、と評する者もあるが水の涸れた池から道がはじまる、ところが「転」であろう。型通りの解釈しかできない学者には発句・脇・第三の心中での会話が聞こえていない。

水かるゝ池の中より道ありて　支考

4
篠《しの》竹《だけ》まじる柴《しば》をいたゞく　惟然《いぜん》

水のかれた池の中から、
ひとすじの道がある。
その道を——

柴を頭にのせて、
歩いてくる。
その柴の束には、
篠竹もまじっている。

4〈オモテ四句目　雑すなわち無季〉

篠竹まじる柴をいたゞく　惟然

5
鶏《にわとり》があがるとやがて暮《くれ》の月《つき》　蕉

篠竹のまじっている柴を、
頭にのせて戻って来た。

にわとりが、ばたばたと、
ねぐらにあがった。
やがて、夕月。

5〈オ五句目　月で秋　月の定座〉

鶏があがるとやがて暮の月　蕉

6
通《とお》りのなさに見世《みせ》たつる秋《あき》　考

にわとりはねやにあがり、
夕月がのぼった。

もう人通りもない。
はやばやと、
店をしめた。
秋。

6〈オ折端《おりはし》　秋〉

通りのなさに見世たつる秋　支考

7
盆《ぼん》じまひ一荷《いっか》で直《ね》ぎる鮨《すし》の魚《うお》　惟然

人通りもない。
はやばやと、
店（の戸）を立てようとしている。

盆の節季じまいである。
かついで来た魚屋の、
すしにする魚を、
一荷全部買うからと
値切っている。

7〈ウラ一句目　盆じまひで秋〉
盆じまひ＝盆の節季仕舞。盆の前の決算。

盆じまひ一荷で直ぎる鮨の魚　惟然

盆の節季じまい。

8
昼寝《ひるね》の癖《くせ》をなほしかねけり　芭蕉

昼寝の癖をなほしかねけり　蕉

すしにする魚を、
値切って一荷全部買う。

このごろついた
昼寝ぐせが、
どうも直らない。

昼飯がすむと、
どうも眠い。
昼寝のくせが直らない。

8〈ウ二句目　雑　昼寝はこのころは無季〉

9
聟《むこ》が来《き》てにつともせずに物語《ものがたり》　考

聟が来てにつともせずに物語　考

娘のむこがやって来て、
にこりともしないで、
いちぶしじゅうを語る。

むこが来て、
にこりともせずに、
始終を物語る。

9〈ウ三句目　雑〉

10
中国《ちゅうごく》よりの状《じょう》の吉左右《きっそう》　然

中国よりの状の吉左右　然

（それは）
中国筋からの
吉報のことである。

中国筋からの状は
吉報であった。

10〈ウ四句目　雑〉
中国＝山陽・山陰地方。

11 朔《つい》日《たち》の日《ひ》はどこへやら振《ふる》舞《まわ》れ　蕉

はて、—うきうきしていて、
ついたちの日は、
どこで振舞われたのだったか忘れた。

11〈ウ五句目　雑〉

朔日の日はどこへやら振舞れ　蕉

12 一《ひと》重《え》羽《ば》織《おり》が失《うせ》てたづぬる　考

ついたちの日は、
どこへよばれたっけかな。

一重羽織を、
なくしてしまった。

12〈ウ六句目　一重羽織で夏〉一重羽織＝この当時はやった。あまり着ることはなく、手に持ったり、たたんで肩にかけたりした。

一重羽織が失せてたづぬる　考

13 きさんじな青《あお》葉《ば》の比《ころ》の樅《もみ》楓《かえで》　然

一重羽織を
なくして、さがしている。

気のせいせいする、
青葉のころ。
中でも青々と茂った、
もみ、かえで。

13〈ウ七句目　青葉で夏〉きさんじ＝気散じ。気晴し。

きさんじな青葉の比の樅楓　然

14 山《やま》に門《もん》ある有《あり》明《あけ》の月《つき》　蕉

気のはればれする、
青葉のころ。
もみも、かえでも——

山に大きな門がある。
有明の月がかかっている。

14〈ウ八句目　月で秋　季移《きうつ》りしている。七句目または八句目あたりに月を出すことになっている。〉有明の月＝明け方まで残っている月。

山に門ある有明の月　蕉

山にある門。

それに残月がかかっている。

15 **初《はつ》あらし畑《はたけ》の人《ひと》のかけまはり　考**

初あらしが吹く。
秋である。
忙しそうに、畑をかけまわって、
手入れをしている。

15〈ウ九句目　初あらしで秋〉
初あらし＝秋のはじめのやや強い風。

初あらし畑の人のかけまはり　考

初あらしが吹く。
畑を、
人が忙しそうに走る。

16 **水《みず》際《ぎわ》光《ひか》る浜《はま》の小《こ》鰯《いわし》　然**

水ぎわまで、
きらきら光って、
小鰯の大群が、
おし寄せて来た。

16〈ウ十句目　小鰯で秋〉

水際光る浜の小鰯　然

浜には、
小鰯の群。
水ぎわまで来て、
きらきら光っている。

17 **見《み》て通《とお》る紀《き》三《み》井《い》は花《はな》の咲《さき》かゝり　蕉**

ここ紀の国和歌の浦は、
春も早い。
見て通る紀三井寺に、
花が咲きそめている。

17〈ウ十一句目　花で春　花の定座〉
鰯は秋であるが、小鰯であるので、ここではそれを春のものと見て、花の句をつけている。
紀三井＝和歌山市名草山にある。紀三井寺。金剛宝寺。和歌の浦一帯を見おろす勝地。

見て通る紀三井は花の咲かゝり　蕉

18 **荷持《にもち》ひとりにいとゞ永《なが》き日《ひ》　考**

旅人が通る。
見上げる紀三井寺には、
ほつほつと花が咲きはじめた。

荷持ちをひとりつれただけの、
のんびりした旅。
春の永い日である。

18〈ウラの折端《おりはし》　永き日で春〉これで前半が終った。すらすらとした巻である。いかにも軽みである。恋がまだ出ない。

荷持ひとりにいとゞ永き日　文考

19 **こち風《かぜ》の又《また》西《にし》に成北《なりきた》になり　惟然**

(名所、古跡に一々足をとどめて
見まわっている主人に)
荷持ちはひとりぼんやりと、
永い日をもてあましている。

東風《こち》が、
こんどは西にかわり、
又こんどは北風にかわる。
雲行きの不安な日。

19〈ナオ一名残の表一句目　こち風で春〉こち風＝単にこちでいい。この当時の口語であろう。

こち風の又西に成北になり　然

20 **わが手《で》に脈《みやく》を大事《だいじ》がらるゝ　芭蕉**

東風《こち》が西にかわり、
北にかわる。
何となく陽気が定まらない。

そんな陽気のかわり目が、
からだにさわるらしく、
自分で脈をとっては、
大事をとっていらっしゃる。

20〈ナオ二句目　雑〉わが手に＝わがでにと読む。自分で、みずからの意。底本の「手」に濁点がある。

わが手に脈を大事がらるゝ　蕉

自分で自分の脈をとって
大げさに体の心配をしている。
初老の一人物。

21
後《のち》呼《よび》の内《ない》儀《ぎ》は今《こん》度《ど》屋《や》敷《しき》から　考

後呼の内儀は今度屋敷から　考

今度の後妻は
武家から貰うそうだ。

後妻を武家から、
もらうことになった。

21〈ナオ三句目　雑〉
後呼＝のちよび。のちぞひの意。
後妻。
内儀＝当時の用法では町人の妻。

22
喧《けん》𠵅《か》のさたもむざとせられぬ　然

喧𠵅のさたもむざとせられぬ　然

夫婦げんかも、
こんどはうっかりできないぞ。

けんかのことなどにかまってはいられない。

22〈ナオ四句目　雑〉
喧𠵅のさた＝けんかごとぐらいの
意。
むざと＝うっかりと。

23
大《たい》せつな日《ひ》が二《ふつ》日《か》有《ある》暮《くれ》の鐘《かね》　蕉

大せつな日が二日有暮の鐘　蕉

自分にとっては一年のうちに大切な日が
二日ある。
その一つが今日である。
夕べの鐘が鳴る。
心をつつしんで、この一日を過ごそう。

23〈ナオ五句目　雑〉

大切な日が年に二日ある
それは大切な人の忌日である。
その一日も、はや暮れて、

24
雪《ゆき》かき分《わけ》し中《なか》のどろ道《みち》　考

雪かき分し中のどろ道　考

入相《いりあい》の鐘が鳴る。
左右に雪をかき上げた
そのまん中のどろ道を、
いま墓参をすませて戻って行く。

24〈ナオ六句目　雪で冬〉

25
来《く》る程《ほど》の乗《のり》掛《かけ》は皆《みな》出《しゅっ》家《け》衆《しゅう》　然

来る程の乗掛は皆出家衆　然

どろ道。
両側には雪がかき上げてある。
乗掛《のりかけ》馬がぞろぞろ来る。
それがみな、
乗っているのは坊さんたち。

25〈ナオ七句目　雑〉
乗掛＝駄馬の鞍の両わきにつづらをつけ、それに荷を各十貫目積み、そのまん中に人が一人乗る。

26
奥《おく》の世《よ》並《なみ》は近《きん》年《ねん》の作《さく》　蕉

奥の世並は近年の作　蕉

乗掛に乗って
出家たちが続々と来る。
今年の米は世間並みの作。
世間並みはこの奥州では
近年にない豊作。

26〈ナオ八句目　作《さく》で秋〉

27
酒《さけ》よりも肴《さかな》のやすき月《つき》見《み》して　考

奥州は
近年にない豊作。
酒より肴の方が安い、
そんなひなびた月見。

27〈ナオ九句目　月見で秋　月の定座を二句引き上げた。〉

酒よりも肴のやすき月見して　考

28
赤鶏頭《あかけいとう》を庭《にわ》の正面《しょうめん》　然

赤鶏頭を庭の正面　然

29
定《さだま》らぬ娘《むすめ》のこゝろ取《とり》しづめ　蕉

定らぬ娘のこゝろ取しづめ　蕉

30
寝汗《ねあせ》のとまる今朝《けさ》がたの夢《ゆめ》　考

寝汗のとまる今朝がたの夢　考

酒よりも、
料理の安い、
そんな月見をしている。

庭の正面に、
赤鶏頭が咲いている。

赤鶏頭が、
庭の正面に
燃えている。

その赤鶏頭のせいか
恋に狂乱している娘を、
さまざまに意見して、
やっと心をとりしずめる。

恋に心乱れた娘を、
やっと落ちつかせる。

しばらくつづいた寝汗が、
昨夜はやっととまった。
明けがたは、
なつかしい人の夢を見た。

今朝がたはしずかな夢を見て、
久しぶりに寝汗がとまった。

28〈ナオ十句目　赤鶏頭で秋〉

29〈ナオ十一句目　雑　娘のこゝろで恋。この巻ここではじめて恋句が出た。〉

30〈ナオ折端《おりはし》　雑　前句との関係から夢で恋〉貞徳の「御傘《ごさん》」に「夢とばかり有《ある》句は大方恋に成也」とある。

31
鳥《とり》籠《かご》をづらりとおこす松《まつ》の風《かぜ》　然

鳥籠をづらりとおこす松の風　然

朝の松風がこころよく吹く。
その松風に起こされて、
ずらりと並んだ鳥籠の鳥が、
さえずり出した。

松風に、
ずらりと並んだ鳥籠の小鳥が
鳴いている。

31〈ナウ一名残の裏一句目　雑〉

32
大《だい》工《く》づかひの奥《おく》に聞《きこ》ゆる　蕉

大工づかひの奥に聞ゆる　蕉

その邸の奥の方では、
大工普請をしているらしく、
のみの音などが、
聞こえてくる。

普請の音が、
奥の方でしている。
大きな邸。

32〈ナウ二句目　雑〉

33
米《こめ》搗《つき》もけふはよしとて帰《かえ》る也《なり》　考

米搗もけふはよしとて帰る也　考

米搗きも毎日来ている。
きょうは都合でもう休んでもいいとのこと。
早々と帰って行く。

きょうはもういいと言われて、
つき道具は預けたまま、
米搗きが早々と帰る。

33〈ナウ三句目　雑〉

34
から身《み》で市《いち》の中《なか》を押《おし》あふ　　蕉

から身で市の中を押あふ　　蕉

荷を一つも持たぬから身。
気軽である。
市《いち》の雑踏の中を押し合いながら歩く。

34
〈ナウ四句目　雑〉

35
此《この》あたり弥生《やよい》は花《はな》のけもなくて　　然

此あたり弥生は花のけもなくて　　然

から身で、
市《いち》の人ごみの中を歩いている。

このへんは
三月だというのに、
まだ花のけもない。

35
〈ナウ五句目　弥生・花で春
花の定座〉

北国のこのあたりは、
弥生だというのに、
まだ花のつぼみは固い。

36
鴨《かも》の油《あぶら》のまだぬけぬ春《はる》　　考

鴨の油も、
まだ抜けない(味も落ちない)。
浅い春である。

36
〈揚句《あげく》　春〉

十七　夏の夜やの巻

（続猿蓑）

夏の夜やの巻（続猿蓑《ぞくさるみの》）

1 夏《なつ》の夜《よ》や崩《くずれ》て明《あけ》し冷《ひや》し物《もの》　芭蕉《ばしょう》

2 露《つゆ》ははらりと蓮《はす》の縁《えん》先《さき》　曲翠《きょくすい》

3 鶯《うぐいす》はいつぞのほどに音《ね》を入《いれ》て　臥高《がこう》

4 古《ふる》き革《かわ》籠《ご》に反《ほう》故《ぐ》おし込《こむ》　惟《い》然《ぜん》

5 月《つき》影《かげ》の雪《ゆき》もちかよる雲《くも》の色《いろ》　支《し》考《こう》

6 しまふて銭《ぜに》を分《わけ》る駕《かご》かき　芭蕉

17 餅好《もちずき》のことしの花にあらはれて　翠

18 正《しょう》月《がつ》ものゝ襟《えり》もよごさず　高

19 春《はる》風《かぜ》に普《ふ》請《しん》のつもりいたす也《なり》　惟然

20 藪《やぶ》から村《むら》へぬけるうら道《みち》　支《し》考《こう》

21 喰《くい》かねぬ聟《むこ》も舅《しゅうと》も口きいて　芭蕉

22 何《なに》ぞの時《とき》は山《やま》伏《ぶし》になる　曲翠

23 笹《ささ》づとを棒《ぼう》に付《つけ》たるはさみ箱《ばこ》　高

24 蕨《わらび》こはばる卯《う》月《づき》野《の》ゝ末《すえ》　蕉

25 相宿《あいやど》と跡《あと》先《さき》にたつ矢《や》木《ぎ》の町《まち》　考

26 際《きわ》の日《ひ》和《より》に雪《ゆき》の気《き》遣《づかい》　然

7 猪《いのしし》を狩場《かりば》の外《そと》へ追《おい》にがし　翠

8 山《やま》から石《いし》に名《な》を書《かい》て出《だ》す　高

9 飯櫃《いびつ》なる面桶《めんつ》にはさむ火打鎌《ひうちがま》　然

10 鳶《とび》で工夫《くふう》をしたる照降《てりふり》　考

11 おれが事歌《ことうた》に読《よま》るゝ橋《はし》の番《ばん》　蕉

12 持仏《じぶつ》のかほに夕日《ゆうひ》さし込《こむ》　翠

13 平畦《ひらうね》に菜《な》を蒔立《まきたて》したばこ跡《あと》　考

14 秋風《あきかぜ》わたる門《かど》の居風呂《すえふろ》　然

15 馬《うま》引《ひい》て賑《にぎわ》ひ初《そむ》る月《つき》の影《かげ》　高

16 尾張《おわり》でつきしもとの名《な》になる　蕉

27 呑《のみ》ごゝろ手《て》をせぬ酒《さけ》の引《ひき》はなし　翠

28 著《き》がえの分《ぶん》を舟《ふね》へあづくる　高

29 封付《ふうつけ》し文箱《ふみばこ》来《き》たる月《つき》の暮《くれ》　蕉

30 そろ〳〵ありく盆《ぼん》の上臈《じょうろ》衆《しゅ》　考

31 虫籠《むしこ》つる四条《しじょう》の角《かど》の河原町《かわらちょう》　然

32 高瀬《たかせ》をあぐる表《おもて》一固《ひとこり》　翠

33 今《いま》の間《ま》に鑓《やり》を見《み》かくす橋《はし》の上《うえ》　高

34 大《おお》キな鐘《かね》のどんに聞ゆる　然

35 盛《さかり》なる花《はな》にも扉《とびら》おしよせて　考

36 腰《こし》かけつみし藤棚《ふじだな》の下《した》　高

世の中を輪切にして

たとえば谷崎潤一郎の「春琴抄」を読む。盲目の女主人公春琴の艶麗、瀟洒、悲惨、暗黒……それにかしづく佐助の心情……虚子の言うごとく小説は一本の筋を念入りにたどって行き、大阪の町に住んだ一人の女性の一生を拡大鏡の下に見せてくれる。

しかし、人間世界は常にそんなに深刻悲惨ばかりでもない。

鶯も鳴く。駕籠かきたちが一日の稼ぎを分け合う。宿の門口には据え風呂が沸いている。廓《くるわ》では遊女たちがそろりそろりと歩いている。京の町に大きな鐘の音《ね》がひびく。連句は今という時点で世間を輪切にして見せてくれる。

十七　夏の夜やの巻（続猿蓑《ぞくさるみの》）

元禄七年（一六九四）
芭蕉五十一歳最晩年

芭蕉　惟然
［連衆］曲翠　支考
臥高

1
夏《なつ》の夜《よ》や崩《くずれ》て明《あけ》し冷《ひや》し物《もの》　芭蕉《ばしょう》

夏の夜。
杯盤は乱れ、
冷し物も崩れて、
談笑のうちに、
はや夜があけそめた。

1〈発句　夏〉
冷し物＝煮炊きして作った料理を冷やしたもの。

夏の夜や崩て明し冷し物　芭蕉

親しい者同志の宴席。
冷し物も崩れて、
夏の夜もはや明ける。

2
露《つゆ》ははらりと蓮《はす》の縁《えん》先《さき》　曲翠《きょくすい》

縁先の蓮池には、
涼しい風が渡って、
その葉から露がはらりとこぼれる。

2〈脇　蓮で夏〉

露ははらりと蓮の掾先　曲翠

3 **鶯《うぐいす》はいつぞのほどに音《ね》を入《いれ》て　臥高《がこう》**

縁先の池の
蓮の葉から、
露がはらりと落ちる。
うぐいすも、
いつのまにか、もう鳴かなくなった。

3〈第三　鶯音《ね》を入れる—鳴かなくなる—で夏〉

鶯はいつぞのほどに音を入て　臥高

4 **古《ふる》き革《かわ》籠《ご》に反《ほう》故《ぐ》おし込《こむ》　惟《い》然《ぜん》**

うぐいすはいつのまにか、
もう、鳴かなくなった。
古い手文庫に
書き屑や、草稿類をおしこむ。

4〈オモテ四句目　雑すなわち無季〉革籠＝もと革ではった篭。のちには紙ではったものをもいう。

古き革籠に反故おし込　惟然

5 **月《つき》影《かげ》の雪《ゆき》もちかよる雲《くも》の色《いろ》　支《し》考《こう》**

古い革籠に、
ほごを押しこむ。
月あかりで見える雲も、
もう、雪もよいの色である。

5〈オ五句目　雪で冬　月の定座で月を出したが秋ではなく冬の月である。〉

月影の雪もちかよる雲の色　支考

6 **しまふて銭《ぜに》を分《わけ》る駕《かご》かき　芭蕉**

雪もよいの雲に
月がのぼった。
一日の仕事をしまって、
銭を分けているかごかきたち。

6〈オ折《おり》端《はし》　雑〉

しまふて銭を分る駕かき　芭蕉

一日の仕事を終えて

7 **猪《いのしし》を狩《かり》場《ば》の外《そと》へ追《おい》にがし　翠**

峠道で、
銭の分配をしているかごかきたち。
一方では勢子たちが、
猪を狩場の外へ、
にがしてしまった。

7〈ウラ一句目　雑　猪は秋の季語であるが次からずっと雑がつづいている。秋ならば三句以上五句までつづくはず。〉

猪を狩場の外へ追にがし　翠

8 **山《やま》から石《いし》に名《な》を書《かい》て出《だ》す　高**

猪を、
狩場の外へ、
追いにがしてしまった。
(その近くの石切場)
切り出した石に、
名を書いて、
運び出している。

8〈ウ二句目　雑〉

山から石に名を書て出す　高

9 **飯《い》櫃《びつ》なる面《めん》桶《つ》にはさむ火《ひ》打《うち》鎌《がま》　然**

切り出す石に、
一々名を書きつける
石切職人。
(昼飯をすませ一服している石工《いしく》)
そのいびつな
面桶《めんつ》(弁当箱)に、
火打鎌がはさんである。

9〈ウ三句目　雑〉
飯櫃＝飯を入れる器がもと楕円形であったことから円形のゆがんだものをいう。
面桶＝めんつう。めんつ。桧、杉などの薄い板で作った楕円形の弁当箱。
火打鎌＝火打石に打ちつけて発火させるもの。

飯櫃なる面桶にはさむ火打鎌　然

食べ終わった
面桶《めんつ》（弁当箱）に、
火打鎌をはさむ。

10
鳶《とび》で工《く》夫《ふう》をしたる照《てり》降《ふり》　考

鳶で工夫をしたる照降　考

空を見上げて、
鳶の鳴き方、舞い方、鳴く時刻で、
照り降りの判断をしている。

あすの天気を
鳶でぴたりとあてる。

10〈ウ四句目　雑〉

11
おれが事《こと》歌《うた》に読《よま》るゝ橋《はし》の番《ばん》　蕉

おれが事歌に読るゝ橋の番　蕉

橋守の老人の自慢。
「おれのことは
歌にも詠まれているのだ。」

自分のことが
歌に詠まれた。
それを、
じまんにしている老人。

11〈ウ五句目　雑〉

12
持《じ》仏《ぶつ》のかほに夕《ゆう》日《ひ》さし込《こむ》　翠

持仏のかほに夕日さし込　翠

南無々々と、
懐からとり出して拝む持仏の顔に
夕日がさしこんでいる。

夕暮。
懐の持仏の顔にまで、

12〈ウ六句目　雑〉

夕日がさし込む。

13 平《ひら》畦《うね》に菜《な》を蒔《まき》立《たて》したばこ跡《あと》　考

平畦に菜を蒔立したばこ跡　考

たばこを刈り取ったあとを、平うねにして、菜がまかれている。

たばこを刈りとったあとの畑に、菜が蒔いてある。

13〈ウ七句目　菜をまくで秋〉平畦＝ひらうね。高くしないうね。

14 秋《あき》風《かぜ》わたる門《かど》の居《すえ》風《ふ》呂《ろ》　然

秋風わたる門の居風呂　然

門口に立てたすえ風呂に入る。秋風が吹き渡って、いい気持である。

秋風が吹き渡る。客を呼び込むため、門口《かどぐち》にすえ風呂が立てられている。

14〈ウ八句目　秋風で秋〉

15 馬《うま》引《ひい》て賑《にぎわ》ひ初《そむ》る月《つき》の影《かげ》　高

馬引て賑ひ初る月の影　高

馬市の近づいた宿場。ぞくぞくと、馬を引いて、人々が集まってくる。名月も近い。

馬市が近づいてにぎやかな宿場。月も明るい。

15〈ウ九句目　月で秋　ふつう八句目または七句目が月の定座〉

16
尾張《おわり》でつきしもとの名《な》になる　蕉

尾張にいた頃に
呼ばれていた名前に戻って、
その馬市にあらわれた一人の男。

16〈ウ十句目　雑〉

尾張でつきしもとの名になる　蕉

17
餅好《もちずき》のことしの花にあらはれて　翠

尾張にいたときにつけられたあだ名に戻って
ここにあらわれた男。

というのも、ことしの花見で、
大の餅好きということが、
皆にわかってしまったので。

17〈ウ十一句目　花で春　花の定座〉

餅好のことしの花にあらはれて　翠

18
正月《しょうがつ》ものゝ襟《えり》もよごさず　高

花見。
大の餅好きということが、
みんなに知れた。

正月もの（晴着）を着て、
きちんとかしこまった少年。
(大好物の餅をたべているが)
えりもひざもすこしもよごさない。

18〈ウラの折端《おりはし》　雑〉

正月《しょうがつ》ものゝ襟《えり》もよごさず　臥高

19
春風《はるかぜ》に普請《ふしん》のつもりいたす也《なり》　惟然

えり一つよごさぬ
正月用の礼服を着《ちゃく》した人物。

春風の中にたたずんで、しきりと何事か
目算をしている。

19〈ナオ一名残の表一句目　春風で春〉

「何をなさって――」
「いや、ちかぢかふしんを致そうと思ってな。その見積もりをしておりまする。」

春風に普請のつもりいたす也　惟然

20 **藪《やぶ》から村《むら》へぬけるうら道《みち》　支考《しこう》**

春風に立って、
家普請の見つもりをしている。
そこの藪の中に、
村へ抜ける近道がある。

20〈ナオ二句目　雑、すなわち無季〉やり句である。前句の場を定めた。

藪から村へぬけるうら道　支考

21 **喰《くい》かねぬ聟《むこ》も舅《しゅうと》も口きいて　芭蕉**

藪を通って
村へぬけるうら道。
その道のことでひともんちゃく。
なかなかどうして
そこの聟も舅も弁が立つ。

21〈ナオ三句目　雑〉

喰かねぬ聟も舅も口きいて　芭蕉

22 **何《なに》ぞの時《とき》は山伏《やまぶし》になる　曲翠**

互いに強情ものの聟と舅。
何か口論をしている。
「いざとなれば、いつでも、
山伏になるよ！」

22〈ナオ四句目　雑〉

何ぞの時は山伏になる　翠

どうしても、という時には、

23 笹《ささ》づとを棒《ぼう》に付《つけ》たるはさみ箱《ばこ》　高

笹づとを棒に付たるはさみ箱　高

山伏になる覚悟さ。

衣類をすこし入れたはさみ箱。
それをかつぐ棒のさきに笹づとを
しばりつけた。

笹づとを棒のさきにつけただけの
はさみ箱。
それをかついで行く武骨な男。

23〈ナオ五句目　雑〉
はさみ箱＝狭箱。衣類などを入れる。ふたの上に棒がついていてかつぐ。

24 蕨《わらび》こはばる卯《う》月《づき》野《の》ゝ《の》末《すえ》　蕉

蕨こはばる卯月野ゝ末　蕉

わらびも、もうこわばった
四月（いまの五月）の野末。

四月の野道。
その道のべのわらびは、
もうすっかりこわくなっている。

24〈ナオ六句目　卯月で夏〉

25 相《あい》宿《やど》と跡《あと》先《さき》にたつ矢《や》木《ぎ》の町《まち》　考

相宿と跡先にたつ矢木の町　考

昨夜の相宿の客とは、あとさきに、
矢木の町の旅籠《はたご》を立ち出でる。

矢木の町の旅籠を、
同宿の客と前後して出かける。

25〈ナオ七句目　雑〉

26 際《きわ》の日《ひ》和《より》に雪《ゆき》の気《き》遣《づかい》　然

みそか前で、あわただしい。
あいにく雪になりそうである。

26〈ナオ八句目　雪で冬〉
際＝晦日前の俗言。

際の日和に雪の気遣　然

27 **呑《のみ》ごゝろ手《て》をせぬ酒《さけ》の引《ひき》はなし　翠**

日和がつづいているが、
どうも雪にかわりそうだ。
年用意でなにかと忙しい。
利き酒をしている。
(年用意の酒である。)
生酒《きざけ》がことによいのみ具合である。

27〈ナオ九句目　雑〉
手をせぬ酒＝手を加えない、割らない酒。
引はなし＝抜群の意か。「ひっぱなし」と読む説もある。

呑ごゝろ手をせぬ酒の引はなし　翠

28 **著《き》がえの分《ぶん》を舟《ふね》へあづくる　高**

すこしも水を割らない生酒が、
まことによい呑み頃である。
酒樽を積みこんでの都見物。
着がえの分は舟へ預けてある。

28〈ナオ十句目　雑〉
曲斉・水穂解は遊山の舟客。伝暁台『秘註俳諧七部集』・霧伴・俊定解は酒問屋の新酒積出しの用意とする。この解は前者によった。

著がえの分を舟へあづくる　高

29 **封《ふう》付《つけ》し文《ふみ》箱《ばこ》来《き》たる月《つき》の暮《くれ》　蕉**

着がえの分を舟へ預けて、
陸へあがる。
そこへ、
遊女から、
封をつけた文箱がとどいた。
夕月が出ている。

29〈ナオ十一句目　月で秋　月の定座。文箱で恋〉

封付し文箱来たる月の暮　蕉

暮の空に夕月が出ている。
遊女から、
封のついた文箱が来た。

30〈ナオ折端《おりはし》　盆で秋　上臈衆で恋〉

30
そろ〳〵ありく盆《ぼん》の上《じょう》﨟《ろ》衆《しゅ》　考

そろ〳〵ありく盆の上﨟衆　考

盆でにぎわう廓《くるわ》。
遊女たちが、
そろりそろりと歩いている。

盆の町を、
そろりそろりと、
上《じょう》﨟《ろ》衆《しゅ》が歩いている。

上﨟衆＝ここでは身分の貴い婦人ではなくて、女郎衆のあて字であろう。

31
虫《むし》籠《こ》つる四《し》条《じょう》の角《かど》の河《か》原《わら》町《ちょう》　然

虫籠つる四条の角の河原町　然

四条通と河原町の交わるあたり。
虫かごを売る店がある。

四条の角の河原町に、
虫かごをたくさん吊った店がある。

31〈ナウ一名残の裏一句目　虫籠で秋〉
ここでは本来の意味の上﨟衆でいいであろう。

32
高《たか》瀬《せ》をあぐる表《おもて》一《ひと》固《こり》　翠

高瀬をあぐる表一固　翠

高瀬舟から、
畳表一とこり(梱)を荷上げした。

高瀬舟が一とこりを荷揚げしている。

32〈ナウ二句目　雑〉
虫籠から畳表への移りがこころよい。

33
今《いま》の間《ま》に鑓《やり》を見《み》かくす橋《はし》の上《うえ》　高

今の間に鑓を見かくす橋の上　高

橋の上はにぎやかな人通り。
いま、供ぞろへをした一行が通ったが、
おや、もうその槍が見えなくなった。

賑やかな町通り。
たった今の間《ま》に、
行列の槍を見失った。

33〈ナウ三句目　雑〉
見かくす＝見失う。

34
大《おお》キな鐘《かね》のどんに聞ゆる　然

大キな鐘のどんに聞ゆる　然

近くの寺から、
大きな鐘が聞こえる。
間の抜けた音である。

鐘がばか大きな音で、
すぐ近くで鳴る。

34〈ナウ四句目　雑〉

35
盛《さかり》なる花《はな》にも扉《とびら》おしよせて　考

盛なる花にも扉おしよせて　考

大寺《おおでら》の山内《さんない》の庵室《あんじつ》。
盛《さか》りの桜の花に、
扉をきっちりとしめて、
しずまり返っている。

花盛りではあるが、
固くとざした扉。

35〈ナウ五句目　花で春　花の定座〉

36
腰《こし》かけつみし藤《ふじ》棚《だな》の下《した》　高

まだ咲かぬ藤棚の下には
腰掛けが積み上げてある。

36〈揚句《あげく》　藤棚で春〉

作者解説

真下《ましも》 良祐

＊本書に登場する連句の作者を五十音順に配列し、簡単に解説した。

＊項目下の括弧内は生没年、各末尾の歌仙名は、その作者が同座する歌仙名を示す。

惟然《いぜん》（?―正徳元 一七一一・六十歳余） 広瀬氏。美濃国関の人。元禄元年（一六八八）頃芭蕉に入門。以後芭蕉の身辺の世話をした。師の没後、全国を行脚。京都岡崎の風羅坊に芭蕉像を祀り、風羅念仏を唱えて追善した。句風は軽妙でユーモアに富む。晩年は口語調を推し進めて、一茶にも影響を与えた。⇩「猿蓑に」「夏の夜や」の巻（続猿蓑）

羽紅《うこう》（生没年未詳） 凡兆の妻。名は、とめ。元禄四年（一六九一）剃髪して羽紅尼と号する。元禄二年、凡兆と共に『阿羅野』に登場し、同三、四年京で芭蕉に親炙する。⇩「梅若菜」の巻（猿蓑）

羽笠《うりつ》（?―享保一一 一七二六・八十歳位） 高橋氏。尾張熱田の商家。『冬の日』の作者。代々、羽笠を名のる家の二代目。⇩「炭売の」「霜月や」「いかに見よと」の巻（冬の日）

越人《えつじん》（明暦二 一六五六―?） 越智氏。北越の産。延宝初年（一六七三）頃名古屋へ出、野水の世話で紺屋を営む。貞享元年（一六八四）頃芭蕉に入門。『更科紀行』の旅や三河・岐阜・江戸等へ師に随行している。『曠野《あらの》』（元禄二年一六八九刊）において蕉門俳人としての地位を確立。元禄四年（一六九一）頃よりしだいに芭蕉から遠ざかるようになった。⇩「雁がねも」の巻（曠野）

猿雖《えんすい》（寛永一七 一六四〇―宝永元 一七〇四） 窪田氏。通称、惣七郎。法名、意専。伊賀上野の富商。元禄二年（一六八九）初めて芭蕉の俳席に参加。武家中心の伊賀蕉門で最古参の商人俳人で、芭蕉の厚い信頼を得た。⇩「梅若菜」の巻（猿簑）

園風《えんぷう》（生没年未詳） 伊賀藤堂藩士。元禄二年（一六八九）頃から伊賀で芭蕉の俳席に加わる。『猿蓑』に入集。江戸詰の任に長く着いていたらしい。⇩「梅若菜」の巻（猿蓑）

乙州《おとくに》（?―?） 河合氏。近江大津住。智月の弟で、その養嗣子となり、家業の荷問屋を継ぐ。金沢滞在中、芭蕉に入門。『ひさご』の主要メンバーとなる。『猿蓑』の「梅若菜まりこの宿のとろろ汁　芭蕉」は乙州江戸下向の餞別吟。妻荷月も

俳人。⇩「梅若菜」の巻（猿蓑）

荷兮《かけい》（慶安元　一六四八―享保元　一七一六）山本氏。名古屋に生まれ医を業とする。貞門俳人として活躍したが、貞享元年（一六八四）『野ざらし紀行』の旅にあった芭蕉に入門。『冬の日』・『春の日』・『阿羅野』を編集するなど活躍するが、『猿蓑』が世に出た頃から芭蕉から次第に遠ざかった。⇩「狂句こがらしの」「はつ雪の」「つゝみかねて」「炭売の」「霜月や」「いかに見よと」の巻（冬の日）

臥高《がこう》（生没年未詳）近江膳所の俳人。昌房らと共に湖南蕉門の重鎮。芭蕉は元禄七年（一六九四）九月十日付去来宛の書簡で『続猿蓑』の版下《はんした》清書を臥高に依頼しようかと書いている。『猿蓑』に登場する本多画好という人物と同一人か。⇩「夏の夜や」の巻（続猿蓑）

曲水《きょくすい》（曲翠）（？―享保二　一七一七）菅沼氏。通称、外記《げき》。近江膳所《ぜぜ》藩の重臣。『おくのほそ道』の旅の後、上方滞在中の芭蕉と深く交わるようになり、元禄三年（一六九〇）四月には芭蕉に国分山《こくぶやま》幻住庵を提供した。『ひさご』の主要作者。芭蕉は彼の清廉潔白な人柄を尊び書簡等も多くとりかわしている。湖南蕉門の重鎮であった。後年同輩家老の不正を憎んで殺し、自刃した。息内記も江戸で死を賜る。⇩「木のもとに」の巻（ひさご）

去来《きょらい》（慶安四　一六五一―宝永元　一七〇四）向井氏。庵号、落柿舎。長崎の医師向井元升の二男として出生。兄は元端（号、震軒）。八歳の時上洛して武芸に励んだが、後弓矢を捨て公家に伺候した。貞享元年（一六八四）頃、芭蕉に入門。芭蕉は元禄四年（一六九一）夏、落柿舎に滞在、『嵯峨日記』を著す。同年七月、凡兆とともに『猿蓑』を編し刊行。芭蕉の俳論や消息を記した『去来抄』『旅寝論』がある。⇩「鳶の羽も」「市中は」「灰汁桶の」の巻（猿蓑）

孤屋《こおく》（生没年未詳）小泉氏。江戸越後屋の手代。『蛙合《かわずあわせ》』『続虚栗《みなしぐり》』『有磯海』等の蕉門俳書に入集。『炭俵』の編集にも携わる。⇩「空豆の」「振売の」の巻（炭俵）

支考《しこう》（寛文五　一六六五―享保一六　一七三一）各務《かがみ》氏。美濃山県郡北野の人。九歳頃出家したが十九歳で還俗し、後、京・伊勢を遊歴し、元禄三年（一六九〇）に近江で芭蕉に入門。翌年芭蕉に随行して江戸へ下り、師の身辺の世話をする。後、奥羽を行脚し俳論書『葛の松原』を著す。以後、全国を遊歴するとともに多くの著述もし勢力を拡大、芭蕉没後美濃派を樹立、蕉風を全国に広めた功績は大きく、虚実論に代表される俳諧理念を確立したことも注目に値する。⇩「猿蓑に」「夏の夜や」の巻（続猿蓑）

重五《じゅうご》（承応三　一六五四―享保二　一七一七）加藤氏。名古屋の材木商。貞享元年（一六八四）冬、名古屋に来た芭蕉を囲み、野水、杜国ら富商仲間で巻いた『冬の日』五歌仙に連なった。⇩「狂句こがらしの」「はつ雪の」「つゝみかねて」「炭売の」「霜月や」「いかに見よと」の巻（冬の日）

正平《しょうへい》（経歴、生没年未詳）⇩「狂句こがらしの」「はつ雪の」「つゝみかねて」の巻（冬の日）

沾圃《せんぽ》（?—享保一五　一七三〇）　服部氏。江戸住。能楽の宝生家十世の大夫。野々口立圃《りゅうほ》が母方の縁者で、芭蕉が後見をして立圃二世を継ぐ。『続猿蓑』の編集に携わったとされ、入集も多い。⇩「八九間」「猿蓑に」の巻（続猿蓑）

岱水《たいすい》（生没年未詳）　句は貞享四年（一六八七）、『続虚栗』に初見。翌元禄元年頃から深川芭蕉庵近くに住んで師の世話をし、俳席に連なった。元禄五年（一六九二）芭蕉庵の再建に杉風らと共に尽くすなど、晩年の師に親しく交わった。⇩「空豆の」の巻（炭俵）

智月《ちげつ》（生没年未詳）　山城国宇佐の人で、御所に出仕したこともあるという。大津の伝馬役川井佐左右衛門に嫁す。乙州の母。貞享三年（一六八六）、夫と死別して剃髪する。元禄三、四年頃、母子はしばしば芭蕉の来訪を受け、「人に家を買はせて我は年忘　芭蕉」の吟がある。⇩「梅若菜」の巻（猿蓑）

珍碩《ちんせき》（?—元文二　一七三七・七十歳位）　浜田氏。のち洒堂《しゃどう》と号する。近江膳所の人で医師。元禄二年（一六八九）近江で芭蕉に入門。同三年『ひさご』編集。同五年江戸芭蕉庵を訪問して滞在、『深川集』刊行。翌年大坂に移ったが、不義理により同門の非難を買い、大坂俳壇経営に失敗。元禄一〇年（一六九七）湖南に帰住。⇩「木のもとに」の巻（ひさご）「梅若菜」の巻（猿蓑）

杜国《とこく》（?—元禄三　一六九〇・三十歳位）　坪井氏。名古屋の富裕な米商であったが、貞享二年（一六八七）空米売買の罪で所払《ところばらい》となり、三河国畠村に隠棲。後、保美村に移る。『冬の日』の歌仙連衆の一人で、この時入門。芭蕉は彼に深い愛情を抱いていたようで、『笈の小文』の旅中引き返して保美村を訪ね、彼に「万菊丸」という名を付け吉野や高野に随行させる。また『嵯峨日記』では夢に彼を思い出したりしている。⇩「狂句こがらしの」「はつ雪の」「つゝみかねて」「炭売の」「霜月や」「いかに見よと」の巻（冬の日）

土芳《どほう》（明暦三　一六五七—享保一五　一七三〇）　服部氏。伊賀藤堂藩士。貞享二年（一六八五）頃から本格的に芭蕉に師事し、致仕《ちし》して隠棲、贈られた「蓑虫の音を聞きに来よ草の庵　芭蕉」の句にちなんで蓑虫庵を結ぶ。ここを拠点として伊賀蕉門は商人階層にまで拡大した。元禄一五年（一七〇二）『三冊子』を著し、芭蕉の俳論を体系的に整理した。⇩「梅若菜」の巻（猿蓑）

馬莧《ばけん》（寛永一三　一六三六—元禄七　一六九四）　鷺氏。鷺流の狂言師。江戸住。『続猿蓑』の歌仙三巻に連なる。⇩「八九間」の巻（続猿蓑）

芭蕉《ばしょう》（正保元　一六四四—元禄七　一六九四）　伊賀の国、現三重県阿山郡伊賀町柘植《つげ》に生まれる。兄の上野移住に伴い上野赤坂に住む。伊勢藤堂藩侍大将藤堂新七郎家台所用人として出仕、嫡子良忠《よしただ》（蟬吟《せんぎん》）の伽（とぎ）として俳諧に親しむ。二三歳の時、良忠（二五歳）死去。江戸へ出たのは延宝三年三二歳か。同年五月東下した宗因を迎えての百韻興行に桃青として出座。三七歳、杉風《さんぷう》の援助もあり深川に移居。天和二年（一六八二）歳末に大火に類焼。翌三年春夏を甲斐谷村（やむら）

に過ごし帰江。翌貞享元年（一六八四）野ざらし紀行の旅に出、冬、『冬の日』（五歌仙）成る。翌二年帰東。貞享四年（一六八七）冬、再び江戸を立ち名古屋、近畿を旅し（『笈の小文』の旅）、翌元禄元年（一六八八）名古屋の越人を伴って木曽路を経て帰江。九月中旬、深川芭蕉庵で滞在中の越人と「雁がねも」の巻が成る。翌元禄二年（一六八九）に芭蕉は曽良を伴って「おくのほそ道」の旅をする。後、元禄三年、四年と京付近滞在中に『ひさご』の「木のもとに」の巻および『猿蓑』の四歌仙が成る。四年十月末江戸帰着。以後『炭俵』『続猿蓑』の各三巻ずつ計六巻の歌仙はすべて江戸での作である。足かけ四年を江戸で過ごし、元禄七年五月、帰省の途に上り十月十二日大坂で没した。

半残《はんざん》（承応三　一六五四―享保一一　一七二六）伊賀藤堂藩士。通称山岸十左衛門棟常。延宝四年（一六七六）帰郷の芭蕉に入門。土芳とともに伊賀蕉門を統率。息の車来、父の陽和も蕉門。⇩「梅若菜」の巻（猿蓑）

史邦《ふみくに》（?―?）中村氏、後に根津氏。尾張犬山城主寺尾直竜の侍医で、主君を介し丈草と交渉を持つ。貞享頃上洛し去来を介し仙洞御所に仕え、後所司代与力ともなった。元禄三年（一六九〇）頃親しく芭蕉に教えを受け、自邸に招いてもいる。『猿蓑』に十四句入集。元禄六年（一六九三）江戸へ下り芭蕉庵を訪う。⇩「鳶の羽も」の巻（猿蓑）

凡兆《ぼんちょう》（?―正徳四　一七一四）野沢氏。初号、加生。金沢の産、京へ出て医を業とする。元禄元年（一六八八）頃芭蕉入門か。元禄四年『猿蓑』では最も活躍し、去来とともに編集に当る。上梓後活動は低調となり、芭蕉にも遠ざかる。元禄六年には罪を得て下獄した。妻とめも俳人で、剃髪して羽紅尼と号する。⇩「鳶の羽も」「市中は」「灰汁桶の」の巻（猿蓑）

正秀《まさひで》（明暦三年　一六五七―享保八　一七二三）水田氏。通称孫右衛門。近江膳所の商人。尚白を通じて蕉門に入る。元禄三年（一六九〇）春珍碩と両吟興行し、『ひさご』で活躍。同四年義仲寺の傍に無名庵を建立する等、師芭蕉に尽す。⇩「梅若菜」の巻（猿蓑）

素男《もとお》（経歴不明）⇩「梅若菜」の巻（猿蓑）

野水《やすい》（万治元　一六五八―寛保三　一七四三）岡田氏。名古屋で呉服商を営み、町代・惣町代を勤める有力町人であった。初め貞門で、貞享元年（一六八四）『野ざらし紀行』途次の芭蕉に入門。『冬の日』・『春の日』・『阿羅野』等で活躍。芭蕉没後は俳諧を離れ、茶道に励んだ。⇩「狂句こがらしの」「はつ雪の」「つゝみかねて」「炭売の」「霜月や」「いかに見よと」の巻（冬の日）

野坡《やば》（寛文二　一六六二―元文五　一七四〇）志太氏、のち武田氏。越前福井の人。江戸に出て越後屋両替店の番頭となる。宝永元年（一七〇四）辞して、大坂で職業宗匠となる。蕉門では『続虚栗』『句餞別』に作品が見え、しばらくの空白を経て『炭俵』を上梓する。西国に多くの門葉を広げた。⇩「むめがゝに」「振売の」の巻（炭俵）

嵐蘭《らんらん》（正保四　一六四七―元禄六　一六九三）松倉氏。三百石を食む士分だったが致仕し浅草に住む。延宝三年（一六七五）頃芭蕉に入門した最古参の一人。人となり剛直・清廉で師の信厚く、その死に際して芭蕉は「嵐蘭ノ誄《るい》」の句文を書いている。

⇩「梅若菜」の巻（猿蓑）

利牛《りぎゅう》（生没年未詳）池田氏。江戸の人。越後屋手代。『炭俵』の編者。同書の連句五巻に連なる。⇩「空豆の」「振売の」の巻（炭俵）

里圃《りほ》（生没年未詳）江戸の人。元禄六年（一六九三）、芭蕉に入門する。翌年の師逝去に際し、追善の『翁草』を編む。『続猿蓑』の編者の一人と推定されている。⇩「八九間」の巻（続猿蓑）

を

て

と

な

に

う

え

お

か

初句索引

・本書に収録されている句の初句による索引である。
・排列は現代仮名遣いによる五十音順とした。
・数字は句の収録されているページ数を示す。

あ

い

村松友次（むらまつ　ともつぐ）

大正10年、長野県生まれ。高浜虚子・高野素十に師事。俳号紅花。俳誌『雪』主宰。東洋大学短期大学学長を経て同短期大学名誉教授。文学博士。

主要著・編・訳書

『ソビエトの読み方教授』『ソビエトの読解指導』（共訳・明治図書）、グリゴーリエワ『日本の古典文学』（訳・朝日出版社）、『芭蕉の作品と伝記の研究』（笠間書院）、『松尾芭蕉集』（共著・小学館）、『日本文学案内―古典編―』（共著・朝日出版社）、『都のつと・奥羽道記・はなひ草大全』（翻刻・解説）、他数点（古典文庫）、『俳人の書画美術・中興諸家』（集英社）、『蕪村集』（尚学図書）、『古人鑽仰』『花鳥止観』『俳句のうそ』『続花鳥止観』（以上永田書房）、『芭蕉の手紙』（俳人協会第四回評論賞受賞）『蕪村の手紙』『一茶の手紙』『謎の旅人曽良』（以上大修館書店）、『曾良本「おくのほそ道」の研究』『芭蕉翁正筆奥の細道』『おくのほそ道の想像力』（以上笠間書院）、『夕顔の花―虚子連句論―』R・H・ブライス『俳句』（共訳）（以上永田書房）、他、句集『簗守《やなもり》』他五冊など。

現住所　一八九-〇〇三五 東京都東村山市廻田町3-17-13

対話《たいわ》の文芸《ぶんげい》 芭《ば》蕉《しょう》連《れん》句《く》鑑賞《かんしょう》

NDC 911 338p 22cm

二〇〇四年六月二十日 初版第一刷発行

著作者 村松友次《むらまつともつぐ》
発行者 鈴木一行
発行所 株式会社大修館書店
〒一〇一-八四六六 東京都千代田区神田錦町三-二四
電話 03-3295-6231（販売部）03-3294-2354（編集部）
振替 00190-7-40504
［出版情報］http://www.taishukan.co.jp

印刷所 壮光舎印刷
製本所 牧製本
装丁者 宮津 礼

ISBN4-469-22166-X Printed in Japan